Contents

KB045962

□2045년 3월 모일 〈Infinite Dendrogram〉 모처

조용한 밤, 해변이었다.

현실의 해안과는 달리 쓰레기는 하나도 없다. 달빛을 받은 모래사장에 밤의 색을 그대로 옮겨놓은 것 같은 파도가 밀려왔다가 빠져나가고 있었다.

모래사장에서 약간만 벗어나면 나무와 돌을 치워서 흙만 남은 해안길이 있었고, 길 양쪽에는 소나무 비슷한 나무가 심겨 있었다. 바다와 함께 보면 그것만으로도 풍속화처럼 멋진 경치일 것이다.

하지만 그런 멋진 경치 안에 우두커니……, 불순물처럼 사람한 명이 주저앉아 있었다.

무언가를 보고 놀란 건지 엉덩방아를 찧은 상태였지만, 시선끝에는 모래사장과 바다 말고는 아무것도 없었다.

아니, 모래사장에……, 움푹 패인 곳이 있었다.

조금씩 파도가 밀려와 평평하게 다지고 있지만, 크기가 꽤 큰것이 두 군데.

마치 그 직전까지 거대한 무언가가 두 다리로 서 있었던 것처럼.

"……어쩌지."

조용한 풍경에 사람의 목소리가 뒤섞였다.

주저앉아 있던 사람의 목소리다. 거기에는……, 뭔가 '저질러 버렸다'는 듯 초조함과 동요한 기색이 역력했다.

하지만 '어떻게 하면 되는지' 가르쳐줄 존재는 어디에도 없었기에 그 사람은 혼란스러워하다 그곳을 떠나버렸다.

그 뒤에는 해변의 멋진 경치만이 남았다.

그리고 다음 날 아침, 그 해변에 '아무것도 없다'는 사실이 그 지역을……, 그 나라를 매우 떠들썩하게 만들었다.

□[척후(스카우트)] 레이 스탈링

〈Infinite Dendrogram〉은 VRMMO이며, 크게 나누면 액션 RPG다.

모험자 길드에서 퀘스트를 받아 몬스터를 토벌하거나, 짐을 운반하거나, 생산 활동에 종사하거나……, 그런 활동을 하는 것이 대세인 모양이다.

어째서 대세 이야기를 하며 '그런 모양이다'라는 식으로 남 일처럼 말하는가 하면, 내가 하는 활동은 그 대세에서 벗어나 있기 때문이다.

사람을 찾다가 레벨대가 전혀 다른 던전에 들어가고, 초보답게 레벨을 올리려 하니 PK 때문에 데스 페널티를 받게 되고, 짐을 운반하는 퀘스트를 받아보니 〈UBM〉과 마주치고, 우연히 왕국 최악의 산적단과 그들의 말로인 〈UBM〉과 싸우고, 〈초급〉의 테러에 휘말린 데다 표적으로 지목당하고, 비교적 평화로운 시간을 보내나 싶더니 〈초급〉에게 납치당하고, 아버지를 찾던 아이를 데려다주고 보니 봉인에서 깨어난 〈UBM〉과 공중전을 벌이고, 직업을 변경하러 가보니 〈초급〉, 고대병기와 연달아 전투를 벌이고, 홈 타운에서 축제가 개최되었을 때는 다른 사람의 연애에 개입해서 사건을 일으키려 하던 왕국 최강의 준 〈초급〉

과 싸우게 되고, 전쟁을 막기 위해 개최된 강화 회의에 호위로 따라가 보니 황국의 함정에 빠져 최강의 〈마스터〉와 싸우게 되었다.

……아무리 나라도 이게 대세가 아니고 일반적인 경우가 아니라는 건 알고 있다.

"그러니까 뭐, 지금은……, 평화롭네."

『아니, 이 광경을 보고 그런 말을 해도 되는 겐가?』

그리고 현재, 내 눈앞에서는 대량의 목제 골렘이 타오르고 있다.

원인은 내가 왼손에 차고 있는 [장염수갑]……, 《연옥화염》이다.

나무들이 잔뜩 있는 산속에서 목제 골렘을 상대로 계속 화염을 뿜어내는 남자.

다른 사람이 보면 방화마라고 생각하지 않을까.

……이렇게 된 경위에 대해 잠깐 돌이켜봐야겠다.

◇

파란만장했던 강화 회의가 끝나고 현실과 덴드로그램 양쪽에서 며칠이 지난 4월 18일, 화요일.

대학교에 갔다가 집에 온 나는 평소처럼 덴드로에 로그인했다.

덴드로 안에서는 여러 사정 때문에 홈인 기데온으로 돌아가지 않고 왕도에 머무르고 있다.

망가진 장비를 새로 맞추기 위해 가게를 돌아다니고, 소모한 아이템도 다시 보충했다.

〈엠브리오〉라는 온리 원 요소가 있더라도 레벨제 시스템인 이상, 지금보다 강해지기 위해서는 레벨을 올릴 필요가 있다.

"우리는 아직 실력이 부족하니 말이다."

"그래. 그 사실을 실감한 직후니까."

'최강'이라 불리는 〈마스터〉 중 한 명, '물리 최강'인 [수왕(킹 오브 비스트)]과 벌인 치열한 전투는 클랜원 모두가 힘을 합쳤는데도 아슬아슬하게 승리하지 못했다.

후소 선배가 교섭하지 않았다면 아즈라이트도 위험했을 거라 들었다.

"그때, 우리에게 조금만 더 밀어붙일 힘이 있었다면 지금과는 다른 가능성을 잡아냈을지도 몰라. 그러니까 지금은 레벨을 올리자. 다음에야말로 잡아내기 위해서 말이야."

"으음!"

그렇게 새롭게 결의를 다지고, 우선 레벨을 올리던 도중이었던 [척후]로 전직했다.

그런 다음, 레벨을 올릴 겸 하자는 생각으로 모험자 길드에서 토벌 퀘스트를 받기로 했다. 클랜 동료들과는 시간과 활동 지역이 맞지 않았지만, 솔로나 임시 파티를 짜면 될 거라 생각했다.

길드에 가보니 마침 딱 좋은 퀘스트가 들어와 있었다.

대량으로 발생한 몬스터를 제거하기 위한 다인 퀘스트.

받은 사람이 같은 에리어로 가서 각자 특정 몬스터를 쓰러뜨려 나가는 것이다.

장소는 왕도와 기데온 사이, 지금은 정겹게 느껴지는 〈사우더 산길〉.

대상은 보스 몬스터 [어포레스트 킹 골렘]과 유사종인 [플랜팅 골렘].

[어포레스트]는 〈UBM〉인 건 아니지만 [고블린 킹]이나 [킹 바질리스크]와 마찬가지로 위험한 생물이라 항상 제거 대상이다.

자연이 풍요로운 지역에 분체인 [플랜팅 골렘]을 멋대로 심어서 토지의 영양분을 빨아들이며 숫자를 늘려나가기 때문에 골치 아프다고 한다.

원래 이렇게 골치 아픈 녀석들이 〈사우더 산길〉에 서식하지는 않았다.

하지만 최근에는 왕국 각지에서 [모노크롬]처럼 휴면 상태였던 〈UBM〉이 활성화하는 경우가 늘어났기에 다른 몬스터의 서식 영역도 크게 변화한 모양이었다.

그 백의가 몬스터 테러를 저지른 이후에 기데온 주변의 서식 영역이 바뀐 사례와 비슷한데, 이번에는 더욱 심각하다.

원래 그곳에 있을 리가 없는 고레벨 보스 몬스터와 유사종이 왕도와 기데온의 대동맥에 눌러앉아 버린 거니까.

상인들의 유통에 문제가 생기면 지금 왕국에는 대미지가 크다.

문제를 해결하기 위해 왕도와 기데온이 합동으로 대규모 토벌 퀘스트를 발주했다.

◇

　그런 관계로 우리는 대량으로 발생한 [플랜팅 골렘]을 제거하고 있다.

　"……생나무는 잘 안 탈 줄 알았는데 말이지."

　『이거, 산불이 나는 것 아닌가…….』

　골렘은 몬스터이기 때문에 쓰러뜨리면 사라지지만, 드롭 아이템도 목재라서 그쪽으로 불이 옮겨붙어 버렸다.

　형처럼 에리어를 모조리 태워버리고 싶진 않은데…….

　"이봐, 이거 정말 괜찮은 거야?"

　"괜찮아~! 내가 확실하게 소화할 테니까!"

　내가 세차게 타오르는 연료(골렘이었던 소재)를 보고 불안해하고 있자니 옆에서 물덩이가 잔뜩 날아들었다.

　불이 물에 짓눌려 산에 심긴 나무에 옮겨붙기 전에 꺼졌다.

　"그치♪"

　그렇게 말하며 내게 엄지손가락을 치켜들고 있는 사람은 해적모자를 쓴 동안 여자.

　알터 왕국의 결투 랭킹 8위, 첼시다.

　이번에 나와 같은 토벌 퀘스트를 받은 모의전 동료이기도 하다.

　"이 녀석들은 자르거나 부수기만 하면 나뭇조각 상태에서 다시 되살아나거든."

골치 아픈 특성이다. 그런 게 증식했으니 제거 대상이 될 만도 하지.

내버려 두면 근처 도시나 마을이 큰 피해를 입게 된다.

"나하고는 상성이 안 좋았는데 말이지. 화염 방사 스킬을 지닌 레이가 있어서 다행이야."

"다행이라는 건 내가 할 말인데."

임시로 파티를 짜긴 했는데, 서로에게 도움이 되고 있었다.

나도 대검이나 네메시스의 스킬로 싸웠다면 효율이 좋지 않았을 것이다.

불을 꺼주는 첼시가 있기에 《연옥화염》을 쓸 수 있는 것이다.

"음, 줄리 쪽은 슬슬 찾아냈으려나?"

첼시가 그렇게 말한 다음 [텔레파시 커프스]로 연락을 취하기 시작했다.

나는 이 에리어에서 우연히 마주친 첼시의 파티에 끼게 되었다.

그 파티용 창에는 첼시의 친구인 결투 랭커 줄리엣과 맥스의 이름 및 간이 스테이터스가 떠 있었다.

하지만 이곳에 있는 건 나와 첼시뿐. 날개가 있는 줄리엣과 가디언을 타고 다니는 맥스는 기동력을 살려 본체인 [어포레스트]를 찾고 있다.

계속 분체를 심고 다니는 [어포레스트]를 쓰러뜨리지 않는 한, 이 퀘스트는 끝나지 않는다.

하지만 결투 4위 '검은 까마귀'로서 유명한 줄리엣 일행이라면…….

"레이! 찾았대! 여기서 동쪽으로 능선을 하나 넘어간 곳!"

"알았어! 실버에 타! 우리도 하늘로 가자!"

예상했던 대로 본체를 찾아내 주었다.

그리고 우리를 태운 실버가 지정한 곳에 도착하자…….

『UUURAAAAAAaaa…….』

등에 나무가 백 그루 정도 돋아난, 흙과 뿌리로 이루어진 거대 골렘이 서 있었다.

"…………크네."

역시 보스 몬스터라고 해야 하나? 강화 회의 때 형이 싸웠던 레비아탄 정도는 아니지만, 60메텔은 훨씬 넘는다. 이쪽도 나름 대로 괴수 사이즈다.

하지만 이렇게 크니 줄리엣이 찾아내기도 전에 다른 누군가가 찾아냈을 법도 한데…….

"줄리?! 이런 게 어디 숨어 있었어?!"

첼시가 [어포레스트] 주위를 날아다니고 있던 줄리엣을 불렀다.

줄리엣은 암속성 마법을 [어포레스트]에게 날리며 질문에 대답했다.

"꿈틀대는 삼림. 천공의 심안."

그렇구나. '땅속에 파고들어 수풀로 의태한 다음 지형과 함께 움직이고 있었어. 하늘에서는 움직이는 게 보였지만 지상에서는 찾아내기 힘들었을 거야'라는 뜻이겠네.

『……아니, 번역된 문장이 너무 길지 않은고?』

"아무튼, 이 녀석이 본체야! 얼른 벌채해버리자고!"

네메시스가 무슨 말을 꺼냈지만, 그곳에 있던 또 다른 결투 랭커……, 등에 수많은 검이 돋아난 곰 형태의 가디언을 타고 있던 맥스의 목소리에 가로막혔다.

"《미친 칼날이여, 피를 빨아라(이페탐)》!"

맥스가 필살 스킬을 선언함과 동시에 이페탐의 등에서 검이 사출되었다.

그것들은 [어포레스트]를 둘러싸는 듯이 공중에 전개되어 일제히 날아갔다.

수십 자루의 칼날이 전부 [어포레스트]의 몸에 꽂혔지만……

"~~! 효과가 약해!"

맥스가 말한 듯이 거대한 나무와 흙덩어리인 [어포레스트]는 검이 꽂혔는데도 큰 타격을 입은 것 같지 않았다.

"그렇다면 내가 직접……!"

맥스는 접근한 다음, 아즈라이트도 사용했던 [검성(소드 마스터)]의 스킬인 《레이저 블레이드》를 휘둘렀다. 하지만 인간 크기였기에 대미지에 한계가 있을 수밖에 없었다.

"젠장!"

"허둥대지 마! 대인전과 대몬스터전, 맥스 쨩에게 적합한 건 전자니까!"

"나도 알……, 이름 뒤에 쨩을 붙이지 마!"

그리고 맥스는 소년 같은 말투로 말하고 있지만, 장비는 하늘

하늘한 드레스였다.

정말 잘 어울리는데……, 예전에 그렇게 말했더니 왠지 모르겠지만 혼났다.

"어이쿠!"

머리 위에 그림자가 드리운 것을 느끼고 재빨리 실버를 몰아 피했다.

그 직후, 마치 건물처럼 거대한 발이 바로 직전까지 우리가 있던 곳을 밟아서 뭉갰다.

"당하고 있을 수만은……, 없지!"

마치 벽처럼 눈앞을 가로막은 다리를 향해 [장염수갑]을 겨누고 《연옥화염》을 뿜어냈다.

초고열 불꽃이 심겨 있던 골렘들과 마찬가지로 [어포레스트]를 태우려 했다.

『――《High Fire Resist》.』

――하지만, [어포레스트]가 두른 빛의 막이 그 불꽃의 위력을 대폭 약화시켰다.

"이거, 선배도 썼던 녀석인가……!"

비 쓰리 선배가 [모노크롬]과 싸울 때 사용했던 열과 연소를 억누르는 방어 스킬이다.

"앗, 그렇구나! 레이! 일반적인 상급 보스는 〈UBM〉이랑 달라!"

일반적인 상급 보스……, 이야기를 듣고 보니 그런 상대와 마주친 건 이번이 처음이다.

보통은 항상 나보다 훨씬 강한 〈마스터〉나 〈UBM〉하고만 싸우곤 했으니까…….

"〈UBM〉처럼 터무니없고 독자적인 기술은 거의 안 쓰지만, 그 대신 범용 스킬을 여러 개 쓰니까! 피가로는 '어설픈 〈UBM〉보다 강한 것들도 많다'라고 했어!"

"우리는 '어설픈 〈UBM〉' 같은 것도 못 봤지만 말이야!"

아무튼, 이해했다. 이 녀석은 거대한 몸집에 걸맞은 스테이터스뿐만이 아니라 약점인 화속성조차 극복하는 방어 스킬까지 갖추고 있다.

보아하니 이페탐의 칼날이 낸 상처도 서서히 아물고 있었다. 《자동수복》을 지니고 있다.

"……특별(유니크)하지 않다고 해서 약한 건 아니구나."

최근에 싸웠던 상대인 [수왕]과 비교하면 천지 차이일지도 모르겠지만, 나와 비교하면 더 강한 상대.

이곳에 있는 네 명이서 힘을 합쳐 승리를 거두어야만 한다.

"아득한 벽일수록 영웅이 집결하리니."

'엄청 크고 강해 보이는 보스 몬스터지만, 모두 함께 힘을 합쳐서 열심히 싸우자!'……, 줄리엣도 나와 같은 심정이구나.

"그래! 해보자!"

그리고 우리는 보스 몬스터, [어포레스트 킹 골렘]에게 덤벼들었다.

◇

"이겼……다."

『예상했던 것보다 치열한 전투였구나…….』

처절한 싸움이었다.

한 시간 가까이 벌인 치열한 전투. 나와 네메시스도 《카운터 앱숍션》을 전부 다 썼고, [자원주갑]에 모여있던 원념도 거의 다 써버렸다.

중간부터는 등에 돋아난 나무를 《갑각박리 수령(퍼지 토렌트)》으로 분리해서 강인한 골렘 군단을 만들어내고, 《지오 드레인》으로 땅을 빨아들여 바싹 마르게 하면서 빠르게 회복하고, 나중에는 햇빛을 흡수해서 《그린트 파일》……, 상급 직업의 오의까지 사용했다.

『우리가 싸웠던 [갈드랜더]나 [고즈메이즈]보다 강했던 것 아닌가?』

"……뭐, 그 녀석들은 성장하기 전에 쓰러뜨린 거나 마찬가지니까."

[고즈메이즈]는 탄생 직후였기에 원념이 바닥나기 직전이었다. 그리고 소환 스킬로 불러낼 수 있는 지금의 갈드랜더는 시간제한만 없다면 이 보스보다 강할 것이다.

아무튼 [어포레스트 킹 골렘]은 매우 강했으니 피가로 씨가 한 말은 맞는 말이었다.

최종적으로는 첼시가 《금우대해일(포세이돈)》을 쏟아부어서 움직임을 막고, 줄리엣이 《사식조(흐레스벨그)》를 날려서 단단한 가슴 부위를 부수고, 이페탐을 타고 뛰어 올라간 맥스가 가슴 부위를 가르고, 내가 코어에 《복수는 나의 것(벤전스 이즈 마인)》을 때려 넣어서 격파했지만……, 정말 강적이었다.

그런데 일반적인 상급 보스가 이 정도로 강하다면, 이런 게 수없이 많은 덴드로의 자연계는 너무 무서운 거 아닌가?

"나머지 골렘 토벌은……."

"그쪽은 다른 참가자에게 맡기자고. 우리가 본체하고 그 보수를 챙겨버렸으니까. 그런데 레이, 슬슬 드롭 아이템을 연다?"

"그래. ……연다고?"

의아해하며 첼시 쪽을 보니 거기에는 보물상자가 있었다.

"[식목왕의 보물궤]?"

아, 그렇구나. 보스 몬스터를 쓰러뜨리면 이런 형태로 드롭하던가?

지금까지 일반적인 보스 몬스터와 싸운 적이 별로 없어서 깜빡 잊고 있었다.

그런데 이번 보물상자는 지금까지 나온 것들보다 매우 컸다.

"격전 후의, 구원의 물방울(보스가 강하기도 했고, 상자 크기를 보니 드롭 아이템을 기대해도 되겠네!)."

"미리 〈편찬부〉 사이트에서 조사해 보니까 이 보물상자의 내용물은 환금 아이템이나 지팡이, 그리고 방패 같아. 전부 목제고."

"……목제 방패면 불에 잘 타는 거 아냐?"

줄리엣 일행은 보물상자를 둘러싸고 신이 나서 떠들고 있었다.

"토벌 보수 자체는 길드에서 내주고, 이건 보너스나 마찬가지니까. 그런데 지팡이나 방패는 여기 있는 사람들 중에 주로 장비하는 사람이 없으니까……, 팔아서 나누면 되려나? 레이도 상관없어?"

"그래. 문제없어."

첼시는 원래 중급 클랜의 오너였기에 솜씨 좋게 진행해 나가고 있었다.

나도 최근에 2위 클랜의 오너가 되었다. 그녀에게 배울 점이 많다.

〈데스 피리어드〉로 퀘스트를 받은 건 강화 회의 때 한 번뿐이니 앞으로는 조금씩 클랜 활동도 늘려가고 싶은데.

"좋았어~, 연다~!"

기대하며 눈을 반짝이던 첼시가 힘차게 보물상자 뚜껑을 열었다.

큼직한 상자 바닥에는……, **종이 쪽지** 네 장만 들어 있었다.

"……흐에?"

예상하지 못했던 아이템이라 그런지 첼시가 굳었다.

우리도 마찬가지. 다들 '이게 뭐야?'라는 표정을 짓고 있었다.

"음, 이거……, 이름이 적혀 있는데."

네 장은 전부 같은 티켓이었지만, 각각 다른 이름이 적혀 있었다.

살펴보려고 손을 뻗었으나 내가 만질 수 있던 것은 네 장 중 한 장뿐.

내 이름이 적혀 있는 티켓이었다.

[〈애니버서리〉 참가권] :
운영 측에서 주최하는 특별 이벤트, 〈애니버서리〉 참가권.
이 참가권을 소유하고 있는 자가 로그인해 있을 경우, 4월 20일 오전 0시(일본 시간)에 전용 이벤트 에리어로 전송된다.
이 참가권은 '레이 스탈링'만 사용 가능.

"특별 이벤트……, 〈애니버서리〉?"
기념일(애니버서리)이라고 하기에는 미묘한 시기 같은데, 대체…….
"아~! 그렇구나, 이거! 참가권 방식 이벤트의……, 앗싸!"
굳어 있던 첼시가 부활해서 좀 전보다 눈을 더 밝게 반짝이며 뛰어올랐다.
"참가권 방식?"
"운명에 선택받은 자의 연회. 시련과 탐구 끝에 도달하는 제전(보스 몬스터나 던전의 보물상자에서 랜덤으로 참가권 티켓을 얻을 수 있는 이벤트야. 엄청 희귀한 거고)."
"호오. 이번에 그 희귀한 아이템이 드롭된 건가?"
『운이 좋구나. ……아니, 줄리엣이 뭐라고 한 건지는 모르겠다만.』
운영 측에서 주최하는 이벤트란 말이지.
"〈초급 격돌〉이나 〈풍성제〉, 〈애투제〉, 그리고 이번 주말에 개최될 〈토너먼트〉는 티안이 주최하는 이벤트니까, 이런 건 처음이네."

"운영 이벤트는 특정 시기에 특별한 이벤트 몬스터가 나타나는 경우가 많은데 말이지. 이렇게 참가권 방식인 건 참가하기 힘들긴 하지만, 그만큼 보수도 좋다는 모양이야."

그렇구나. 그래서 눈을 반짝였던 거고.

"연회의 유예기간이 짧도다. 영걸들은 모이는 운명인가?(개최일이 얼마 남지 않았는데……, 다들 참가할 수 있어?)"

"그래, 뭐, 괜찮을 것 같은데."

밤중에 시작하게 되니 다음 날에 영향이 좀 있을지도 모르겠지만.

"나도 물론 오케이~! 모두 함께 이벤트 참가! 파티식이라면 손을 잡고, 대항식 배틀로얄이라면 봐주지 않고 싸울 거야!"

"흥, 재미있군!"

첼시는 매우 기대하는 것 같고, 맥스도 의욕을 보이고 있다.

"……다행이야."

문득 옆을 보니……, 줄리엣이 왠지 안심한 듯한 표정을 지으며 작은 목소리로 중얼거리고 있었다.

"무슨 일 있어?"

"흐악."

궁금해서 작은 목소리로 물어보았다.

그녀는 약간 놀란 표정을 보이며 잠시 웅얼거리다가 말하기 시작했다.

"저기, 첼시가 기운을 차린 것 같아서, 기쁘거든. ……최근에는, 이런저런 일이 있었으니까."

"……그래."

요즘 첼시가 연달아 불행하긴 했다.

클랜은 오너인 그녀와는 상관없는 곳에서 치정 싸움(원인 : [광왕(光王, 에프)])으로 붕괴했고, 마음을 다잡고 호위 퀘스트를 받았더니 [토신(크로노 크라운)]에게 PK당했다.

엎친 데 덮친 격이라는 게 바로 이런 경우다.

하지만 지금은 참가권 방식 이벤트에 당첨된 행운에 기뻐하고 있다.

친한 친구인 줄리엣이 그런 모습을 보았으니 '다행이다'라고 할 만도 할 것이다.

"재미있는 이벤트면 좋겠네."

"응, ……기대, 되네."

"……?"

줄리엣의 모습이 아직 조금 신경 쓰였다.

첼시를 걱정하던 모습과는 약간 다른 분위기였다.

"줄리엣. 걱정거리가 아직 남았어? 나라도 괜찮다면 이야기를 들어줄게."

"흐엑?! 어, 없어! 걱정거리, 같은 거……. 으으……."

줄리엣은 허둥대며 내 질문을 부정했지만, 나중에는 고민하는 듯한 표정을 지었다.

그런 다음, 뭔가 결심한 듯이 나를 보았다.

"……저, 저기. 레이. 레이는……, 대학생이지?"

예상하지 못한 질문이 날아들었다.

"그래. 올해부터."

"……수능 준비, 힘들었어?"

어째서 그런 걸 신경 쓰는 건가 싶긴 했지만, 그녀의 질문에 대답했다.

"그렇지……. 뭐, 힘들다고 하면 힘들었어. 고등학교 2학년 여름부터 전혀 놀지 않고 공부만 했으니까. 그동안에 계속 형이 덴드로를 시작하라고 꼬시는데도 할 수가 없었고."

"…………그렇, 구나."

왠지 모르겠지만 내 말을 들은 줄리엣의 표정이 어두워졌다.

그녀의 걱정거리에 대해 이야기를 들어주려 했는데, 뭔가 불안해질 말을 해버린 건가?

"줄리엣?"

"괜, 찮아. 응, 괜찮으니까."

그날은 더 이상 그녀에게서 이야기를 듣지 못하고……, 해산한 다음 로그아웃하게 되었다.

□무쿠도리 레이지

하루가 지나 4월 19일 낮.

나는 대학교 식당에서 샌드위치를 한 손으로 들고 휴대폰 화면을 바라보고 있었다. 화면에 떠 있는 것은 〈편찬부〉 사이트. 내용은 내가 오늘 밤에 참가하게 된 참가권 방식 이벤트에 대한 정보였다.

지금까지 이벤트가 몇 번 개최되었지만, 내용은 그때마다 달랐다.

공통점은 이벤트 개최일 이전에 보스 몬스터의 희귀 드롭 아이템이나 〈신조 던전〉의 보물상자에 티켓이 추가되는 것과 티안이 없다는 것.

참가자는 먼 바다의 외딴섬이나 던전 같은 특수 에리어로 전송되고, 그곳에서 〈마스터〉끼리만, 또는 〈마스터〉와 몬스터들끼리만 이벤트를 진행하게 되는 모양이었다.

티안이 없다……, 티안의 생사가 걸리지 않은 점은 좋은 것 같다.

……밀리안느를 구하러 갔을 때부터 지금까지 그런 상황에만 마주쳐왔다.

다행히 왕국과 황국의 문제도 강화 회의가 끝난 뒤로는 잠잠하다. 황국에서 가장 경계해야 할 상대인 [수왕]도 후소 선배 덕분에 움직이지 못한다.

평화로운 시기이니 가끔은 게임 이벤트에 참가하는 것도 좋을 것 같다.

이번에는 마음 편히, ……정말로 마음 편히 이벤트를 즐길 수 있을 것이다.

"레이찌, 뭐 봐~? 야한 사이트?"

"……나츠메, 제1후보가 그거야?"

화면을 보며 평범한 게임 이벤트에 참가하게 된 기쁨을 곱씹고 있자니 같은 학교 친구인 나츠메 소프라노가 명예훼손이 될 만한 질문을 해왔다.

"레이찌인데 늘어진 표정을 짓고 있길래~. 괜찮아? 실뜨기 할래?"

나츠메는 그렇게 말한 다음 재빨리 양쪽 손바닥 안에 실로 나비를 만들어 내게 내밀었다.

"안 해. 아니, 왜 내가 늘어진 게 이상하다는 듯한 말투인 거야?"

실뜨기 자체는 항상 하던 말이지만…….

"아니, 레이찌는 항상 고민하는 표정을 짓고 있잖아? 문제하고 고민이 한 세트잖아."

"…………."

부정하기가 힘들다.

"……방금 보고 있던 건 덴드로 Wiki야. 봐."

그렇게 말하며 결백함을 증명하기 위해 보고 있던 페이지를 그대로 나츠메에게 보여주었다.

"호오~, 음?"

나츠메는 원포인트 페이스 페인팅을 한 볼에 손을 대며 고개를 기울였다.

"참가권 방식 이벤트?"

"덴드로에서 티켓을 얻어서 어떤 건지 미리 알아보고 있었어."

"진짜로? 레이찌도?"

"도?"

나츠메는 실뜨기용 실을 집어넣고 휴대폰을 꺼낸 다음, 내게 사진을 보여주었다.

그것은 CG 시점 덴드로 스크린샷 같았는데…….

"……티켓?"

화면에 떠 있는 것은 내가 얻은 것과 똑같이 생긴 티켓이었다.

이름 부분은 개인 정보 보호를 위한 건지 흐릿했지만, 틀림없었다.

"맞아! 맞아! 나도 티켓을 겟해서 오늘 밤은 이벤트 피버라고!"

"호오. 그럼 이벤트 때 만날 수 있을지도 모르겠네."

나는 왕국, 나츠메는 천지 소속이다.

대륙을 사이에 두고 동쪽과 서쪽. 빠른 이동 기능이 없는 덴드로에서는 평소에 만날 수 없는 거리지만, 이벤트 에리어로 전송된다면 오늘 밤에는 만날 수 있을지도 모르겠다.

"와아, 레이찌의 아바타는 유명하잖아~. 그쪽에서 만나면 투샷 스샷 좀 플리즈! 아니, 같이 이벤트를 공략하자~!"

"그래, 좋아. 이벤트 공략이 협력형이라면 말이지만."

좀 창피하긴 하지만, 학교 친구와 놀 수 있는 기회는 별로 없으니까 괜찮으려나?

줄리엣 일행하고 나츠메까지 합쳐도 다섯 명이 한 파티 범위 안에 들어가니까.

"이예이~♪ 오늘 밤은 진짜로 기대되네~♪"

나츠메는 정말로 기대하는 듯한 표정을 짓고 있다. ……왠지
모르게 두 손으로 빠르게 실뜨기를 하고 있기는 하지만.

"레이랑 나츠메네, 무슨 일이야?"

"아, 후유키. 사실……."

"레이찌하고 오늘 밤에 같이 있기로 했어♪"

"어?! 어느새 그런 관계가 된 거야?!"

"맞긴 한데, 그게 아니거든?!"

학교 친구의 오해를 풀다 보니 내 점심 시간이 끝났다.

……아, 나츠메의 아바타 이름을 물어보는 걸 깜빡했네.

□현실·쿠로사키의 집

4월 18일 저녁, 줄리엣의 현실 쪽 모습인 쿠로사키 쥬리는 친구인 첼시, 맥스와 함께 진행할 퀘스트를 기대하며 귀가했다.

"♪～."

왕국의 결투 4위 '검은 까마귀'로서 이름난 그녀도 현실에서는 평범한……, 약간 내성적이고 얌전한 중학교 2학년이다.

하지만 줄리엣이라는 아바타를 얻은 〈Infinite Dendrogram〉에서는 마음껏 자신의 패션과 세계관을 드러낼 수 있었다.

그런 세계에서 생긴 무엇과도 바꿀 수 없는 친구들과 결투를 벌이거나 모험을 떠나는 건 정말 즐거웠다.

"다녀왔습니다～♪"

"어서 오렴."

그렇게 어머니에게 인사를 하고 신이 난 채 자기 방으로 가려던 참에.

"얘, 쥬리. 가정교사 선생님 말인데."

"…………어?"

"모레부터 오기로 했어. T대에 한 번에 합격할 정도로 뛰어난 선생님이래."

어머니가 한 말을 듣고, 쥬리의 심장은 크게 뛰었다.

그런 다음 하루가 지나 중학교에서 돌아온 4월 19일……, 줄리엣은 어제와는 전혀 달리 축 처져 있었다.

어제 어머니와 레이에게 들었던 말 때문이다.

"에휴……."

자기 방 침대에서 고개를 숙인 채, 줄리엣이 한숨을 내쉬었다.

중학교 2학년부터는 가정교사를 붙여주겠다, 라는 이야기는 예전부터 어머니에게 들었다.

어떻게든 질질 끌면서 봄방학 동안에는 피할 수 있었지만, 이제 4월도 절반이 지났기에 한계가 왔다.

쥬리의 성적은 매우 좋지도 나쁘지도 않았지만, 고등학교 입학을 고려하면 지금부터 학력을 신경 쓰더라도 손해 볼 것은 없다. 그 사실은 쥬리도 알고 있다.

받아들일 수 없는 이유는 가정교사의 수업을 들으면 친구들과 즐겁게 지내는 시간이 줄어들기 때문이다.

〈Infinite Dendrogram〉은 시간이 세 배로 빠르게 흐른다.

다시 말해 현실에서 수업을 듣는 시간의 세 배만큼 친구들과 보낼 시간이 줄어든다.

일주일이나 하루의 짧은 시간이라면 상관없다.

하지만 엄한 선생님이 수업과 과제를 잔뜩 밀어붙인다면.

노는 것 자체에 제한이 걸리고 어머니도 동의해버린다면.

그야말로……, 레이처럼 수험 기간이 끝날 때까지 계속 〈Infinite Dendrogram〉을 못하게 된다면.

오늘 이벤트가 모두와 함께 놀 수 있는 마지막 기회일지도 모른다.

"으으……."

베개에 얼굴을 대고 엎드려 있자니 부정적인 생각만 차례차례 떠올랐다.

"흐읍!"

하지만 기운을 내며 침대에서 일어섰다.

가정교사는 이제 쥬리가 어떻게 해볼 수 있는 문제가 아니다. 내일 어떻게 될지도 모른다.

그러니까 무슨 일이 생기더라도 괜찮게끔……, 각오를 다졌다.

미련이 남지 않게끔, 온 힘을 다해서, 친구들과 이벤트를 즐기자고 생각했다.

◇ ◇ ◇

□현실 · 뉴욕 모처

늦은 밤 미국 동해안. 첼시는 잠들지 못하는 밤을 지내고 있었다.

왠지 잠이 오지를 않아서, 브랜디를 홀짝이면서 〈Infinite Dendrogram〉에서 출력한 사진을 정리하고 있던 것이다.

그중에는 당연히도 이미 해산되어버린 그녀의 클랜 사진도 있었다.

"…………에휴."

설마 그란바로아에 있었을 때부터 계속 이어져 온 클랜이 스무다리(첼시는 제외) 때문에 붕괴할 줄은 몰랐다.

"그란바로아에 남지 않고 나를 따라와 준 애들이었는데……."

클랜 전성기의 사진을 바라보며 그렇게 중얼거렸다.

그 사진을 찍었을 무렵, 〈황금해적단〉은 해산되기 전에 비해 두 배 이상의 규모였고, 클랜 안팎을 불문하고 다른 〈마스터〉들과 교류도 활발했다. 온몸에 붕대를 감은 미이라 같은 소녀와 찍은 사진도 있다.

"나도 레온……, 엘드릿지한테 뭐라고 할 수가 없겠네."

자신과 마찬가지로 클랜이 붕괴된 친구의 이름을 중얼거리며 사진을 정리했다.

낡은 사진부터 차례대로 정리하다 보니 점점 왕국에서 찍은 사진이 늘어났다.

(왕국에 막 왔을 때는 달라진 규칙에 적응할 때까지 시간이 꽤 걸렸던가?)

그란바로아는 다른 나라와 결투 방식이 다르다.

왕국 같은 나라에서 벌이는 결투는 개인전이지만, 그란바로아의 결투는 배를 운용하는 집단전이다.

승패를 결정짓는 요인도 다르기 때문에 이적 직후에는 결과를 낼 때까지 고생했다.

그럼에도 불구하고 줄리엣 같은 라이벌이자 친구가 생겨서 즐겁게 지내고 있다.

"·············아."

첼시는 얼마 전에 기데온에서 개최된 〈워터 서바이벌〉에서 우승했을 때 친구 넷이서 찍은 사진을 바라보았다.

(그러고 보니······, 아직 보여준 적이 없었네.)

그란바로아에 있었던 무렵과 왕국으로 온 이후, 첼시의 전투 스타일은 다르다.

그리고 아직 초급 직업을 얻지 못한 첼시의 전성기는 전자다.

"·············."

지금, 사진을 통해 과거를 돌아보고 있는 첼시의 마음속에서는 어떤 호기심이 강해지고 있다.

전성기의 내 전투 스타일로 친구와 싸우면 어떻게 될까.

(오늘 이벤트 때 혹시 그럴 이유와 기회가 생긴다면······.)

뭔가 매듭을 짓는 듯한 느낌으로 그걸 시험해보는 것도 좋겠다······, 첼시는 그렇게 생각했다.

"자, 사진 정리도 끝났으니까 한숨 잘까."

이벤트 개최는 동부 표준시로 4월 19일 오전 11시.

좀 자두는 게 좋을 것 같다.

첼시의 단말기에는 그녀가 정리해둔 사진이 잔뜩 들어있다.

그중 한 장은 그녀가 소유한 해적선이 전장인 바다에 떠 있는 모습을 멀리서 찍은 사진.

해적선 한 척과 바다에 잔뜩 떠오른 나뭇조각들.

———100척이 넘는 배의 잔해 속을 유유히 나아가는 해적선.

그것은 그란바로아에서 개최된 어떤 배틀로얄 이벤트의 결과.
예전에 지금과는 다른 별명으로 불리던 첼시가 이루어낸 위업
이었다.

◇ ◆ ◇

□■관리 AI 13호 작업영역

"이~벤트~ ♪ 이~벤트~ ♪"
"준~비~, 바빠~, 이~벤트~ ♪"
"하~지만~, 우리는~ 열심히 한다~ ♪"
수많은 스크린이 떠 있는 공간에서 옷을 입은 수많은 고양
이……, 관리 AI 13호 체셔가 노래하며 작업을 해나가고 있었다.
체셔의 분신은 스크린 안에도 있었고, 어딘가의 풍경을 띄운
스크린 안에서 뭔가 적힌 석판을 파묻고 있었다.
모든 고양이가 바빠 보였지만, 즐거워 보이기도 했다.
"열심히 하고 있군."
"와아~. 열심히 하고 있네~, 체셔."
그렇게 고양이 투성이였던 공간에 고양이가 아닌 존재가 들어
왔다.
쌍둥이 관리 AI 11호, 트위들덤과 트위들디다.

"응. 이번 이벤트는 내가 운영 쪽에서 입안한 거니까~."

"잡일 담당이니까~. 가끔 이벤트를 운영하는 것도 일이야~."

"열심히 할 거야~."

분신을 나누어 연산 능력을 멀티태스킹에 부여한 결과인지 말투가 약간 푸근했다.

"그래. 이번 내용은 맡기도록 하지. ……그런데."

"이벤트가 너무 느슨한 거 아니야~? 그리고~, **직권남용** 아니야~?"

쌍둥이가 지적하자 체셔들이 '윽', 소리를 내며 일제히 멈췄다.

"그래도 즐거운 이벤트로 만들고 싶고……. 앨리스에게도 제대로 협력을 받았고……. 그, 그건 그렇고, 티켓 배포 기준은 평소처럼 두 사람에게 부탁했는데……."

평소에는 잡일 담당인 체셔와는 달리 쌍둥이는 이벤트 담당 관리 AI다.

그리고 이럴 때 인선을 맡기기에도 안성맞춤인 인재다.

"그래. 이번에도 메인은 제6형태의 〈엠브리오〉를 지닌 〈마스터〉다."

"이벤트의 주요 목적은~, 〈초급 엠브리오〉로 진화시키는 거니까~."

이 〈Infinite Dendrogram〉을 운영하는 관리 AI들은 〈초급 엠브리오〉의 숫자를 늘리려는 목적을 지니고 있다.

그러기 위한 수단은 다양하다. 〈SUBM〉을 필두로 한 〈UBM〉의 존재, 톰 캣이나 크로노 크라운처럼 〈마스터〉와 맞서는 강적의 배치.

그리고 이러한 이벤트도 그런 수단 중 하나다.

"뭐, 그렇겠지――. 그래도, 지금까지 유력한 제6형태……, 준 〈초급〉들을 우선적으로 모아서 이런 이벤트를 진행했는데 말이야. 진화한 경우는 별로 없잖아――?"

"그렇다."

"그래서 말이지~, 이번에는 활력소……, 참가자의 폭을 늘렸어~."

체셔가 의문을 제기하자 트위들덤은 안경을 밀어 올렸고, 트위들디는 눈을 감고 빙글빙글 돌았다. 그러면서도 둘 다 씨익 웃고 있었다.

"……그래서 레이 군 같은 사람도? 이제 막 상급이 된 참인데."

최근에 리스트에 추가된 낯익은 이름……, 원래 기준인 제6형태에 못 미치는 참가자들의 존재를 떠올렸다.

"아, 그게 아니면……."

하지만 그와 동시에 리스트에 '완전 비밀'이라고 적힌 채 일단은 주최자인 체셔에게도 비밀로 참가한 사람도 있다는 게 떠올랐다.

"시작되면 알 거다."

"분명 재미있을 거야~ ♪"

"…………."

이 쌍둥이는 척 보기에 정반대인 것 같지만, 하나의 〈무한 엠브리오〉이기도 하다.

그리고 여러 관리 AI 중에서도 손꼽힐 정도로 진지하게 〈초급 엠브리오〉의 숫자를 늘린다는 목적을 달성하려 하는 관리 AI다.

그렇기 때문에 이 이벤트에 뭘 던져 넣을 생각인 건지……, 체셔는 불안해졌다.

(……왠지 〈애투제〉가 생각나네. 뭐, 괜찮긴 하겠지만.)

쌍둥이가 끌어들인 한냐의 폭주로 인해 기데온은 또 붕괴할 위기에 처했었다.

하지만 이번 이벤트 때는 티안에게 피해가 생길 우려가 없다.

왜냐하면 무대는 이벤트용으로 조정된 특별 에리어.

먼 바다의 외딴섬에서 진행되는……, 〈마스터〉들의 배틀로얄이니까.

□[성기사(팔라딘)] 레이 스탈링

대학교 수업을 마치고 저녁 식사도 마친 다음, 나는 덴드로에 로그인했다.

현실은 이미 밤이지만, 이쪽은 아직 낮이다.

"이제 곧 이벤트 개시 시간이다만, 준비는 이 정도면 충분할 게야."

아이템 박스 안에 있는 회복 아이템 같은 것들을 보며 네메시스가 그렇게 중얼거렸다.

이벤트에 대비해서 여러 가지 준비를 마쳤다. 어제 퀘스트를 진행하며 레벨이 오른 [척후]도 스킬 등의 조합을 고려해서 [성기사]로 되돌려두었다.

"새로 맞춘 갑옷은 결국 제때 받지 못했구나."

"뭐, 이번에는 임시 방어구로 참가해야지."

저번 강화 회의 때 벌어진 전투에서 선배에게 받은 [VDA]가 완전히 파괴되어 대신 쓸 새로운 방어주를 발주했지만……, 안타깝게도 오늘 밤 이벤트에는 쓰지 못하게 되었다.

어쩔 수 없기에 가게에서 그럭저럭 괜찮게 산 방어구를 장착하고 있다.

약간 아깝긴 하지만……, 자금은 꽤 있으니 괜찮을 것 같다.

"그래서, 이벤트를 미리 알아본 건 어땠는고?"

"이름이 똑같은 이벤트는 없었어. 지금까지 진행된 이벤트는 배틀로얄, 수수께끼 풀이, 이벤트 몬스터 토벌 경쟁 같은 식으로 다양했고. 상품은 첼시가 말한 것처럼 희귀 아이템이 많았고, 그중에는 레벨업 아이템을 받은 경우도 있었던 모양이야."

하급 직업 하나를 50레벨까지 올려주는 아이템 같은 건 직업 빌드가 아직 완성되지 않은 입장에서는 꽤 탐나는 물건이다.

"그런가? 뭐, 어찌 됐든 이번에는 마음 편히 즐기도록 하거라."

그렇게 하루 내내 준비하고 이쪽 시간으로도 한밤중이 되었을 무렵.

이벤트 개시 시간이 되자 우리는 어디론가 전송되었다.

◇

전송 직후, 내 시야는 왕도의 풍경이 아니라 하얗고 광대한 공간을 보여주고 있었다.

주위에는 나와 마찬가지로 참가자인 것 같은 〈마스터〉들이 차례차례 전송되고 있었다.

"호오, 이런 느낌인가……."

레전더리아에 있는 〈액시던트 서클〉은 가끔 사람을 다른 곳으로 날려버리는 경우가 있다고 레전더리아에서 시작한 피가로 씨에게 들은 적이 있다.

그때도 이런 느낌이었을까?

"저건……, '언브레이커블(불굴)'?"

"황국의 〈초급〉을 차례차례 물리친 루키인가…….."

"크크큭, 저 녀석을 쓰러뜨리면 이름을 떨칠 수도 있겠지…….."

"아니, 아직 만렙도 안 된 사람을 쓰러뜨려봤자 자랑거리도 안 돼. 기다리자고."

"그렇죠."

……왠지 내 쪽을 보면서 이야기를 나누는 사람이 꽤 있는데.

다들 낯설고, 장비 분위기도 본 적이 별로 없는 게 많다.

아마 왕국이나 황국이 아닌 나라에서 온 사람들 아닐까. 동방풍 차림새가 눈에 띈다.

아, 우선 줄리엣 일행을 찾아야 하는데. 그리고 나츠메의 아바타는 어떤…….

"찾았다~!"

그런 생각을 하고 있자니 큰 목소리가 들렸다.

목소리가 들린 쪽을 돌아보니……, 왠지 색 조합이 눈에 띄는 기모노를 입은 여자가 있었다.

미니스커트 후리소데라고 해야 하나, 상반신과 하반신의 천 면적 균형이 맞지 않는다.

볼에는 원포인트 페이스 페인팅. 그렇게 코스프레 같은 기모노를 입은 포니테일 여자는 이쪽을 손가락으로 가리키며 웃고 있었다.

……볼에 원포인트 페이스 페인팅?

"레이찌, 찾았다~! 아~, 실물은 진짜 암흑 계열? 부츠하고 코트만 봐도 완전 암흑 스타일이잖아! 옆에 있는 흑로리 같은 네메시스 쨩도 좋고!"

외모가 눈에 띄는 그녀가 그렇게 말하며 내게 다가와 등을 탁탁 때려댔다.

네메시스는 '……흑로리라는 말은 오랜만에 들었구나'라며 먼 산.

아무튼 나를 '레이찌'라고 부른 걸 보니 이 사람이 누군지 짐작이 간다.

"……나츠메야?"

작은 목소리로 묻자 상대방이 소매에서 끈을 꺼냈다.

"괜찮아? 실뜨기할래?"

……100퍼센트 나츠메다.

"아, 이쪽에서는 알토라고 불러줘♪"

"알았어, 알토."

"으음, 그대가 레이의 학교 친구인가? 잘 부탁한다."

"네메시스 쨩, 잘 부탁해~♪"

알토는 V자와 윙크를 합친 포즈를 취하며 네메시스에게 인사했다.

V자 사인을 보인 오른손에 [주얼]이 있는 걸 보니 테이밍 몬스터도 쓰는 것 같다.

그런데 알토란 말이지. 소프라노와 알토. 알아보기 쉬운 이름

43

이네.

"그래도 이름을 거의 그대로 쓴 그대보다는 좀 신경을 쓴 것 같다만."

……뭐라 따질 수가 없다.

"태클도 걸어주는구나~. 좋겠다~. 메이든 좋겠어~. 우리 〈엠브리오〉는 귀엽고 그런 게 아니라서~. 패션을 맞출 수도 없고."

"……잠깐, 그럼 마치 레이와 내 복장이 같은 수준이라는 것 같다만? 말도 안 되는 소리다."

"어라? 그러고 보니 갑옷이 [마장군(헬 제너럴)] 영상하고는 달라진 것 같은데?"

알토는 네메시스의 말을 무시하며 내 옷을 가리키고 물었다.

"망가져서 임시로 맞춘 거야."

"준비가 부족하면 안 되지~? 나는 알바 준비도 확실하게 끝내고 로그인했는데!"

"알바?"

"레이찌는 알바 안 해? 우리 학교 정도면 가정교사 같은 걸 해달라는 사람이 잔뜩 있는데?"

"돈 때문에 곤란하진 않아서……."

"나도 한번 해보고 싶은 말이야!"

집세는 형 아파트니까 들지 않고, 학비도 부모님이 내주셨다.

돈도 달마다 보내주시고, 덴드로만 하면서 살다 보니 생활비 정도밖에 나가는 돈이 없다.

……그래도 돈은 모아두는 게 나으려나? 루크나 피가로 씨가

영국 사람이니까 오프 모임을 하러 해외로 나가는 상황이 생길
지도 모르겠고.

"아, 레이, 여기 있었구나. 그 사람은 아는 사람이야?"

그렇게 나츠메(알토)와 이야기를 하고 있자니 첼시 일행이 말
을 걸었다.

이미 셋 다 모여 있……, 아니, 한 명이 늘어났다.

상복처럼 까만 드레스를 입은 여자가 줄리엣 옆에 서 있었다.

아마 만쥬샤게 시온이라는 랭커였던 것 같은데.

결투 랭커들이 벌이는 모의전에 끼워달라고 했을 때 본 적이
있다.

"그래. 우리 대학교 친구야."

"알토입니다! 잘 부탁해요! 실뜨기하실래요?"

"아하하~. 하고 싶은 생각은 별로 없는데."

……나츠메, 처음 만난 사람에게도 실뜨기를 권하는구나.

"알토도 우연히 티켓을 얻어서 말이지. 평소에는 천지에서 플
레이하는데 좋은 기회가 생겼으니까 같이 이벤트를 공략해볼까
해서. 협력형이라면 같이 파티에 들어가도 될까?"

"그래. 우리 쪽도 시온하고 합류했고, 다 합쳐서 여섯 명이라
면 괜찮을 것 같은데?"

첼시의 말을 듣고 다른 세 사람도 고개를 끄덕였다.

"……한데 모인 운명."

"뭐라고?"

"OK라네."

알토는 줄리엣이 '같이 즐기자'라고 말한 걸 이해하지 못한 모양이다.

그런데 줄리엣……, 역시 어제부터 분위기가 좀 다른데?

"그렇구나~, 잘됐네~. ……그런데 레이찌. 오른쪽을 봐도 미소녀, 왼쪽을 봐도 미소녀인 하렘 파티에 들어온 기분은 어때~?"

"마음이 편하네……."

"강자의 발언인데?!"

밀리안느나 류이, 아즈라이트처럼 죽어선 안 되는 사람(티안)과 함께 다니는 게 아니니 안심하고 행동할 수 있다.

합류한 뒤 처음 만나는 사람들끼리 자기소개를 하고 나니 이제 이벤트가 시작되는 걸 기다리는 것만 남았다.

"그런데 꽤 많이 모인 모양이야."

"그러게."

맥스의 말에 주위를 둘러보니 하얗고 살풍경한 공간에……, 어림잡아 300명 이상의 〈마스터〉가 모여 있었다. 멀리 떨어져 있는 사람은 얼굴이나 외모를 알아보기 힘들긴 하지만…….

"줄리엣네 말고 다른 랭커가 있을지도 모르겠네."

"레이도 2위 랭커잖아?"

"뭐, 내 랭크는 클랜 랭킹이라 개인적인 실력은 별개니까……."

전투 스타일도 아직 안정적이라고는 하기 힘들고.

"결투도 하면 되잖아. 나나 시온처럼 클랜하고 결투, 양쪽 다랭커가 되어도 되니까."

첼시는 해산되긴 했지만 랭커 클랜의 오너였다.

게다가 시온은 왕국의 모든 랭킹에서 13위를 차지한 이례적인 랭커다.

"그러고 보니까, 시온은 어떻게 티켓을 얻은 거야?"

시온은 어제 퀘스트를 함께 하지 않았기에 신경 쓰여서 물어 봤더니…….

"네! 저도 티켓을 뽑기로 얻어서 여기에 있는 거랍니다! 그런 데 줄리엣 양 일행도 얻었다는 건 놀라워요! 게다가 모두가 얻 었다니……, 몇 번이나 돌리신 거죠?"

""""뽑기?""""

그녀가 걱정스러운 듯이 줄리엣 일행을 보고 있는데, 다른 세 사람은 이해가 잘 안 된다는 표정이었다.

하지만 나는 이해해버렸다. 내가 실버를 얻고 나서……, 그 이후로도 가끔씩 뽑곤 하는 알레한드로 씨의 가게에 있는 뽑기 기계 이야기일 것이다.

그렇구나, 티켓이 뽑기에서도 나오는구나…….

만약 내가 뽑았다면 [탐색 허가증]처럼 겹쳤을지도 모르겠네.

……최근에는 뽑기를 안 해서 좀 해보고 싶은데.

"왠지 먼 산을 보고 계시네요?"

"뭐, 그냥 넘어가 주면 안 되겠는가…….."

그러다 보니 머무르고 있던 공간에 띵동댕동, 구식 멜로디가 흘렀다.

『네에~. 현 시간부로 로그인 중인 참가자의 전송이 완료되었습니다~. 이것으로 이벤트 참가를 마무리하겠습니다~.』

왠지 늘어지는 듯한 귀에 익은 목소리. 확성기 같은 걸 쓰고 있는 듯하지만, 아바타를 만들 때나 〈노즈 삼림〉 터에서 만났던 관리 AI……, 체셔의 목소리였다.

그 직후, 하얀 공간의 조명(?)이 꺼지고 어두워졌다.

이어서 공중 한 곳에 스포트라이트 같은 빛이 비추어졌다.

거기에는 저번에 만났을 때와는 달리 아마 정식 복장인 듯한 턱시도를 입은 체셔가 공중의 발판 위에 서 있었다.

『여러분, 잘 오셨습니다——. 오늘은 이벤트, 〈애니버서리〉에 참가해 주셔서 감사합니다——.』

체셔가 고개를 꾸벅 숙이자 회장 곳곳에서 찰칵찰칵, 사진을 찍는 소리가 들렸다. 아마 팬이거나 동물을 좋아하는 사람일 것이다.

『이제부터 규칙을 설명해드릴 테니——, 조용히 해주시길 부탁드립니다——.』

체셔가 그렇게 말하자 공중에 홀로그램으로 커다란 스크린이 나타났고, 바다에 둘러싸인 원형 섬 사진이 떴다.

숲이 있고, 산이 있고, 강도 있다. 하지만 문명이 번창한 것 같지는 않았다.

척 보기에도 분위기가 먼 바다에 있는 무인도 같은 섬이었다.

『여기가 이번 이벤트 에리어입니다——. 정확히 말씀드리자면 섬의 육지. 섬의 상공 500메텔, 섬에서 20메텔 이내의 바다까지. 섬을 둘러싸고 있는 결계에 닿으면 실격되니 조심하세요——.』

스크린에 체셔가 말한 범위가 표시되었다.

섬에서 멀리 떨어지지 않는다 해도 실버를 타고 다닐 때는 고도를 신경 쓸 필요가 있을 것 같다.

날개가 있는 줄리엣도 비슷한 생각을 한 건지 흐음흐음, 고개를 끄덕이고 있었다.

『섬 중심부의 산꼭대기에는 결승점인 문이 설치되어 있습니다──.』

화면이 전환되어 거대한 문이 떴다.

문에는 손잡이가 없지만, 그 대신 기묘하게 움푹 패인 부분이 여덟 개 보였다.

『사진을 보시면 아시겠지만, 문에는 열쇠를 끼워 넣을 곳이 있습니다. 그리고 그 열쇠는 섬 안에 풀어둔 이벤트 몬스터를 쓰러뜨리면 드롭하게 되어 있습니다──.』

체셔는 그렇게 말한 다음 어디선가 판자 같은 걸 열 개 꺼낸 다음, 트럼프 카드를 펼치듯이 이쪽으로 보여주었다.

……고양이 손으로 어떻게 들고 있는 거지?

『열쇠는 0부터 9까지의 숫자가 적힌 플레이트입니다──. 문은 이 플레이트를 나열해서 정답인 여덟 자리 숫자를 입력하면 열리는 구조고요. 정답의 힌트도 섬 안에 숨겨져 있어요──.』

몬스터를 쓰러뜨리고 플레이트를 모아 결승점에서 정답을 맞춘다.

몬스터 토벌과 수수께끼 풀이가 한 세트, 정말 모험다운 이벤트구나.

『주의사항!』

체셔가 들고 있던 플레이트를 없앤 다음, 집게손가락(?)을 펴고 참가자들을 둘러보았다.

『답을 잘못 입력하면 사용한 플레이트는 사라져버려요. 게다가 섬 어딘가에 무작위로 전송되니까 다시 산을 올라가게 될 겁니다.』

반대로 말하자면 틀려도 다시 플레이트를 모아 산을 오르면 재도전할 수 있다는 뜻이구나.

등산도……, 뭐, 실버를 타고 이동하면 시간 손실이 얼마 안 될 테고. 여섯 명이서 공략한다면 내 실버, 줄리엣의 날개, 맥스의 이페탐, 그리고 시온도 황옥충이라는 황옥 시리즈를 타고 다닐 테니 이동 수단은 부족하지 않다.

『자, 그리고 이번 이벤트에는 약간의 보너스가 있습니다.』

보너스?

『이번 이벤트 때 플레이어가 사망할 경우에는 특별히 데스 페널티 없이 자기 세이브 포인트로 전송될 거예요——.』

"어? 진짜로?"

무심코 목소리가 나와버렸는데, 진짜로 놀라운 정보다.

덴드로는 수많은 게임들 중에서도 데스 페널티가 꽤 무거운 편이다.

현실 시간으로 하루 종일, 이쪽 시간으로는 사흘 동안이나 다시 로그인할 수 없게 된다.

하지만 이번 이벤트 때는 그게 없다. 진짜로 아무것도 잃지 않고 즐길 수 있다.

'그럼 평소에도 그렇게 해달라고……'라고 말하는 참가자의 목소리도 들렸다.

『하지만 망가진 장비는 수복 기능이 있는 거 말고는 고쳐지지 않으니까 조심하시고요~.』

특전 무구는 그렇다 치더라도, 실버가 파손되는 건 조심해야겠다.

그런 생각을 하고 있자니…….

『이번에는 아이템 랜덤 드랍도 없어요──. 드롭되는 건 플레이트뿐입니다.』

───체셔가 이벤트의 성격을 완전히 바꿔버리는 정보를 말했다.

데스 페널티 면제와 마찬가지로 리스크를 줄이는 말 같지만, 본질은 전혀 그렇지 않다.

'다른 플레이어를 쓰러뜨리면 플레이트를 뺏을 수 있다'고 한 것이다.

이 말은 이것이 수수께끼를 푸는 모험 이벤트인 것과 동시에 대인 이벤트라는 점을 시사하고 있다.

다른 〈마스터〉들을 상대로 하는……, 서바이벌.

체셔는 그 이후로도 몇 가지 규칙을 덧붙여 말했다.

이벤트 에리어에는 상관이 없는 야생 몬스터가 들어가지 못한 다는 점.

[구명의 브로치]를 착용할 수 없다는 점.

이벤트 에리어의 시작 위치는 각자 랜덤이라는 점.

시작 지점은 다른 참가자들과 일정 이상의 거리가 떨어져 있 다는 점.

클리어한 사람이 가지고 있던 플레이트는 전부 사라진다는 점.

『이 이벤트 클리어는 **선착순 세 명**까지입니다——.』

그리고……, 체셔는 우리의 예상을 무너뜨린, 가장 중대한 규 칙을 말했다.

『그럼 5분 뒤에 이벤트 에리어로 전송해드릴 테니 준비하세 요~.』

체셔는 그렇게 말한 다음 공중에서 사라졌고, 공간에 조명이 다시 켜졌다.

"자. 어떻게 할까?"

첼시가 일행들을 바라보며 물었다.

"선착순 세 명. 클리어할 수 있는 건 여기 있는 일행 중 최대 절반뿐. 다른 참가자까지 고려하면 더 적을지도 모르지."

"뭐, 애초에 협력형일 경우에 함께 하자고 했던 거잖아. 노골 적인 대립형이니 각자 클리어를 목표로 삼으면 되는 거 아냐?"

첼시의 말에 맥스가 약간 토라진 듯이 대답했다.

사실 다 함께 협력해서 이벤트를 진행하고 싶었던 건지도 모르겠다.

하지만 완전 대립형인 건 아니다.

클리어 인원수가 세 명까지라면 3인 파티로 클리어할 수는 있다.

시작 지점이 제각각 랜덤이니까 상황에 따라 달라지긴 하겠지만…….

"대립……, 대립형이라아…….."

알토는 실뜨기를 하며 뭔가 고민하는 것 같았고, 시온은…….

"? ? ?"

……아직 규칙을 완전히 이해하지 못한 것 같았다.

"뭐, 그때 가서 생각해야겠지. 그런데 말이야, 줄리. 대립형 이벤트라면 딱 좋은 기회 아닐까?"

"어?"

첼시가 줄리엣을 보며 웃었다.

하지만 평소에 보이던 밝고 명랑한 미소와는 약간 달랐다.

결투 랭커들이——— 호적수에게 보이는 미소.

"데스 페널티가 없고, 결투 규칙이나 결계도 없고. 이렇게 좋은 조건은 좀처럼 보기 힘들어."

"!"

"있는 힘껏 붙어보자. 그야말로 온 힘을 다해서 말이야."

첼시가 줄리엣을 손가락으로 가리키며 그렇게 선언했다.

"……응!"

줄리엣이 힘차게 고개를 끄덕였다.

그 표정에는 좀 전에 약간 드리우던 어두운 기색이 없었다.

『그럼 일제 전송을 시작합니다——.』

그때, 다시 체셔의 목소리가 들렸다. 드디어 시작되는 것이다.

"네메시스."

『알겠다.』

나는 네메시스를 대검으로 변화시킨 다음 전송에 대비했다.

『전송시키기 전에 마지막으로 말씀드리는 건데——.』

곧바로 이곳에 전송되었을 때와 똑같은 감각이 느껴졌고.

『——이 이벤트의 이름을 잘 기억해두세요——.』

——그 목소리와 함께 우리는 이벤트 에리어(전장)로 전송되었다.

◇

전송이 끝나고 내가 선 곳은 나무들이 울창하게 자라나 있는 숲속이었다.

주위를 둘러봐도 나무와 지면, 나무들 틈새로 보이는 하늘 말고는 딱히 보이는 게 없었다.

『섬의 사진에 있던 삼림지대로 날아온 모양이로구나.』

"그래. 몬스터의 기척은……, 없는데."

이벤트 몬스터를 쓰러뜨려서 플레이트를 모으는 이벤트인데, 지금은 그것도 보이지 않는다.

다른 참가자의 시작 지점과는 거리가 떨어져 있을 테니 지금은 근처에 없을 것이다.

『또 숲속인가……,《연옥화염》을 쓸 겐가?』

"……주위의 피해는 신경 쓸 필요가 없을지도 모르겠지만, 산불을 일으키는 건 너무 눈에 띄겠지."

참가자들이 플레이트를 모은 뒤에야 대인전이 치열해지겠지만, 그래도 조심하는 게 좋을 것이다.

"우선 주위 상황이나 현재 위치를 확인했으면 하는데. 실버!"

나는 실버를 아이템 박스에서 꺼내 올라탔다.

공중에서 주변 지형이나 다른 사람들의 위치를 보고 행동방침을 정해야겠다.

줄리엣 일행과 일찌감치 합류해서 함께 다닐 수도 있을 것이다.

"좋아, 그럼 위로……."

그렇게 고도를 신경 쓰며 하늘로 올라가려던 참에 소리가 들렸다.

그것은 헬리콥터 같은 소리였다.

"!"

나는 재빨리 실버에게 의사를 전달해서 숲의 나뭇가지 사이로 뛰어들었다.

그리고 가지와 잎에 몸을 숨기며 하늘을 살펴보았다.

소리를 낸 것은 로터가 두 개 달려있고 새와 비슷하게 생긴 비행 기계였다. 〈엠브리오〉이거나 드라이프의 비행 기계이거나, 어찌 됐든 나보다 먼저 하늘 위로 올라가 있다.

『어떻게 할 것인고?』

지금 공중으로 올라가면 곧바로 싸움이 시작될 우려가 있다.

정보 선점 효과와 리스크를 저울에 달아본 다음, 나는…….

『——————.』

하지만 내가 행동에 나서기도 전에 사태가 움직였다.

———공중에 떠 있던 비행 기계가 폭발한 것이다.

그것은 지상에서 뻗은 빛의 띠. 광선(빔)이라고밖에 할 말이 없을 정도로 열량을 지닌 빛이 비행 기계를 격추시켰다.

비행 기계는 관통되어 타올랐고, 지상에 떨어지기 전에 빛의 먼지가 되었다.

그것을 움직이던 〈마스터〉의 데스 페널티……, 실격을 알리는 듯이.

"먼저 날아올랐다면 내가 저렇게 되었을지도 모르겠네."

『……하늘은 피해야겠구나. 적어도 저렇게 강한 대공 공격력을 지닌 참가자가 생존한 동안에는 날 수가 없다.』

"그래."

아무튼 실버를 가지와 잎 사이에서 지상으로 내려가게 한 다음, 숲의 나무들에 숨어 그 원거리 공격을 피하며 지상을 이동하기로 했다.

아무래도 이 이벤트는 쉽사리 클리어할 수 없을 것 같다.

■이벤트 에리어 북부

작달막한 언덕 위에 자리 잡고 있던 것은 다리가 여러 개 달린 기계였다.

방금 사용된 포문에는 열기가 깃들어 있었고, 공기에 닿아 하얀 연기를 뿜고 있었다.

하지만 그 다리는 포대가 아니다. 여러 개 달린 다리는 말 그대로 다리고, 포문은 꼬리다.

기체 앞부분에는 집게가 달린 그것……, **기계 전갈**은 방금 공중에 있던 참가자를 선선대 문명에서 유래한 마도식 하전 입자포로 격추한 초병기였다.

"……히트."

기계 전갈 콕핏 안에서 한 여자가 중얼거렸다.

기계 전갈과 연결된 기계식 바이저로 얼굴 위쪽 절반을 가린 그녀는 격추한 것에 대해 딱히 감흥이 없었다.

"방금 그 적은……, 데이터 없음. 이왕 격추할 거라면 대기 에리어에서 보았던 '언브레이커블'이나 '검은 까마귀'를 격추하고 싶었는데……."

그녀는 황국의 〈마스터〉다.

물론 이 이벤트 자체는 전쟁이나 각 나라의 관계와는 상관이 없다. 일곱 나라 전체에서 참가했다.

하지만 그중에는 어떠한 의도를 스스로 덧붙인 자가 있다.

"상품이 어떤 건지는 알 수가 없지만……. 라인하르트를 위해서라도 왕국으로 들어가는 건 피하고……, 싶은데."

자신의 기체를 정비해준 사람……, 황왕의 이름을 말하며 그녀가 고개를 끄덕였다.

"승리를 노리며 쓰러뜨려 나갈 거야. 가자, [시트린(황수정)]."

자신의 기체인 황옥충 2호기, [시트린 오블리터레이터(황수정지말소자)]를 조종하는 여자.

드라이프 황국 토벌 5위, [유희(플로우 프린세스)] 쥬바.

황국의 준 〈초급〉이다.

■이벤트 에리어 남동부

탁 트인 평원에서 두 〈마스터〉가 마주 보고 있었다.

좌우의 형태가 다른 양날 도끼를 등에 멘 대머리 장년 남자.

텐 갤런 햇을 쓰고 서부극처럼 차려입은 청년.

둘은 상대방의 그림자를 쫓으며 싸우기 위해 다가갔지만……, 멈춰 섰다.

서로 밉살스럽다는 듯이 바라보는 표정임에도 공격을 가할 기색은 없다.

"**소몰이꾼**. 네놈도 이 이벤트에 참가했나?"

"그건 내가 할 말이라고, **나무꾼**. 운 좋게 선택받았나 싶었는데, 운이 안 좋았던 건지도 모르겠군."

상대방에게 불만을 품고 있다는 사실을 전혀 감추려 하지 않는 두 사람은 같은 나라의 같은 클랜 소속이다.

"7위 따위는 빠져 있어라. 상품을 후우리 님께 전해드릴 사람은 바로 나다."

"그러니까 내가 할 말이라고 했잖아. 여기는 투기장이 아니야. 박살 내버린다, 5위."

그들은 황하 제국의 결투 랭킹에서 5위와 7위인 자들.

그와 동시에 클랜 1위, 〈후우리 우민군〉에서 오지장이라 불리는 간부들이기도 했다.

그들은 결투 랭킹으로 서로 경쟁하는 것과 동시에……, 〈Infinite Dendrogram〉에서 손꼽히는 미녀라 불리는 클랜 오너, 후우리에 대한 공헌도로도 경쟁하는 사이다. 그 성격상 사이가 좋지 않다.

황하에서는 그들이 싸우는 모습을 자주 볼 수 있고, 결투 2위인 신우 같은 사람은 '……아, 왜 우리 결투 상위 랭커는 나하고 쯔안 말고는 다 이러는 거냐고'라며 한탄하곤 한다.

""..............""

서로 위협하면서도 행동에 나서진 않는 둘.

추하게 경쟁하는 사이임에도 불구하고 발목을 잡는 것만은 오너가 금지했기에 이번 이벤트에서도 상대방을 공격해 탈락시킬 수는 없었다.

"……쳇. 열심히 방해꾼들을 없앤 다음에 탈락해라."

"정말……, 내가 할 말을 다 해주는군."

그렇게 두 사람은 돌아선 다음……, 다른 먹잇감을 찾아 걸어가기 시작했다.

황하 결투 5위, [부월왕(킹 오브 액스)] 반 즈하오.

황하 결투 7위, [견우왕(킹 오브 카우보이)] 재미 크레센트.

양쪽 모두 황하의 준 〈초급〉이다.

■이벤트 에리어 동부

"♪~."

한 여자가 신이 나서 '카고메카고메' 노래를 흥얼거리며 강을 따라 난 길을 걸어가고 있었다.

양갓집 규수처럼 단정한 이목구비와는 달리 마치 어린아이가 소풍을 즐기는 것처럼……, 정말로 즐거워서 견딜 수가 없다는 듯한 표정.

상반된 것이 한데 깃든 그 얼굴이 신기한 매력을 풍기고 있었다.

하지만 그렇게 활기차고 매력적인 것은 그녀의 목 윗부분뿐.

목 아랫부분, 기모노를 개조해서 만든 독특한 옷 안쪽에 보이는 피부에는 크고 작은 상처가 드러나 있었다.

어깻죽지에는 원래 팔과 함께 **금속 팔**이 좌우로 두 개씩, 네 개 달려 있다.

무엇보다 그녀의 주위에서는……, 다른 참가자들이 차례차례 사망해서 빛의 먼지가 되어가는 중이었다.

"끄아아아아아아아아악……."

"이, 이제 그만……?!"

"크헉……."

타인의 단말마와 피거품 속에서 기쁨을 감추지 못하는 듯이 걷던 그녀의 표정에서 미소가 사라졌다. 그녀는 '카고메카고메' 노래도 멈추고 주위를 둘러보았다.

"뒤쪽……, 아무도오 없네요."

그녀가 매우 진지한 표정으로 안타깝다는 듯이 중얼거렸다.

이미 주위에 움직이는 것은……, **그녀의 무기뿐**이었다.

"너무 즐겁고 기뻐서, 노래하던 동안에 끝나버렸네요. 겨우 죽은 것 정도로 멈춰버리면 곤란한데요. ……[사병(데스 솔저)] 직업을 가진 사람은 없나요?"

그녀는 약간 실망한 듯이 한숨을 쉬었다.

"에휴. 뭐, 상관없어요. 죽이다 보면 언젠가는 강한 분과도 만날 테니까요. 수많은 나라의 〈마스터〉들이 한데 모인 축제잖아요."

그녀는 마음을 다잡고 다시 미소를 지으며 걸어가기 시작했다.

"섬나라에서 보던 아는 분들만 있는 게 아니니까요. 이렇게 가슴이 뛰는 사투의 제전이라니. 제 기분도 들뜨네요. ♪~."

섬나라……, 천지의 수라는 그렇게 다시 노래를 부르며 섬을 배회하기 시작했다.

■이벤트 에리어 중앙부

"…………."

그는 자신이 전송된 곳이 영상에서 보았던 섬 중앙의 산지라는 사실을 눈치챘다.

의도적인 것인지, 우연인지, 그가 내려선 곳 근처에는 결승점인 문이 있다.

하지만 플레이트를 드롭하는 몬스터가 근처에 없었기에 그는 이제부터 섬을 돌아다니며 플레이트를 모아야만 한다.

하지만 문에 적혀 있던 힌트는 읽을 수 있었다.

"…………."

그는 곧바로 갈아입기로 했다.

그의 장비는 널리 알려져 있기 때문에 대기 에리어에서는 장비를 바꿔서 눈에 띄지 않게끔 하고 있었던 것이다.

《순간 장착》을 사용하여 바로 평소에 장착하고 다니는 전신 장비로 전환했다.

『………….』

평소 차림으로 돌아온 그는 문 주위에서 부스럭거리며 뭔가 한 다음에 걸어가기 시작했다.

그 발자국은 마치……, 데포르메된 곰의 발자국 같았다.

□[성기사] 레이 스탈링

이번 이벤트의 타깃 몬스터는 [플레이트 홀더]라고 하는 모양
이다.

외모는 광물성 인형이고……, 지금 손에 무기를 든 채 내게 덤
벼들고 있다.

"윽!"

나무들이 울창한 숲속이기 때문에 대검을 싸우기 편한 흑익수
경의 쌍검으로 전환했다.

이번에도 화재를 피하기 위해 《연옥화염》은 쓰지 못하고, 《지
옥독기》는 척 보기에 통할지 의심스러웠기에 네메시스로 싸울
수밖에 없다.

하지만 상대방의 스테이터스는 그렇게 높지 않았다.

어제 싸웠던 [플랜팅 골렘]에서 재생 능력을 뺀 정도에 불과했
기에 나도 그냥 싸워서 이길 수 있을 것 같았다.

뭐, 최소한 플레이트를 여덟 장 모아야 하고, 클리어 인원수
나 오답일 경우도 감안하면 참가자 모두가 대량으로 쓰러뜨릴
필요가 있다. 너무 강하면 이벤트 밸런스가 무너질 테고.

"어이쿠."

생각하는 동안에 [플레이트 홀더]를 쓰러뜨리자 '2'라고 적힌

플레이트가 떨어졌다.

『흐음. 이렇게 플레이트를 여덟 개 모으는 거로군. 그런데 여덟 자리라면…….』

그냥 생각해봐도 여덟 자리라는 시점에서 후보가 좁혀진다.

"……서력의 날짜 같은 게 수상한데."

『만약에 그렇다 해도 무슨 날짜를 입력해야 하는지 모른다면 정답을 맞출 확률은 1억분의 1이겠구나. 게다가 서력과는 상관이 없을 가능성도 있다.』

"그래. 그러니까 섬에 숨겨진 힌트가 중요한 거겠지."

몬스터를 쓰러뜨려서 플레이트를 모으고, 숨겨진 힌트를 찾아내고, 그러면서도 좀 전에 보았던 대공 포화를 감안하면 다른 참가자를 경계할 필요가 있다. ……해야 할 일이 많은 이벤트다.

리스크가 없기 때문에 정신적으로는 평소보다 훨씬 편하긴 하지만.

『방심하지 말거라. 이번에는 [브로치]가 없다. 목숨줄이 줄어들었다고 생각해야 할 게다.』

"그래. 위험할 것 같으면 바로《카운터 앱솝션》을 전개해줘."

『으음.』

네메시스는 그렇게 대답하며 쌍검 형태에서 다시 대검으로 돌아왔다.

흑익수경은 네메시스의 최신 형태인 제4형태지만,《카운터 앱솝션》을 쓸 수가 없기에 기습에 대비하기에는 대검이 더 낫다.

그렇게 준비를 갖추고 주위를 경계하며 다시 나아가기 시작했다.

　몬스터와 몇 번 싸우긴 했지만, 아직 다른 참가자와는 마주치지 않았다.

　전투음 같은 게 들리긴 하는데…….

『상대방이 먼저 발견하고 거리를 벌린 건지도 모르겠군.』

　"……왜 다가오지 않는 건데?"

『소지 플레이트 개수가 적은 초반에 싸움을 벌여봤자 손해만 볼 거라 판단했거나, 아니면…….』

　"아니면?"

『……그대의 차림새가 너무 위험해 보여서 도망친 게지.』

　"어……?"

　내 차림새는 평소와 마찬가지다. 대검 네메시스, [스톰 페이스], [흑전투], [자원주갑]의 조합이다. [VDA]가 없으니 평소보다는 얌전하다.

『티안이라면 산적도 도망치니 말이다.』

　"상대방은 〈마스터〉밖에 없을 텐데……."

『그쪽도 나름대로 그대가 황국의 〈초급〉들과 맞서 싸웠다는 사실도, 전투 지속 능력이 낮은 전투 스타일이라는 점도 알고 있기 때문이겠지. 완벽하게 준비를 갖춘 그대와 굳이 맞서 싸우려 하는 자가 있겠는고?』

　"……그렇구나."

　뭐, 실제로는 그렇게까지 완벽하게 갖추고 있는 상황은 아니다.

강화 회의 전투 때 갈드랜더를 부르면서 썼기 때문에 [자원주갑]의 원념도 별로 남지 않았고, [흑전투]의 충전도 완전히 시키려면 한참 멀었다.

하지만 다른 사람들은 그 사실을 알지 못한다. 경계하더라도 이상할 게 없겠구나.

"……어이쿠!"

문득 내가 나아가던 방향에서 누군가가 달리는 소리와─── 나무를 파괴하는 소리가 들렸다.

나무 너머, 가려진 시야 안에……, 지금까지 본 숲과는 다른 풍경이 보였다.

그것은 연기였다.

앞쪽에 하얀 연기가 뭉게뭉게 피어오르고 있었고, 그뿐만이 아니라 이쪽으로 흘러와서…….

"잠깐만~?! 난 없어! 플레이트 없다고~!"

"햣하~! 적을 봤으면 죽인다! 참가자가 나 한 명만 남으면 여유롭게 우승이라고오!"

귀에 익은 목소리의 비명과 '롤플레이?'라는 의심이 들 정도로 신이 난 근육뇌 선언이 들렸다.

"아!"

그리고 연기 속에서 뛰쳐나온 것은 이쪽을 보고 놀란 알토와…….

"오오! 제2의 저억!"

모히칸 철가면이라고밖에 표현할 방법이 없는 차림새인 마초였다.

모히칸 철가면의 오른팔에는 이상할 정도로 거대한 건틀릿이 장착되어 있었고, 그것이 휘두른 펀치의 궤도 위에 내가 있었다.

"『──《카운터 앱솝션》!』"
──그것을, 막았다.

횟수를 따질 여유는 없었다. 그냥 막아낼 수 있을 것 같지 않았다.

참가자는 모두 〈마스터〉다. 어떤 능력을 지니고 있을지 알 수가 없다.

그 생각은 맞아 들었고, ──빛의 벽은 펀치 한 방에 산산조각 나기 직전까지 금이 갔다.

"뭐야! 내 《맨손 싸움 최강전설(폴리데우케스)》를 막아냈다고오?!"
공격을 막아낸 내 몸은 지금까지 몇 번이나 거듭해온 동작을 이미 실행하고 있었다.

다시 말해, 충격즉응반격(임팩트 카운터).

공격을 맞은 순간에 카운터로 네메시스를 때려 넣는 그 전술은…….

"──《복수는 나의 것》."
──[브로치]가 없는 이번 이벤트에서는 적을 일격에 분쇄

한다.

《카운터 앱솝션》을 부술 뻔한 그 일격은 아마 선배의 아틀라스와 마찬가지로 공격력을 강화시켜주는 필살 스킬이었을 것이다.

그런 공격을 두 배로 돌려받은 모히칸 철가면은 단말마를 내지르지도 못하고 단숨에 빛의 먼지가 되었다.

그런 다음에는 모히칸 철가면이 몬스터에게서 모은 것으로 보이는 플레이트 몇 개가 떨어졌다.

『완벽하게 들어갔구나.』

"뚫렸다면 위험했겠지만 말이지."

그런데 30만 정도까지 대미지를 막아줄 것으로 추정되는 빛의 벽을 단번에 부술 뻔하다니…….

그런 수준의 〈마스터〉가 잔뜩 돌아다닐 거라고 생각하니 레벨이 꽤 높은 이벤트다.

"어이쿠, 그렇지, 나츠……, 알토는."

"레이찌~. 진짜 고마워~!"

방금 데스 페널티를 받은 〈마스터〉에게 쫓기던 알토가 내 손을 잡고 위아래로 마구 흔들었다.

"플레이트가 없다고 하는데도 엄청 쫓아와서 말이지~! 연막을 치고 열심히 도망쳤는데 따라잡히기 직전이라……."

이 연기가 알토의 스킬이었구나.

"그래서, 어떻게 할래?"

"어?"

알토는 내 얼굴을 보고, 네메시스를 보고, 그런 다음 방금 모히칸 철가면이 먼지로 변한 곳 근처를 보고는…….

"안 싸울 건데?! 무섭잖아?!"

고개를 저으며 온 힘을 다해 나와 싸우는 것을 거부했다.

"안 싸울 거니까 손을 잡자!"

『……이야기가 단숨에 진행되는구나.』

"세 명까지 클리어할 수 있고, 친구고, 손을 안 잡을 이유가 없고!"

……뭐, 나도 비슷한 생각을 하긴 했는데.

"그리고 그 왜. 레이찌는 여러 번 싸울 수 있는 타입이 아니잖아? 방금 배리어를 한 번 쓰기도 했고."

"…………."

내 동영상을 봐서 능력에 대해서도 알고 있는 모양이다.

실제로 그 펀치를 막느라 써버려서 남은 사용 횟수는 두 번이다.

"그런 점에서 나는 [탈주닌자(누케닌)]니까! 도망칠 수 있는 스킬이 이것저것 있어!"

"닌자 계통이 있다는 건 알고 있었는데, [탈주닌자]라는 직업까지 있는 거야?"

그게 직업 맞나……?

『그렇게 따진다면 그대의 [사병]도 직업은 아닐 게다.』

이야기를 듣고 보니 그렇긴 하네.

"좀 전에 쓴 건《연둔의 술》이야. 감지 스킬도 어느 정도 막아주는 연기를 뿌리는 스킬이라고 해야 하나? 뭐, 적이든 아군이든 차단해버리지만 말이지!"

그 스킬 때문에 그 모히칸 철가면도 나를 뒤늦게 눈치챘구나.

"꽤 강력한 스킬이네."

"그치, 그치. [탈주닌자]는 닌자 계통의 상급 직업 중 하나야! 전투력은 낮지만!"

……상급 직업이구나. 뭐, 닌자를 거치지 않으면 탈주닌자가 될 수 없을 테니 그렇긴 하겠네.

"그러니까 쓸데없는 대인전을 피할 수 있는 메리트가 있어! 어때?"

이번 이벤트는 서바이벌이기도 하다.

그렇다면 그녀의 직업 스킬은 어설픈 전투 능력보다 유용할지도 모르겠다.

"지금이라면 실뜨기도 덤으로 줄게! 괜찮아! 실뜨기하자!"

"네 그 실뜨기에 대한 의욕은 대체 뭐야?"

뭐, 그건 제쳐두고…….

"실뜨기는 안 할 거지만, 손을 잡는 건 받아들일게."

전투 지속 능력이 불안한 나와 도주 능력이 있긴 하지만 전투력이 낮다는 알토.

서로에게 메리트가 있다.

"이예이~! 보디가드 겟~!"

아니, 몬스터 상대로는 너도 싸워달라고.

어찌 됐든, 알토라는 동료를 얻은 뒤 탐색을 다시 시작했다.

다른 참가자를 경계하며 몬스터를 사냥해 나갔다.

알토도 말은 그렇게 했지만, 몬스터와 싸울 때는 제대로 참가했다.

그녀의 무기는 닌자답게 쿠나이와 수리검이었고, 중거리에서 공격하는 스타일이었다.

뭐, 화력은 그렇게 강하지 않은 것 같았다.

"보통은 독이나 폭약 같은 걸 넣어서 대미지를 키우는데…….
적은 척 보기에도 독이 통하지 않을 것처럼 생겼고, 폭발음 때문에 다른 참가자들을 끌어들이게 되면 곤란하잖아?"

그렇긴 하겠네. 나도 삼림 화재로 인해 이목이 쏠리는 걸 피하기 위해 《연옥화염》을 쓰지 않고 있다.

거의 모든 참가자가 적이라는 상황에서 눈에 띄는 행동을 할 수 있는 건 그럴 수 있을 만큼 실력이 있는 자뿐일 것이다.

그러지 않으면 비행 기계를 타고 있던 〈마스터〉처럼 쓰러질 뿐이다.

"아. 레이찌. 이거, 쓰고 있는 게 나을 거야."

알토는 그렇게 말한 다음 접은 천을 내게 건넸다.

"이게 뭔데?"

"천."

"그건 나도 알아. 왜 나한테 이런 천을 주는 건데?"

"레이찌는 그걸로 얼굴을 가리고 있는 게 나을 거야."

"…………왜?"

장비품도 아니고, 방어 효과도 없는 것 같은데…….

"레이찌는 카운터형이잖아? 게다가 유명하니까 얼굴도 팔려서 좀 전처럼 깔끔하게 카운터를 먹일 수 없을걸?"

……일리가 있네.

"레이찌가 레이찌라는 걸 알고도 싸우려는 사람에게는 효과가 없겠지만, 이 이벤트는 참가자가 누구인지도 모르니까 조금이나마 의미가 있지 않을까?"

"그렇구나. 그럼 고맙게 쓰도록 할게."

알토에게 천을 받아든 다음 얼굴에 감기 시작했다.

답답하려나 싶었는데 [스톰 페이스] 덕분에 문제가 없었다.

"이런 느낌이면 어떨까?"

"『…………』."

이봐, 그 더블 침묵은 뭔데.

"암흑 기사를 넘어서서 언데드. 얼굴이 사라진 시체 계열."

『천 너머로 산소 마스크를 쓰고 있어서 숨소리까지 무섭구나…….』

"슈욱~, 슈욱~(숨소리)."

『……으음, 뭐, 정체는 숨길 수 있지 않겠는고?』

"응! 완벽해!"

뭐, 목적을 달성했다면 상관없겠지. 승률은 조금이라도 올려두고 싶으니까.

변장(?)을 마친 다음, 다시 나아가기 시작했다.

"응? 그러고 보니……."

알토가 우리 스킬을 알고 있고, 다른 참가자들에게 들키는 걸 우려한다는 건 이해가 된다.

하지만 나는 그녀의 스킬……, 〈엠브리오〉를 모른다.

"이봐, 알토."

"실뜨기?"

"아니야. 네 〈엠브리오〉가 어떤 건지 아직 못 들었는데."

"아……."

알토는……, 곤란하다는 듯이 눈을 이리저리 굴렸다.

"음~. 레이찌는 말이야, 머리 좋아?"

"……너하고 같은 대학교 다니는데?"

이 친구가 갑자기 무슨 소릴 하는 거지?

"그게 아니라, 수수께끼 같은 거 잘 풀어?"

"다른 사람들만큼은."

딱히 다른 사람에게 수수께끼를 내준 적도 없고 그 반대인 경우도 별로 없다.

"그럼 그냥 말 안 할래. 잘못되면 끝장이니까."

"……설마 동료가 수수께끼를 풀지 못하면 못 써먹는 〈엠브리오〉야?"

"대충 그런 느낌이려나~."

"그렇구나……."

그런 묘한 것이 있더라도 이상할 게 없는 것이 〈엠브리오〉다.

오히려 현실에서도 항상 '실뜨기할래?'라고 물어보는 나츠메의 〈엠브리오〉라면 이해가 되는 것 같다.

"그건 그렇고, 레이찌. 플레이트는 지금 어떤 느낌이야?"

"그래. 방금 드롭된 것까지 합치면 딱 열 개야."

자세히 말하자면……, '2'와 '4'가 세 개씩, '0'이 두 개, '1'하고 '5'가 하나씩이다.

"……꽤 치우친 것 같은데?"

"그런 것 같기도 한데, 아직 열 개밖에 없으니까. 만약에 치우친 것에 의미가 있다면 '2'와 '4'는 쓸 확률이 높다는 건가?"

"여덟 자리면 왠지 서력일 것 같지 않아?"

똑같은 생각을 했구나.

"그럴 가능성이 있긴 하지만, 딱 잘라 말할 순 없어. 지금부터는 힌트를 찾아봐야겠지."

"그래, 그래. 그런데 뭔가 찾으려면 날면서 찾는 게 낫지 않아? 레이찌는 날 수 있지?"

아, 그러고 보니 아직 그 이야기를 안 했구나.

"지금은 힘들어. 대공 포격 능력이 뛰어난 참가자가 있는 것 같아서 하늘로 올라가면……."

내가 설명하던 와중에 숲에서 보이는 하늘에 다시 빛의 띠가 흘렀다.

"……저런 느낌으로 맞게 돼."

보아하니 대공 경계는 여전히 진행 중인 모양이었다.

"우와~. SF 애니 같아~. 저건 안 되겠네!"

단번에 이해한 것 같아서 다행이네……, 응?

『뭔가 하늘에서 떨어지는 듯한 소리가…….』

네메시스의 말과 바람을 가르는 낙하음을 듣고 다시 하늘을 올려다보았다.

그 직후, 숲의 나뭇가지들을 부러뜨리며 까만 물체가 우리 시야 안에 떨어졌다.

그것은 지면에 닿기 직전에 강한 바람을 일으키며 깃털을 흩뿌렸다.

눈처럼 천천히 떨어지는 수많은 까만 깃털.

그 중심, 약간 파인 지면 위에 검은 옷을 입은 소녀가 하늘을 보며 정신을 잃고 쓰러져 있었다.

"……줄리엣?"

그 정체는 왕국의 결투 랭커이자 이번 이벤트에 함께 참가한 친구이기도 한 줄리엣이었다.

몸과 장비에 큰 대미지를 입은 것 같고, 무엇보다 그녀의 날개이기도 한 〈엠브리오〉……, 흐레스벨그의 깃털이 대부분 빠진 상태다.

"레이찌! 하늘에서 여자애가!"

"알토, 좀 조용히 해."

정석 같은 대사를 '한번 해보고 싶었어!'라는 표정으로 하는 알토는 제쳐두고 줄리엣의 상황을 고찰해 보았다.

내가 그러려 했던 것처럼 줄리엣도 하늘에서 지형을 살펴보고 있었을 것이다.

그러다가 그 빔의 사정권 안에 들어가 버려서 격추당했다.

"이 깃털, 대미지를 《깃털갈이(몰팅)》로 경감시킨 건가?"

《깃털갈이》는 예전에 줄리엣과 모의전을 했을 때 그녀가 사용했던 스킬이다.

흐레스벨그가 갖추고 있는 스킬 중 하나로 일종의 리액티브 아머다. 깃털을 흩뿌리며 풍속성과 암속성 마력을 방출하여 방어와 교란을 동시에 수행한다.

하지만 사용한 뒤 3분 동안은 흐레스벨그의 깃털이 빠져서 비행 능력과 공격 스킬의 랭크가 몇 단계 떨어져 버린다는 단점이 있다.

"그래서 레이찌……, 숨통을 끊을 거야?"

"안 끊을 건데?!"

마음 편히 참가한 이벤트긴 하지만 친구가 쓰러져 있을 때 습격하는 악당이 될 생각은 없다고!

"그래도 결투 랭커들은 전장에서 마주치면 노래를 흥얼거리면서 사람을 다진 고기로 만들잖아? 위험하지 않을까?"

"그건 내가 아는 결투 랭커와는 다르…………, 아니, 응. 다를 거야, 아마."

『딱 잘라 말하기 힘든 게 곤란하군.』

……피가로 씨 같은 경우엔 선배의 클랜(〈흉성〉) 구성원을 모두 다진 고기로 만들어버렸으니까.

아니, 천지의 결투 랭커 중에는 그런 녀석이 있나?

"줄리엣이라면 그런 걱정은 안 해도 돼. 그럼……."

[기절]한 그녀를 이대로 내버려 두면 뒷맛이 씁쓸할 테니 데리고 갈까.

◇ ◇ ◇

□???

"실수해버렸네……."

줄리엣은 [기절]이나 [강제 수면] 중에 〈마스터〉의 의식이 이동하는 곳……, 호칭은 제각각 다르지만, 줄리엣이나 첼시 같은 사람들은 '대기 공간'이라 부르는 곳에서 고개를 숙이고 있었다.

"너무 초조하게 굴었나……."

지금까지처럼 친구들과 노는 것도 오늘이 마지막일지 모른다는 불안감.

그렇기 때문에 그녀는 전송되기 전에 첼시와 한 약속……, 두 번 다시 없을 이번 기회에 온 힘을 다해 싸운다는 목적을 위해 첼시를 찾고 있었다.

지금까지 계속 결투로 경쟁해온 라이벌이자 가장 친한 친구와 마지막일지도 모르는 전투를 벌이기 위해서.

하지만 그 마음이 너무 강하게 드러나 버린 모양이었다. 대공 포격을 가하는 〈마스터〉가 있을지도 모른다는 생각을 하지 못하고 기습을 당했다.

재빨리 《깃털갈이》로 직격당하는 걸 피하긴 했지만, 정신을 잃고 추락했다.

"[타천기사(나이트 오브 폴다운)]가 물리적으로 타천하다니,

웃기지도 않는 일이잖아……. '대기 공간'에 있는 걸 보니 데스 페널티를 받진 않은 것 같지만……."

하지만, 언제 누가 숨통을 끊어버릴지 알 수 없는 상태다.

"첼시……."

친구에게 미안한 마음만 가득한 채 어쩔 줄 모르고 있었다.

하지만 그로부터 5분 정도가 지났는데도 그녀가 데스 페널티를 받지는 않았다.

"어떻게 된 거지……?"

의아해하고 있자니 주위의 공간……, '대기 공간'이 사라지기 시작했다.

그녀는 그 상황이 [기절]에서 회복되는 것임을 알고 있었다.

줄리엣의 의식이 회복되었을 때, 그녀는 규칙적으로 흔들리고 있었다.

눈은 아직 뜰 수가 없지만 귀에 들리는 소리……, 말발굽이 땅을 박차는 소리를 파악했다.

"그 이후로 다른 참가자를 못 만났네~, 레이찌. 별로 만나고 싶진 않지만."

"마주친 건 알토하고 모히칸, 그리고 줄리엣, 이렇게 세 명뿐이었으니까. 이 섬 자체가 꽤 넓을지도 모르겠어."

그리고 줄리엣은 들리는 목소리가 친구인 레이, 그리고 레이의 친구인 알토라는 〈마스터〉의 목소리라는 사실을 눈치챘다.

보아하니 두 사람이 구해준 것 같다……. 그리고 또 어떤 사실을 짐작했다.

자신이 지금 어떤 상태인지를.

(아, 설마……, 이건……?!)

떠올린 것은 초등학생 때 신비한 것을 좋아하던 시기에 읽었던 동화의 삽화.

왕자님이 공주님을 안은 채 백마를 타고 있는……, 그런 그림.

그것을 연상한 줄리엣은 생각했다.

'혹시 레이가 말을 타고 나를 공주님처럼 안고 있는 게 아닐까'라고.

(……! …………?!)

레이를 호의적으로 생각하고 있긴 하다. 의상 취향이 잘 맞는 친구이자 깜짝 놀랄 정도로 전투 센스가 대단한 모의전 동료다.

친구 이상 친한 친구 미만. 또는 다른 방향으로 호의가 싹틀까 말까. 그 정도.

하지만 이렇게 동화 같은 행동을 해버리니 긴장할 수밖에 없었고…….

"그건 그렇고……, 레이찌. 이럴 때는 업어주거나 공주님처럼 안아줘야 하는 거 아니야?"

(어?)

알토가 한 말을 듣고 줄리엣은 눈치챘다.

공주님처럼 안긴 상태라면 내 몸이 하늘 쪽을 보고 있어야 할 텐데.

하지만 지금, 내 몸은 엎드려 있는 상태……, 아니, 무언가에 엎혀 있는 듯한 느낌이다.

"두 팔을 쓰지 못하면 전투에 돌입했을 때 곤란해지잖아?"

『알토여. 레이는 기본적으로 태클 담당이다만, 이렇게 터무니없는 짓도 하는 녀석이다.』

그리고 등이나 허리에는 무언가로 묶인 듯한 감촉이 있고…….

"………."

"아, 깨어났구나. 괜찮아? 줄리엣."

줄리엣이 눈을 뜨자 다크한 복면을 쓴 레이가 걱정스러운 듯이 말을 걸었다. 알토는……, 가엾다는 듯이 줄리엣을 보고 있었다.

그리고 줄리엣은……, 자신이 실버 등에 얹힌 데다 끈으로 묶여 있었다는 사실을 확인했다.

(아, 이건 공주님이 아니라 쌀을 옮길 때나…….)

동화와는 너무나도 동떨어진 운반 방식이었기에 줄리엣도 충격을 받았다.

□■이벤트 에리어 남동부 평원

이벤트가 시작된 지 한 시간.

살아남은 참가자들은 방침을 정하고 클리어를 목표로 움직이기 시작했다.

정신없이 몬스터를 격파하고 힌트를 찾으며 클리어만 목표로 삼은 자.

자신에게 유리한 필드를 찾아낸 뒤 그곳에서 다른 참가자들을 노리며 잠복하는 자.

사람이든 몬스터든 닥치는 대로 쓰러뜨려 나가는 자.

"자, 슬슬 때가 되었으려나."

지금, 이 평원에 서 있는 그……, [견우왕] 재미 크레센트는 '닥치는 대로'를 선택한 사람들 중 한 명이었다.

"오렴, 마탕가."

그의 왼손에 새겨진 문장이 빛나며, 대기하고 있던 그의 〈엠브리오〉가 나타났다.

『PAWOO.』

그 모습은 코가 일곱 개 달린 하얀 코끼리.

이름은 [운연만리 아브후라 마탕가].

인도 신화에서는 아이라바타라고도 불리는 하얀 코끼리를 모티브로 삼은 〈엠브리오〉이며, 수많은 이름 중 하나인 아브후라 마탕가는 '구름 코끼리'라는 뜻이다.

"━━《백운불시지(아브후라 마탕가)》."

그 이름을 몸소 나타내려는 듯이 아브후라 마탕가가 일곱 개의 코에서 진한 구름을 뿜어내기 시작했다.

'하얀 구름 때문에 대지가 보이지 않는다'라는 말을 구현하려는 듯이 하얀색 구름이 계속 확대되었고, 〈마스터〉인 재미를 집어삼킨 뒤……, 사방 400메텔 범위까지 확대되었다.

그리고 퍼져나간 구름은 코가 일곱 개 달린 거대 코끼리로 변했다.

"좋아. 이 크기야."

거대 구름 코끼리의 중심, 아브후라 마탕가 본체 위에 앉은 재미가 웃었다.

스킬의 발동이 완료됨으로써 그의 이벤트 공략━━ 유린할 준비는 갖춰졌다.

"나아가라, 마탕가."

재미의 말에 따라 아브후라 마탕가가 공중에서 발을 내딛자, 구름도 연동되어 움직였다.

적란운 같은 거대 코끼리가 소리도 없이 지면 위를 나아갔다.

그렇다, 그것은 구름이다. 땅에 닿아봤자 이슬 정도 무게밖에 안 된다.

하지만 그 위용은 다른 참가자들을 전율시키기에는 충분했다.

"적이냐!《천뢰의 멸진궁(인드라)》!!"

진로상의 평원에 있던 〈마스터〉가 선수를 치겠다는 듯이 자기 〈엠브리오〉의 필살 스킬을 거대 구름 코끼리에게 날렸다.

초급 직업의 오의에 필적하는 위력을 지닌 번개가 정확히 거대 구름 코끼리의 미간에 명중했다.

그렇다, 구름인 거대 코끼리에게 **맞은 것이다.**

"괜찮은 위력이네. 50만 정도려나?"

명중했는데도 재미는 놀라지 않았다.

왜냐하면 그것이 아브후라 마탕가의 스킬 중 일부였기 때문이다.

아브후라 마탕가의 겉모습을 그대로 옮겨놓은 것 같은 그 구름이야말로 지금 아브후라 마탕가의 몸.

"갑자기 HP가 **1퍼센트나** 줄어들어 버렸네. 강자가 많이 모인 모양이야."

'HP가 5000만 이상'이라는 듯이 말한 재미는 웃었고…….

"――――뭉개라."

공격을 하느라 모습을 드러낸 참가자를 뭉개버리라고 명령했다.

그리고 구름이 움직였다.

거대한 몸집과 비교하면 너무나도 조용한 발걸음.

하지만 그 발걸음에 짓밟히자 발치에 있던 나무가 부러졌고, 몬스터가 짓눌렸다.

그리고 거대 코끼리의 발걸음은 멈추지 않았다.

거대 구름 코끼리는 반격을 맞고도 꿈쩍도 하지 않으며 자신

을 공격한 〈마스터〉에게 돌격한 뒤……, 그 거대한 발걸음으로
놓치지 않고 몇 번이나 짓밟았다.

거대한 몸집에 비해 위력은 약해 보이는 공격이었지만, 아무런
공격도 통하지 않는 상대에게 계속 밟히게 되면 사람은 죽는다.

번개를 날린 〈마스터〉는 도망치지도, 버티지도 못하고 숨이 끊
어졌다.

황하 클랜 랭킹 1위, 〈후우리 우민군〉.

그곳의 간부 중 한 명인 [견우왕] 재미의 역할은……, 단적으
로 말하자면 탱커다.

막대한 HP를 지닌 거대 코끼리로 온갖 공격을 견뎌내며 전선
을 돌파한다.

그것을 가능하게 해주는 것이 직업과 〈엠브리오〉의 조합이다.

아브후라 마탕가는 원래 순룡급 가디언이다.

HP는 10만, STR과 END가 5000, AGI는 네 자릿수가 안 된다.

하지만 필살 스킬을 사용할 때는 구름으로 인해 크기가 커지
고, HP가 최대 50배로 늘어난다.

구름은 증설 HP이며 몸——— **타격 판정**을 확대시킨다.

HP 이외의 스테이터스는 변함이 없지만, 공격력은 그대로 유
지하며 공격 범위가 확대된다.

거대하다는 것은 공격을 피하기 힘들다는 뜻이다.

적을 공격할 경우에도, 자신이 공격당할 경우에도 마찬가지다.

거대 코끼리가 되어 HP가 늘어난 상태라 해도 그만큼 표적이

되면 결국에는 숨이 끊어지게 된다.

그런 약점을 보강해주는 것이 [견우왕]의 스킬이다.

동방의 기병 계통과 종마사 계통의 복합 초급 직업이자, [차기왕(킹 오브 채리엇)]의 한 쌍.

무생물을 강화해주는 [차기왕]과는 달리 [견우왕]은 생물을 강화시킨다.

스킬 레벨이 EX인 《가축 생명 강화》는 테이밍 몬스터의 HP만 10배로 늘려준다.

원래는 목축업을 보조하거나 오의의 사전 단계로 사용하는 스킬이지만……, HP가 대폭 늘어나는 아브후라 마탕가와 조합하면 상식을 뛰어넘는 수치가 된다.

제6형태의 가디언이면서도 신화급을 뛰어넘는 HP를 획득하는 조합.

게다가 테이머의 HP를 몬스터와 연동시키는 《라이프 링크》까지 사용하면 본체를 노리는 공격조차 버텨낼 수 있다.

HP를 전부 깎아낼 수 없는 탱커로서 재미와 아브후라 마탕가는 강력하기 짝이 없는 존재다.

"정말, 결투 때도 이렇게 할 수 있다면 7위 정도에 머무르지도 않았을 텐데요."

그는 광대한 필드에서만 이 필살 스킬을 최대 출력으로 사용할 수 있다.

투기장의 결계 안에는 들어가지 못하기에 온 힘을 발휘할 수 없다.

크기를 제한해서 사용했을 때는 다른 랭커에게 밀렸다. 결투 2위인 [시해선(마스터 강시)] 신우가 모조리 불태워버린 적도 있다.

"하지만 이런 규칙에 오픈 필드라면 우리의 독무대죠. 참가자들을 뭉개고, 클리어해서 후우리 님께 칭찬을 받아볼까요."

재미는 미래를 상상하며 황홀한 표정으로 볼을 붉혔다.

그런 와중에도 다양한 공격들이 거대 코끼리를 향해 날아들고 있었다.

거대 코끼리는 현재 가장 큰 위협으로 판단되었기에 불꽃과 어둠 마법, 화살과 투검 같은 공격들이 날아와 박혔다.

하지만 막대한 HP를 지닌 아브후라 마탕가에게는 효과가 별로 없었다.

"어리석군. 빈약한 표적이 스스로 위치를 가르쳐주고 있어."

그는 공격이 날아온 방향을 향해 다시 돌격을 감행했다.

적을 해치우며 남동쪽 평원 에리어에서 북쪽으로 올라가기를 잠시. 진로 위에는 한 줄기 강이 나타났고, 그 너머에는 나무들이 밀집해 있는 숲이 보였다.

나름대로 폭이 넓은 강도 거대 코끼리라면 한달음에 넘어갈 수 있고, 숲도 잡초에 불과하다.

그렇기 때문에 거기에 있을 적을 유린하기 위해 진군하려다가……

"……스톱."

재미가 아브후라 마탕가를 멈췄다.

〈마스터〉의 뜻에 따른 아브후라 마탕가 위에서 그의 시선은 한곳에 쏠려 있었다.

그것은 숲 안에서 보인……, 어떤 광경.

"……영상으로 본 적이 있지. 들어본 적도 있어. 그래, 전 세계에서 〈마스터〉들이 모여든다는 게 이런 거였군. 자……."

멈춰 선 재미는 돌아갈지 돌진할지 잠시 생각한 다음…….

"마탕가……,《로데오 드라이브》를 쓸 거야."

───온 힘을 다해 돌진하기로 결심했다.

『BARAAAAH!』

그것이 바로 [견우왕]의 최종 오의. 발동 중에는 탈 짐승의 HP를 1초당 1만이라는 파격적인 속도로 소모하지만, HP를 제외한 모든 스테이터스를 10배로 늘려준다.

원래는 눈 깜짝할 새에 탈 짐승의 HP가 소멸되는 스킬이지만, 5000만이라는 HP를 지닌 재미와 아브후라 마탕가에게는 그리 큰 대가가 아니었다.

증설 HP가 최대치에 못 미치는 결투 때는 쓸 수가 없어서 7위에 머무르고 있지만, 지금은 그런 족쇄 같은 것이 없다.

"맞받아칠 수 있다면 그렇게 해보시지!《로데오……."

그리고 숲을 향해 최종 오의로 돌격을 감행하려다가.

───아브후라 마탕가가 소멸되었다.

"드라…………, 어?"

거대 구름 코끼리가 사라지고, 그를 태우고 있던 본체도 빛의 먼지가 되고.

그의 몸은 수백 메텔 공중에 내팽개쳐지더니…….

"뭐, 지……?"

그대로 지상으로 낙하해서……, 즉사했다.

◇ ◆

거대 코끼리의 소멸과 〈마스터〉의 추락사.

그 모습을 멀리서 쌍안경으로 확인하며 한 〈마스터〉……, 흑의를 입은 미녀가 가슴을 폈다.

"호~호호호! 한 건 끝냈네요!"

그 사람은 왕국의 모든 랭킹 13위……, [암희(다크 프린세스)] 만쥬샤게 시온이었다.

"……너무 잔인한 거 아냐? 재미가 불쌍하기까지 하네."

승리를 뽐내는 시온 곁에서는 맥스가 가엾다는 듯이 빛의 먼지가 된 재미를 보고 있었다.

"그 큼직한 것도 〈엠브리오〉! 제 쥬다스도 〈엠브리오〉! 조건이 똑같은 공평한 승부였답니다!"

쥬다스. 그것이 거대 코끼리를 소멸……, 즉사시킨 시온의 〈엠브리오〉다.

TYPE : 룰이자 '공격으로 인한 대미지 판정' 발생 시 높은 확률로 '상태이상 판정'을 추가로 부여한다. 일반적인 경우에 발생하는 것은 모두 합쳐 13종류의 무작위 상태이상이지만, 필살 스킬 발동시에는 [죽음의 저주 선고]를 부여한다.

암속성 마법 초급 직업 [암희]인 시온은 쥬다스와 암속성 마법을 조합해 '피격으로 인한 고확률 상태이상'을 밀어붙이는 빌드다.

"그렇게 크고 공격이 거의 통하지 않으니까 눈치채지 못했겠지. 머리 위에 확실하게 카운트다운이 떴는데 말이야."

약간 어이가 없다는 듯이 그렇게 말한 사람은 첼시였다.

그녀도 시온과 맥스 뒤에서 두 사람과 함께 상황을 지켜보고 있었다.

첼시 일행은 그 거대 코끼리가 나타나기 전에 합류해서 일시적으로 손을 잡기로 했다.

그리고 좀 전에 거대 코끼리를 공격했을 때는 첼시가 시온에게 공격을 지시했다.

필살 스킬인 《죽음을 고하는 입맞춤(쥬다스)》을 부여한 암속성 유도탄을 그녀들이 있는 곳과는 다른 방향에서 날아들게끔 명중시켰다.

그렇게 상대방을 유도하며, 카운트다운이 시작된 저주가 효과를 발휘하여 거대 코끼리가 죽을 때까지 기다린 것이다.

(뭐, 눈치채봤자 소용이 없긴 하지. 시온의 필살 스킬은 한번 명중하면 교섭 말고 다른 수를 쓸 수가 없으니까.)

쥬다스의 [죽음의 저주 선고]는 시온의 의지 말고는 해제할 방법이 없다고 한다.

(정말로 해제가 불가능한 건지. 발동 조건이 정말로 명중시키

는 것뿐인지. 분명히 말하자면 너무 강해서 수상쩍긴 하지만 말이야. 뭐, 약간 바보 같은 시온도 자신의 능력을 밝히진 않을 테고……. 자기 자신도 모르는 상황이라 하더라도 남에게 검증을 맡기진 않겠지.)

어찌 됐든, 기습이라 해도 한 방만 맞추면 되는 쥬다스는 이런 배틀로얄에서는 적으로 만들고 싶지 않은 능력의 선두주자라 할 수 있다.

(그래도 아군이라면 듬직하다는 건 알고 있으니까.)

그 사실을 알고 있기에 선착순 세 명이라는 클리어 인원수를 다시 말하며 설득해서 팀 업에 성공한 것이다.

(레이와 레이의 친구는 내버려 두고 갈 거야. 시온은 적으로 만들 수 없어. 맥스 쨩은 우리가 모르는 동쪽의 랭커 정보를 가지고 있고.)

맥스는 원래 천지 출신이었고, 그쪽에서도 결투 랭커였다.

그렇기 때문에 방금 쓰러진 재미를 포함한 동방의 랭커들의 정보도 가지고 있다.

(줄리와 싸운다는 전제라면 신뢰와 전력까지 고려해서 이게 최선의 팀 업이야. 이벤트 클리어……, 그리고 줄리와 온 힘을 다해 싸우기 위해서라도 말이지.)

결투 랭커이자 전 랭커 클랜의 오너이기도 한 첼시는 냉정하게, 적절하게 상황을 고려해서 판단했다.

(그런데 방금 그 코끼리는 시온이 상성으로 완전히 압도하는 상대였으니까 좀 내버려 둘 걸 그랬나? ……아, 그러고 보니까.)

"……그 코끼리, 왜 멈춰 선 거지?"

첼시는 강을 건너기 전에 거대 구름 코끼리가 멈춰선 이유가 신경 쓰였다.

"스킬을 발동시킬 준비를 한 거 아닌가요?"

"그렇다고 해도 일부러 스킬을 써야만 하는 무언가가 저 숲에 있다는 거니까."

"그래도 여기서는 저 숲에 뭐가 있는지 알 수가 없다고."

"……그렇지."

지상을 내려다보고 있던 거대 코끼리라면 모를까, 첼시 일행이 있는 위치에서는 숲의 내부 상황을 알 수가 없다.

(줄리가 있었다면 하늘에서 봐달라고 했을 텐데, 이번에는 어쩔 수 없지.)

정보가 부족하긴 하지만, 그렇게 거대한 코끼리가 멈춰 서서 스킬을 사용하며 온 힘을 다해 돌격하려던 숲이다. 함부로 발을 내디딜 수는 없다.

"그럼 숲 반대쪽으로 가볼까? 아직 힌트나 플레이트가 전혀 모이지 않았으니까."

"어? 그 코끼리가 떨어뜨린 플레이트는 어떻게 할 건가요?"

"방치. 뻔히 보였잖아, 다른 〈마스터〉랑 쟁탈전이든 난전이든 하게 될 거라고."

"아쉽네요……."

시온은 안타까워하면서도 첼시가 말한 리스크를 이해한 건지 그녀의 의견에 따랐다.

그런 다음 첼시 일행은 북동부 숲을 떠나 남서쪽으로 나아갔다.

(……줄리는 지금쯤 어디서 싸우고 있으려나.)

온 힘을 다해 싸우기로 맹세한 친구를 생각하면서…….

◇ ◆

첼시 일행이 등을 돌린 숲 안쪽……, 나무들이 기묘한 모습으로 잘려나간 공간에 줄리엣이 있었다.

"윽……!"

그 표정은 말보다도 더 확실하게 긴장된 분위기를 전달했다.

『이 녀석은……!』

"……왜일까, 피가로 씨하고 처음 만났을 때가 생각나는데."

"아으으으?! 아으으으으?!"

거기에는 그녀뿐만이 아니라 레이와 알토도 있었다.

"아, 즐거울 것 같은 분들하고 만났네요."

그리고─── 세 사람과 맞서는 자도.

그것은 여자이자 수라였다.

두 손에 각각 다른 무기를 들고, 양쪽 어깻죽지에 돋아난 두 쌍, 네 개의 의수까지도 무기를 들고 있다. 주위에도 무기 여섯 자루를 띄워두고 있다.

마치 불상과도 같은 위용.

"아, 아아아아아아아……, 아수, ……?!"

여자를 봤을 때부터 겁을 먹은 알토.

하지만 제대로 다물지 못하는 입으로……, 그러면서도 소리 내어 한 말은…….

"[아수라왕]……, 카가 쥬베?!"

여자의 직업이자 별명.

천지 결투 랭킹 제4위.

[아수라왕], '중복 아수라' 카가 쥬베.

레이 일행이 마주친……, 이 이벤트의 최상위 참가자 중 한 명이다.

■이벤트 에리어 북부

기계 전갈—— [시트린 오블리터레이터]를 조종하는 [유희]
쥬바는 북부의 언덕에서 중앙 산악부로 이동해 있었다.

북부에 자리 잡고 섬의 북쪽 절반을 비행하는 적을 격추하고
있었지만, 점점 함부로 날아오르려는 상대가 없어졌기 때문이다.

이번에는 남부에서 먹잇감을 찾으며 다른 사람들의 플레이트
를 회수하려는 속셈이었다.

(아까 그……, 거대 코끼리 〈엠브리오〉.)

이동하는 동안에 그녀 또한 재미의 아브후라 마탕가를 보았다.

그리고 그것이 단숨에 사라진 것도…….

(아마 명중한 공격 중 일부에 지효성 즉사 효과가 있었겠지.
그게 가능한 상대는……, 왕국의 '밤거미'.)

쥬바가 떠올린 것은 실제로 재미를 해치운 시온이었다.

왕국의 모든 랭킹에 이름을 올린 유명 인사이기 때문에 시온
의 이름은 황국에도 알려져 있다.

(1호기, [아메지스트 캡터(자수정지포획자)]의 소유자.)

그리고 쥬바에게는 황옥충……, 그녀가 조종하는 [시트린]의
형제기를 지닌 〈마스터〉이기도 했다. 경계하기에는 충분한 상
대라고 판단했다.

(좀 전에 왕국의 '검은 까마귀'를 격추했지. 숲에 낙하했으니 플레이트를 뺏는 건 포기했지만, 살아있더라도 그 상태라면 다른 참가자에게 당했을 거야. 그렇다면 왕국 쪽에서 가장 경계해야 할 상대는 '밤거미'겠지. 거대 코끼리를 쓰러뜨린 실력도 그렇고, 머리도 좋아.)

그리고 너무 경계한 탓에 너무 높게 평가하고 있었다. 쥬바가 마음속으로 말한 내용을 첼시나 맥스가 듣는다면 '과연 그럴까? 특히 머리'라고 의문을 제기했을 게 틀림없다.

시온은 동료들 사이에서 약간 바보 같은 아이 취급을 받고 있다.

(……노리기 편한 공중 전력도 줄어들었으니 '밤거미', 만쥬샤게 시온을 제일 우선적인 표적으로 삼고 움직여야 하려나.)

그렇게 쥬바와 [시트린]이 움직이기 시작했다.

표적으로 삼은 한 명과 한 대를 찾아서.

■이벤트 에리어 남부

나무 사이를 걸어가던 한 남자가 하늘을 올려다보고……, 한숨을 쉬었다.

"소몰이꾼 녀석. 충고를 듣지 않으니 그렇게 된 거지."

소멸한 아브후라 마탕가를 올려다보며 [부월왕] 반은 먼저 퇴장한 동료 때문에 어이없어하고 있었다.

최대화한 아브후라 마탕가의 HP와 최종 오의의 돌격력은 분명 엄청나다.

그런 상태라면 반도 상대하기 힘들 것이다.

하지만 덩치가 너무 거대하기 때문에 '꼼수 하나만으로도 쓰러진다'는 이야기가 동료들 사이에서도 돌고 있었다.

〈엠브리오〉는 온리 원이다. 맞기만 해도 치명적인 피해를 만들어내는 능력도 꽤 많다.

(뭐, 그걸 정면으로 분쇄할 수 있는 건 후우리 님 정도밖에 없겠지만.)

반이 알고 있는 사람들 중에서 가장 강하고 가장 아름다운 〈마스터〉를 떠올리며 그가 미소를 지었다.

황하의 결투 랭킹은 [용제(드래고닉 엠퍼러)]가 정점에 있고, 2위에는 신우가 있다.

하지만 반을 비롯한 〈후우리 우민군〉은 알고 있다.

황하 최강의 〈마스터〉는 틀림없이 그들의 오너인 후우리라는 사실을.

후우리를 쓰러뜨릴 수 있는 [무신(디 아츠)] 우제가 있다 하더라도 최강은 변함이 없다.

그것이 분명 황하의 모든 〈마스터〉들이 인정할 사실이라는 것을.

"아무튼, 동포가 사라졌으니 나 혼자서 분투할 수밖에 없겠지. 그렇게 생각하지 않나?"

혼잣말처럼 그렇게 말한 반은 뒤쪽을 돌아보았다.

나무 너머에는 창을 겨눈 참가자의 모습이 보였다.

반은 상대방의 차림새를 보고 천지의 〈마스터〉일 거라 추측
했다.

"눈치채고 있었나."

"기습할 생각도 없었을 텐데. 내가 말을 걸지 않았다면 네놈
이 말을 먼저 걸었겠지."

"훗. 소인은 닌자나 잠복 무사와는 다르다. 무예자로서 정정
당당히 싸워 이길 뿐."

"마음에 드는군. 싸우지, 승리를 양보하진 않겠지만."

현실 쪽 모습이 따로 있는 〈마스터〉일 텐데도 양쪽 다 시대극
같은 말투로 이야기를 나누었다.

다른 사람이 보면 롤플레이에 불과했겠지만, 둘 다 분위기를
공유할 수 있는 강자와 만난 것을 내심 기뻐하고 있었다.

"쉬잇!"

천지의 창술사는 들고 있던 창——— 십자창을 겨누고 반에게
달려들었다.

반도 등에 메고 있던 양날 도끼를 겨누고 창술사에게 맞섰다.

칼날과 칼날이 격돌하는 소리가 나무들 사이에 울려 퍼졌다.

"……흐음, 그 창은 〈엠브리오〉로군."

"그대의 도끼는……, 명품이긴 하지만 〈엠브리오〉가 아닌 것
같군."

창술사가 말한 것처럼 반의 도끼는 〈엠브리오〉가 아니다.

클랜의 대장장이가 만든 주문제작품이며 두 칼날은 각각 '순
수 강도'와 '내성 돌파' 능력이 뛰어나기에 상황에 맞춰 쓸 수 있

는 물건이다.

그야말로 나무에 따라 도끼를 바꿔가며 쓰는 나무꾼의 도끼나 마찬가지다.

"〈엠브리오〉라면 갖추고 있는 힘이 한두 개쯤은 있을 터인데."

"물론이지!"

창술사가 그렇게 외치자마자 십자창의 칼날이 붉은 빛에 감싸였다.

맞부딪히는 칼날을 통해 반의 손까지 열기가 전달되었다.

('가열', 그리고 '방열'인가?)

창을 내지르는 기세에 자그마한 불덩이까지 쏘아졌다.

반은 그 불덩이를 피했지만, 스친 불덩이에서 느낀 열량을 통해 화속성 마법의 상급 오의에 필적하는 위력이라는 것을 추측했다.

(천지답게 단순하고 다루기 편한 데다 강하다. ······하지만.)

"터져라!"

창술사가 있는 힘껏 찌르기를 날리자 끄트머리에서 불덩이가 연달아 날아들었다.

반은 그 공격을 피했고, 표적에서 빗나간 불덩이는 반의 뒤쪽에 있던 나무에 맞았다.

그 직후, 나무가 대폭발을 일으켰다.

대폭발은 곧바로 반을 집어삼켰다.

"······어?"

경악은 반이 아니라 창술사의 목소리였다.

지금까지 불덩이를 단련하며 나무를 표적으로 삼은 적도 많았지만, 이런 상황은 처음이었다.

폭풍에 밀려나듯 창술사가 뒤쪽으로 뛰어 피했다.

───그의 등이 나무에 부딪혔다.

(이런 곳에는 나무가 없었을 텐데······?!)

창술사는 천지의 강자였고, 창을 휘두를 수 있는 환경을 파악해두는 것을 게을리할 정도로 바보는 아니었다.

나무는 창술사가 부딪힌 충격에 가지에 맺혀 있던 열매를 떨어뜨렸다.

잘 익은 열매가 바로 밑에 있던 창술사의 어깨에 부딪혀 뭉개져서 과즙을 흩뿌렸고.

───살을 태우는 소리와 불쾌한 냄새가 주위에 가득 찼다.

"끄아아아아아아아아악?!"

과즙이 묻은 방어구는 녹았고, 창술사의 양쪽 어깨도 타서 늘어져 있었다.

폭발, 격돌, 그리고 큰 화상.

예상치 못한 현상이 연달아 일어나 창술사의 의식과 경계가 약해진 순간.

"───끝났다."

───달려든 반이 창술사의 몸통을 그의 뒤쪽에 있던 나무와

함께 잘라버렸다.

두 동강 난 창술사의 내장이 쏟아져 내리기도 전에 잘린 나무
에서 대량의 수액이 넘쳐흘렀고……, 그것이 다시 대폭발을 일
으켰다.

창술사는 흔적도 남기지 않고 날아가 먼지로 변했다. 천지의
무예자는 [사병]을 보조 직업으로 얻어두는 경우가 많지만, 그
것도 육체가 이렇게까지 파괴되어버리면 손을 쓸 수가 없다.

"꼼수를 써서 미안하군. 하지만 싸운다고는 했어도 정정당당
하게 싸운다고는 한 적이 없다."

두 번이나 폭발 속에 있던 반은 화상은커녕, 옷이 전혀 그을리
지도 않았다.

그 사실이 신기한 현상을 일으킨 나무와 그의 관계를 말해주
고 있었다.

"자, 플레이트는……, 여긴가."

반은 주위를 둘러보다가 날아가 버린 창술사의 플레이트를 찾
아냈다.

플레이트는 폭발에 그을리지도 않았고, 과즙으로 인해 녹지도
않았다.

"……생김새나 감촉보다 튼튼하다는 건가? 가지고 돌아갈 수
있다면 대장장이 녀석들에게 선물로 줄 수 있었을 텐데."

플레이트를 주워든 반은 슬쩍 웃으며 걸어가기 시작했다.

"이런 식으로 플레이트를 모아볼까. 선착순 세 명까지라고 했

지만, 빠르게 끝내는 게 좋겠지."

반은 신이 나서 다음 먹잇감을 찾기 시작했다.

몬스터든, 참가자든, 반에게는 상관이 없었다.

끝까지 싸워서 〈후우리 우민군〉의 힘을 과시하며 경애하는 후우리에게 상품을 바친다.

그것이야말로 지금 그의 목적이었다.

그런 그가 걸어간 뒤에는 기묘한 열매가 열린 나무가 차례차례 돋아났다.

■이벤트 에리어 중앙부

결승점 근처에서 시작한 어떤 〈마스터〉……, 곰 인형옷을 입은 그는 하늘을 올려다보며 생각하고 있었다.

시선 끝은 좀 전에 거대한 구름 코끼리가 소멸한 곳이었다.

모두가 바쁘게 돌아다니고 있다.

하지만 마지막은 다들 마찬가지다.

최종적으로 모두가 플레이트를 끼워 넣기 위해 결승점으로 가야만 한다.

그러니 이 근처에 함정을 파두면 하늘을 날아다니는 참가자도 걸리게 된다.

그는 그렇게 생각하고 빠르게 함정을 배치하며, 매우 열심히 그 작업에 집중하고 있었다.

그래서인지……, 그의 뒤쪽으로 적이 숨어들었다.

닌자, 아니, 사막의 어새신 같은 차림새. 기척이나 소리를 없애는 직업 스킬을 여러 겹으로 발동시켰고, 까맣게 그을린 칼날에는 〈엠브리오〉가 생성한 특제 맹독을 발라두었다.

빈틈투성이인 등에 꽂아 넣기만 하면 그것만으로도 승부가 끝난다.

(경솔하군. 경계가 허술한 것도 정도가 있지.)

뒤쪽을 전혀 경계하지 않는 그를 마음속으로 비웃으며 어새신 참가자가 칼날을 내리쳤다.

정확하게 목덜미로 날아든 칼날……, 하지만 그것은 천을 뚫지 못하고 그저 부드럽게 파고들기만 했다.

"?!"

마치 베개를 주먹으로 내리친 것 같은 감촉에 어새신 참가자가 경악했다.

보기와는 달리 예상한 것보다 방어 성능이 뛰어나다는 사실을 이해했다.

그와 동시에 예상을 뛰어넘은 것은, 인형옷을 입은 그의 민첩함.

공격당한 직후, 그의 왼손은 영상을 빨리 감은 것처럼 단숨에 적의 목을 붙잡고 있었다.

(큭……! 하지만 문제는 없다!)

천에는 분명히 〈엠브리오〉의 맹독이 파고들었다.

혈액에 직접 집어넣지 않아도 피부 접촉만으로도 충분한 효과를 발휘한다.

(1초도 지나지 않아 정신을 잃……, 을……?)

하지만 인형옷의 손에 담긴 힘은 약해지지 않았다.

으득으득, 어새신 참가자의 목을 계속 졸라댔다.

(어, 아? 불, 발……?)

독이 아무런 효과도 내지 못했다는 사실을 의아해하는 동안, 살을 조르는 소리뿐만이 아니라 뼈에 금이 가는 소리까지 더해졌다.

어새신 참가자는 그제야 이해했다.

(아, 그렇구나. 방심한 게, 아니라……, 경계할 필요가, 없──.)

그런 생각이 든 순간, 그의 목이 뚜둑 부러져서 땅바닥에 쓰러졌다.

『………….』

어새신 참가자는 빛의 먼지가 되었고, 인형옷을 입은 그가 떨어진 플레이트를 주웠다.

그렇게 결승점 주변에 함정을 배치하고 습격자를 격파한 그는 다음 목적지로 이동하기 시작했다.

□[성기사] 레이 스탈링

그 습격은 갑작스러웠다.

나무들이 더 **빽빽**해지기 시작했기에 우리는 실버에서 내려서 걸어가고 있었다.

그때……, 여러 칼날이 날아든 것이다.

""흑!""

반응한 것은 나와 줄리엣.

줄리엣이 회복된 날개를 펄럭여서 뒤쪽으로 물러났고, 나는 알토를 감싸며 두 번째로 《카운터 앱솝션》을 전개했다.

빛의 벽은 날아온 칼날——— 원념이 깃든 창의 공격을 막아냈다.

『이건…….』

내가 반응할 수 있었던 것은 그것이 저주받은 무기였기 때문이다. 공격이 날아들기 전에 [자원주갑]이 원념을 흡수하는 기척을 보였기에 적이 접근한다는 사실을 알아챌 수 있었다.

첫 공격을 막아내고 주위의 상황을 파악했다.

줄리엣이 피한 칼날——— 태도가 아직 움직이고 있었다.

"!"

단순히 무기를 투척한 것이 아니라 맥스의 이페탐처럼 적을 쫓아가는 공격이라는 사실을 이해했다.

《카운터 앱솝션》의 방어력은 강력하지만, 공격을 한 번밖에 막을 수 없다.

두 번째 공격이 연달아 날아들게 되면 끝장이다.

『치잇!』

네메시스가 세 번째——— 마지막으로 남은 《카운터 앱솝션》을 쓰려고 하자.

"———아아, 멋진 분들이시네요."

기뻐하는 듯한 목소리와 함께 태도가 멈췄다.

"이제야 첫 번째 공격에 죽지 않는 분들……, 사투를 벌일 수 있는 분들을 만났어요♪"

아름다운 목소리가, 전혀 숨기려고도 하지 않는 기쁨의 감정과 함께 들려왔다.

하지만 그와 동시에 칼날의 번뜩임이 보이더니……, 주위에 있던 나무들이 일제히 벌채되기 시작했다.

쓰러져가는 나무들 너머, 억지로 트이게 만든 공간에 선 것은 한 여자.

기모노 같은 옷 안쪽에는 상처투성이가 된 피부가 드러나 있다.

어깨에 돋아난 의수 네 개는 각각 칼을 들었고, 그녀 주위에는……, 나와 줄리엣이 막고 피했던 창과 태도 같은 것들까지 합쳐서 무기가 여섯 자루나 떠 있었다.

그녀도 참가자 중 한 사람일 텐데. 그 이질적인 모습과 기시감이 나를 전율하게 만들었다.

『이 녀석은……!』

"……왜일까, 피가로 씨하고 처음 만났을 때가 생각나는데."

그 〈묘표 미궁〉에서 처음 만났을 때와 비슷한 압박감이다.

게다가 의수는 형태가 다르긴 하지만 캐시미어를 연상케 했다.

"[아수라왕]……, 카가 쥬베?!"

그때, 알토가 상대방의 직업과 이름인 듯한 단어를 말했다.

"……[아수라왕]?"

"어머, 혹시 천지 분이신가요? 쿠노이치 같기도 하고……, 하지만."

"아으?!"

알토는 그녀……, [아수라왕]의 눈빛에 겁을 먹고 움찔거리며 떨고 있었다.

천진난만하고 까불대는 수수께끼 실뜨기 매니아인 그녀조차 이렇게 만드는 상대라는……, 건가?

『……은근슬쩍 디스한 것 같다만.』

"예전에 만난 적은 없는 것 같네요. 천지에서 이러한 이벤트에 **선택받은** 분이라면 얼굴 정도는 기억하고 있을 법한데요……."

"저는 이 두 사람과는 달리 엑스트라니까 신경 쓰지 마세요!"

아, 이 녀석, 은근슬쩍 우리를 방패로 내세웠네.

……뭐, 이번 팀에서는 탱커니까 딱히 상관없지만.

『얼마 전에 루크도 그대를 방패로 내세웠지.』

아무리 그래도 [수왕] 상대로 탱커를 하는 것보다는 마음이 편하긴 하네…….

"그쪽 날개가 달리신 분은 어디선가……, 본 적이 있네요."

[아수라왕]은 고개를 갸웃거리며 우리의 이름을 떠올리려 하는 것 같았다.

그렇게 행동하는 와중에도……, 빈틈은 없었다.

지금도 부유 무기 여섯 자루는 그녀의 주위를 위성처럼 돌고 있다.

"역전(歷戰)의 기척……(상처가 엄청나네……)."

"최근에는 죽지 않아서요. 상처가 남아있죠."

아바타의 육체가 잃은 부위나 변형된 부위는 데스 페널티에서 복귀할 때 원래대로 돌아온다.

하지만 살아있는 동안에는 상처가 남는다.

나도 예전에 한동안 팔을 하나 잃은 채 로그인한 시기가 있었다.

그리고 눈앞에 있는 상대가 마찬가지라면 저렇게 많은 상처를 입을 정도로 치열한 사투를 벌였다는 뜻이고……, 그런 사투에서 살아남았다는 뜻이다.

줄리엣은 그 사실을 눈치채고 말했을 것이다.

"아아. 생각났어요. 왕국의 랭커죠?"

[아수라왕]은 무기를 들고 있지 않은 자신의 두 손을 마주치며 나와 줄리엣을 보았다.

"왕국 4위, '검은 까마귀' 줄리엣. 맞나요?"

"……그러하다."

얼굴과 이름, 그리고 〈엠브리오〉를 보였으니 시치미를 떼도 소용이 없을 거라 생각한 건지 줄리엣이 긍정했다.

"우후후. 서쪽에서 유명한 분과 만나다니 재수가 좋네요. 저는 쥬베. 저도 천지의 결투 랭커 4위예요. 이렇게 기이한 인연이니 분명히 멋진 칼부림을 벌일 수 있겠네요♪"

[아수라왕]은 요염한 미소와 살벌한 말투로 선언했다.

"결투 4위……라."

랭크는 줄리엣과 똑같지만, 천지는 아마…….

"천지의 결투는 치열하며 준엄하니. 우리의 대지를 능가하노라."

그렇다, 줄리엣이 말한 것처럼 천지의 결투 인구는 왕국의 두 배 이상이다.

그렇기 때문에 랭킹도 왕국과 비교하면 숫자를 절반으로 나누는 게 맞다.

"다시 말해 이쪽 결투 랭킹 2위 정도. ……캐시미어급인가."

그렇다면 줄리엣까지 포함해서 세 명이 덤비더라도 이기기 힘들지 모른다.

하지만 그렇다면 그녀는 어째서…….

"어째서 계속 공격해서 죽이지 않은 거지?"

우리는 좀 전에 날아든 공격을 막아냈다.

하지만 그녀의 주위에 떠 있는 무기는 여섯 자루. 그것을 모두 써서 공격했다면 우리는 막지도 못했을 것이고, 적어도 나는 쓰러졌을 것이다.

내가 그렇게 묻자 그녀는…….

"이렇게 동쪽 끝과 서쪽 끝의 〈마스터〉가 이야기를 나눌 기회는 별로 없잖아요?"

방긋 웃으며 그렇게 말했다.

"베어 죽여버리면 두 번 다시 이야기를 나누지 못할지도 모르니 이야기를 나누면서 추억을 만들고 싶었던 거예요."

……살의와 친근감이 엄청나게 뒤섞여 있네. 어떤 사람인지는 대충 이해한 것 같다.

하지만, 그렇다면……, 나도 상대방의 의도에 넘어가 주자.

"이야기를 나눌 거라면 우리가 질문해도 될까?"

질문을 통해 상대방의 정보를 캐낸다. 그것이 최선이라 생각하고 내가 선택한 행동을…….

"부디 그러시죠. 나중에 저도 질문하도록 하겠습니다."

[아수라왕]……, 쥬베는 쉽사리 받아들였다.

시험해본 건데 이게 먹히다니…….

"……그 무기가 떠 있는 건 〈엠브리오〉의 스킬이야? 어깻죽지에 돋아난 팔이 〈엠브리오〉지?"

피가로 씨의 치환형과는 달리 줄리엣과 마찬가지로 몸의 파츠를 늘리는 암즈……, 이른바 퓨전 암즈일 것이다.

"그렇죠, 아수라는 제 〈엠브리오〉지만 무기가 떠 있는 건 직업 스킬이에요. 《수라도 전가》라는 직업 스킬이고, 효과는 간단히 말해 염력으로 무기를 움직이는 추가 장비 슬롯이라고나 할까요."

"염력……."

피가로 씨도 장비 슬롯을 확장했지만, 저런 식으로 '장비를 하지도 않았는데 장비하는' 특수한 형태도 있구나.

"보시면 아시겠지만 아수라 쪽에도 장비 슬롯이 있어서 무기를 잔뜩 들 수 있죠."

〈엠브리오〉인 아수라와 초급 직업인 [아수라왕].

양쪽 다 아수라라는 이름을 지니고 있고, '무장의 확장'이라는 능력도 겹친다.

그렇구나……, 그래서 '중복 아수라'인가?

"이러면 마음껏 칼부림을 할 수 있으니 제 취향에는 양쪽 다 정말 잘 맞아요♪"

"……그렇구나."

장비 부위를 늘리기만 하는 것은 〈엠브리오〉의 능력으로 따지면 결코 강한 편이 아니다.

유일하면서도 일격필살인 것들도 많으니 오히려 수수하다고도 할 수 있을 것이다.

그렇다면 비장의 수를 아직 숨겨두고 있을지도.

우선 미리 스테이터스를 봐둘까…….

———[Resist].

"윽?"

《간파》가 튕겨 나와서 스테이터스를 볼 수 없어……?

"아, 혹시 방금 스테이터스를 보려고 하셨나요?"

"…………그래."

아차. 이제 이야기는 못 하게 될 테니 전투로 돌입…….

"죄송합니다. 아수라는 그런 걸 튕겨내 버리거든요?"

그런 걸……, 튕겨낸다고?

"자신을 대상으로 삼은 스킬을 무효화한다는 뜻이야?"

"음, 약간 달라요. 아수라의 상시 발동형 필살 스킬은 저를 상처입히지 않고 영향을 끼치려 하는 현상을 무력화해요. [암흑기사]로 보이는 당신이 저주받은 무기로 제게 상처를 입히면 확실하게 저주에 걸리죠. 베시고 싶으시면 베셔도 상관없어요♪"

……나는 [암흑기사]가 아니지만, 이해는 된다. 대미지를 동반한 효과에는 걸리지만 그 이외의 《간파》나 원격 저주……, 후소 선배의 카구야 같은 디버프는 튕겨낸다는 뜻인가?

순수하게 전투에만 집중하기 위한 능력.

아니면 불교에서 정의의 신으로 여기는 아수라를 모티브로 삼았기 때문인가?

저항이 필살 스킬이라면 〈엠브리오〉에게는 지금 보이는 것 말고 다른 비장의 수는 없는 건데…….

『……보이는 것만으로도 무시무시한 무기가 열 자루나 있다만.』

……나도 방금 그렇게 생각한 참이야.

그리고 그녀에 대해서도 이해했다.

그녀는 숨길 필요가 없다.

〈엠브리오〉도, 직업 스킬도, 적에게 들켜봤자 불리해지지 않는다.

그리고 스스로 능력을 드러낸 뒤 정정당당한 전투를 벌이려

한다.

순수하게 서로 베어 죽이기 위한 빌드이자……, 인격.

"……이것이 천지의 수라인가?"

후유키와 다른 친구들에게 이야기를 많이 듣긴 했지만…….
그렇구나, 무섭긴 하네.

하지만 무사히 정보를 수집했으니, 이제 얻은 정보를 통해 승
산을 찾아내기만 하면 된다.

"그럼 다음에는 제 질문을……."

그런 내 생각을――― 운명이 비웃는 듯이.

"―――어머?"

―――쥬베의 표정이 바뀌었다.

뭔가 눈치챈 듯이 눈을 크게 뜨고, ―――**나를 빤히 바라본 것
이다.**

"어머, 어머, 어머어머어머어머……."

다음 순간, 그녀는 내 눈앞에 있었다.

"?!"

뒤로 뛰어서 물러나려 했을 때는 이미 몸이 움직이지 않았다.

그녀의 의수에서 무기가 떨어져 나갔고, 그중 세 개가 내 두
팔과 목을 붙잡고 있었다.

"윽!"

상황이 갑작스럽게 바뀐 와중에 줄리엣이 날갯짓하는 소리가

들렸다.

쥬베에게 붙잡힌 상태라 잘 보이지 않지만, 나를 구하기 위해 스킬을 쓰거나 다가오려 하고 있는 것이다.

"잠깐만 기다려 주세요."

하지만 떠 있던 무기에 줄리엣의 움직임이 가로막힌 것 같았다.

내 옆에 있던 알토는……, 나머지 의수 하나에 막힌 상태였다.

"거친 짓을 해서 죄송합니다. 제 질문 말인데요, 잠깐만 확인을 했으면 해서……."

쥬베는 그렇게 말한 다음……, 내 얼굴을 가리고 있던 천과 [스톰 페이스]를 벗겼다.

"아앗!"

그리고 내 머리카락과 얼굴이 드러나자…….

"레이 스탈링 **님**?!"

그 전까지와는 비교도 안 될 정도로 눈을 반짝이며 내 이름을 불렀다.

"""『님…………?』"""

나도, 네메시스도, 줄리엣도, 알토도, 모두가 한목소리로 의아해했다.

어째서……, 님이라고 부르는 건데?

하지만 쥬베는 우리의 그런 의문 같은 것은 아랑곳하지도 않고 빠르게 떠들어댔다.

"동영상 봤어요! 짜릿했어요! 그야말로 퍼펙트하고 크레이지하고 판타스틱한 수라예요! 완전 팬이에요! 사인을 **새겨**주세요! 플리즈!"

쥬베는 우리를 놓아주고 자신의 두 손으로 내 네메시스를 들고 있지 않은 쪽 손을 잡으며, 신이 난 듯한 분위기로……, 아니, 아예 다른 캐릭터 같은 말투로 말을 걸었다.

"자, 잠깐만 기다……."

"[마장군]과 벌인 전투! 악마 무리 사이에 뛰어들어서 악마를 물어뜯고 찢어발기며 러시! 러시! 러시! 그리고 [수왕]과 벌인 전투! 오늘 아침에 봤어요! 최고예요! 팔다리가 찢겨나간 상황에서 자신과 함께 [수왕]을 꿰뚫어서 빈사 상태로 몰아넣은 모습은 감동적이었어요!"

"…………뭐? 레이찌, 무슨 짓을 하고 다니는 거야?"

……왠지 알토가 정색하는 눈초리로 나를 보는 것 같다.

"베고 베이는 카니발! 최근에 화제가 된 카운터 사용자이자 자이언트 킬러! '언브레이커블' 레이 스탈링 님! 왕국에 계셔서 포기하고 있었는데 설마 만나게 될 줄이야……, 저는 이미 이벤트를 클리어한 거나 마찬가지로 감동을 맛보고 있어요!"

쥬베는 진심으로 기뻐하며 들뜬 모습을 보이고 있었다.

딱히 연기인 것도 아닌 것 같고, 그러니까…….

『……그대의 **팬**인 모양이구나. 잘된 것 아닌가.』

결투 랭커도 아닌 내게 팬이 있었나…….

"아, 기뻐요. 기뻐요. 기뻐요……."

그녀는 왠지 꿈을 꾸는 듯한 모습으로 같은 말을 반복하며 조금씩 원래 분위기로 돌아왔다.

『어떻게 되려나 싶었다만, 이제 전투를 피할 수 있을지도 모르겠구나.』

네메시스가 그렇게 말했을 때, 나는──── 정반대를 생각했다.

"────레이 님과 사투를 벌일 수 있다니, 최고네요."

────그 순간, 그녀의 살의가 폭발하는 듯한 기척이 느껴졌다.

"으윽!"

날아든 칼날을 대검 형태인 네메시스로 받아내며 땅을 박차고 뛰었다.

나와는 차원이 다른 STR, 버티려 하면 베여서 죽을 거라는 사실을 본능이 이해했다.

그렇기 때문에 그 힘에 날려감으로써 대미지를 억눌렀다.

그 시도는 성공했고.

"아하아♪"

날려간 곳에 무기가 떠 있었다.

"윽!"

예측하고 있었나. 아니면 이렇게 몰아붙이는 것까지 포함해서 원래 쓰던 전술인가?

첫 번째 공격 때 줄리엣에게 날아들었던 태도가 공중에 있던 나를 갈라버리려 했고……

"《흑사악단 장송곡(블랙 윙 오케스트라)》!"

줄리엣이 날린 까만 풍속성 마법이 내게 명중했다.

바람이 곧바로 내 궤도를 바꾸어 날리며 쥬베의 부유 무기 사정거리 밖으로 튕겨냈다.

『레이! 괜찮나!』

"……그래."

줄리엣이 나를 노린 건 저 태도의 공격을 근처에서 봤기 때문일 것이다.

자신의 스킬로는 무기를 튕겨낼 수 없을 거라 생각하고 반대로 나를 튕겨냄으로써 구해준 것이다.

"고마워, 줄리엣."

"……응!"

이야기를 나누는 동안에도 나와 줄리엣은 계속 경계하고 있었다.

또 저런 행동이다. 또 쥬베의 움직임이 멈췄다. 추가 공격을 날리지 않는다.

그녀가 무슨 행동을 하고 있는가 하면…….

"우후, 아하, 꺄호, 대단해. 직감? AGI를 뛰어넘은 신들린 방어, 직접 보게 되었네……, 멋져."

방금 오간 공방을 곱씹는 듯이 더욱 밝게 웃고 있었다.

알토는……, 흥미가 없는 건지 공격당하지 않은 것 같았다. 사정거리 밖으로 도망쳤다.

『……레이. 저 녀석은 호의를 품은 것 아니었는고……?』

"그래서 저러는 거겠지."

『뭐라고?』

"저 녀석이 진짜배기 전투광이라는 건 지금까지 했던 말과 행동으로도 알 수 있잖아?"

『으음.』

"그렇다면……, 당연히 제일 흥미를 보이는 상대방하고 **싸우고 싶어지겠지**. 쥬베가 이야기한 건 전부, 내가 **전투 때** 했던 행동이었잖아."

『……아.』

아이돌의 노래에 반해서 노래를 직접 들으려고 콘서트에 가는 것처럼.

내 전투 영상을 보고 반했다면 당연히 직접 싸우고 싶어 할 것이다.

……내 입으로 이런 예를 드는 것도 좀 그렇지만.

"좀 더, 좀 더 보고 싶어. 찬찬히. 확실하게. 끝날 때까지, 베일 때까지, 숨이 끊어질 때까지."

아마……, 첫 번째 공격부터 내 정체를 눈치채기 전까지는 반쯤 장난이었을 것이다.

진심이 아니었다. 여유가 있었다.

하지만 지금 그녀는……, 점점 살의와 전의의 순도를 높여가고 있다.

상대방이 강하기 때문이 아니다. 상대방……, 내 전투를 맛보고 싶으니까.

봐주지는 않는다. 그럴 성격도 아니다. 온 힘을 다해, 한계까지, 나를 죽이려 한다.

내가 [수왕]과 맞서서 벌인 전투를 직접 체험하기 위해서.

"……그 전투는 모두의 힘이 있었기에 이룰 수 있었던 건데."

그렇게 말해봤자 이미 안 들릴지도 모르겠다.

"최애와 베고 베이고, 죽이고 죽고, 사랑하고 사랑받고……."

이미 그녀는 수라. 천지에 자리 잡은 수라 중 한 마리.

"마음껏, 사투를(사랑을) 벌이고(나누고) 싶어어어어어어어어어!"

쥬베……, 천지 결투 4위 [아수라왕]이 살의와 호의의 이빨을 드러냈다.

그 실력이 앞서 말했듯이 캐시미어급이라면 전력은 상대 쪽이 더 강하다.

하지만 캐시미어와는 달리 쥬베의 참격은 나도 볼 수 있다.

캐시미어의 발도술……, 이해나 감지가 불가능한 초초음속의 참격이 아니니까.

하지만 그녀의 전투 방식의 특징은 속도가 아니다.

미친 듯이 기뻐하며 소리지르고 있는 쥬베 주위에는 지금도 여섯 자루의 무기가 날아다니고 있다.

그것들 하나하나가 전위 초급 직업이 휘두르는 무기이고, 의수 네 개까지 합쳐서 열 자루의 무기를 동시에 구사할 수 있을 것이다.

무엇보다 그 무기는…….

"알토."

"······왜애~? 레이찌."

알토는 겁을 많이 먹었다. 천지의 〈마스터〉이기 때문에 그녀가 얼마나 위험한지 나나 줄리엣보다 잘 알고 있을 것이다.

그렇기 때문에 물어봐야만 한다.

"저 녀석 정보, 뭔가 아는 거 없어?"

"······《수라도 전가》의 사정거리는 반경 25미터라고 하는데, 어디까지나 결투를 통해 알려진 정보니까 진짜로 그런지는 몰라."

알토는 쥬베를 계속 지켜보며 설명해 주었다.

왠지 모르겠지만 그런 와중에도 쥬베는 움직이지 않았다.

아직 기쁨에 취해 있는지 자기 두 팔을 볼에 댄 채 나를 보는 상태.

"날아다니는 무구 중에 내가 알고 있는 건 네 자루 정도야.

방어 스킬을 무효화하며 벽을 찢어발기는 태도, [도과무이 호라].

베인 자의 회복을 100분 동안 금지시켜 죽게 내버려 두는 소도, [쇄사물 쿠비가와라].

영체조차 저주해 죽이는 광주(狂呪)의 창, [고화봉천 히간바나].

간격 안에 들어온 자를 반드시 명중시키는 신속의 반격도 [금족지 단카진]."

"···········그거참."

이미 특전 무구가 네 자루. 내가 가지고 있는 숫자보다 더 많다.

그리고 방금 날아들었던 두 번째 공격······, 줄리엣 덕분에 피할 수 있었던 무기는 [호라]일 것이다. 방어 스킬을 무효화한다면《카운터 앱솝션》으로 버티려 했어도 끝장이었겠지.

아마 다른 무기도 특전 무구이거나 비슷한 등급일 테고.

날아다니고 있는 나머지 무구 두 개는 원월륜(차크람)과 대형 막칼. 양쪽 다 내 [장염수갑]이나 [자원주갑]처럼 형태가 특이한 걸 보니 특전 무구일 가능성이 크다.

특전 무구를 잔뜩 지니고 있는 데다 장비 슬롯까지 확장시켰다.

……특징만 보면 거의 피가로 씨네.

"우후후."

하지만 쥬베는 알토가 자신의 수를 밝히는데도 당황한 기색을 보이지 않았다.

얼굴에 내보이는 기쁨은 사그라들지 않았다.

"저기, 더 남길 말씀은 없으신가요?"

쥬베는 더욱 환하게 웃으며 그렇게 물었다.

"히익?!"

"……?"

유언을 들으려 하는 말투였기에 알토는 정보를 제공한 걸 질책한 거라 생각하고 겁을 먹었다.

하지만 내가 보기엔 오히려 그 반대다.

마치 자신에 대해 설명해주기를 기다리고 있었던 듯한데…….

"……그런 거구나."

그렇구나. 천지의 주민이자 결투 랭커란 그런 건가?

"알토가 네 능력을 우리에게 설명해줄 때까지……, 기다린 거지?"

"어?"

알토는 의아해했지만, 줄리엣과 네메시스는 내 말을 이해한 낌새를 보였다.

그리고 쥬베도 더욱 밝게 웃었다.

정보는 중요하다. 알토가 내게 얼굴을 가리라고 조언해준 것처럼, 유일한 능력끼리 맞부딪히는 〈Infinite Dendrogram〉에서 정보의 유용성은 다른 게임 이상으로 크다.

그리고 그녀는 처음부터 자신의 〈엠브리오〉의 능력이나 직업 스킬을 물어보는 대로 대답해 주었다. 팬이라는 그녀가 내 정체를 알기 전부터.

"정답이에요♪ 초면에 제 첫 번째 공격을 버텨낸 사람은 최대한 준비를 해주셨으면 하거든요♪ 그래야 아슬아슬한 싸움이 될 테고, 제가 즐거워지니까요♪"

능력을 전혀 알리지 않고 쉽사리 죽이려는 게 아니라, 공정한 사투를 원하고 있다.

그것이 카가 쥬베라는 〈마스터〉의 스타일일 것이다.

몸에 남은 상처는 그렇게 자신의 능력을 밝힌 다음 벌인 전투로 인해 난 것들이다.

방심이나 거만함이라고 받아들일 수도 있겠지만, 근본적으로 다른 문제 아닐까.

저 녀석은 피가로 씨나 캐시미어처럼 자신의 마음속에 규칙을 지니고 있는 녀석이다.

그리고 무엇보다 자신의 능력을 밝힌 뒤에 싸워 저렇게 상처를 많이 입으면서도⋯⋯, 아직 데스 페널티를 받지 않았다.

자신의 힘을 자세히 알려준 다음 강자를 상대로 계속 이겨온 존재.

수라 중의 수라─── [아수라왕].

"그럼 슬슬 때가 된 것 같으니─── 시작할게요오♪"

더욱 환하게 웃으며 쥬베가 땅을 박찼다.

마치 당연하다는 듯한 초음속 기동. 레벨과 스테이터스로 인한 것인지, 아니면 장비한 무기 중 어떤 것으로 인한 버프 효과인지. 어찌 됐든 나보다 훨씬 빠르다.

"《흑사악단 진혼가(블랙 윙 레퀴엠)》!"

상대방의 간격에 들어가기 전에 줄리엣이 날린 암속성 마법의 까만 구체가 쥬베에게 쇄도했다.

하지만 검은 탄막을 가로막기 위해 부유 무기 중 하나───
원월륜이 움직였다.

그것들은 까만 구체를 따라다니는 듯한 궤도로 움직이며 닿을 때마다 없애나갔다.,

방어하기 힘든 암속성 마법의 탄막이, 소멸했다.

"⋯⋯?!"

닿은 마법을 제거하는 특전 무구⋯⋯, 루크의 [단영수투]와 같은 마법 킬러!

원월륜은 던져서 부딪히게 만들거나 휘두르는 무기다.

원래의 운용 방법으로 다루면 투척 후 재사용 문제나 자신이 맞을 수 있다는 리스크가 있지만, 염력으로 원격 조작하고 있기에 문제가 없다는 건가?

"《연옥화염》!"

나도 마찬가지로 요격하기 위해 [장염수갑]을 내밀고 화염을 뿜어냈다.

하지만 이번에는 대형 막칼이 회전하며 날아와——— 거센 불꽃을 두 갈래로 갈랐다.

"이쪽은 화염……, 아니, 브레스 킬러인가!"

마법을 없애는 원월륜, 브레스를 휩쓸어버리는 대형 막칼.

그리고 대미지가 없는 효과를 무력화시키는 상시 발동형 필살스킬.

아무리 애를 써도 물리 전투를 하게 만드는 스타일인 것 같다.

"엔트리이 ♪"

마법과 화염이 완전히 막힌 가운데, 우리는 쥬베의 부유 무기 살상권 안에 포착되었다.

태도가, 소도가, 창이, 원월륜이, 대형 막칼이, 서로 다른 움직임을 보이며 나와 줄리엣에게 날아들었다.

칼……, 반격도 [단카진]이라는 무기는 아직 쥬베 곁에 떠 있었다.

내게 날아든 것은……, 태도와 대형 막칼, 그렇게 두 자루.

《카운터 앱솝션》으로는 공격을 한 번밖에 막을 수가 없다.

게다가 상대방에게 방어 스킬을 무효화하는 [호라]가 있는 이상, 더더욱 그 스킬로는 막을 수 없다.

그리고 내 AGI는 이 동시 공격을 완전히 피할 수 있는 수준이 아니다.

그렇다면 해야 할 일은 한 가지.

『———《추격자는 수경으로부터 오리라(체이서 프롬 미러링)》!』

네메시스는 제4형태로 변형함과 동시에 쥬베의 AGI를 대상으로 《추격자》를 발동시켰다.

내 속도는 초음속 기동 중인 쥬베와 같아졌고, AGI의 상승으로 인한 체감 시간의 연장 덕분에 다가오는 무기의 속도가 상대적으로 느리게 보였다.

"윽!"

염력을 통해 날아든 무기의 궤도를 파악하고, 양쪽 무기를 피했다.

부유 무기가 궤도를 꺾어서 다시 공격을 가했지만, 앞쪽으로 몸을 날려 피했다.

『신우와 모의전을 한 보람이 있구나!』

"매번 마지막에는 당해버렸지만 말이지!"

그래도 내가 도망칠 곳을 막으며 죽을 때까지 쫓아오는 그 황금의 의수보다는 그나마 대처하기 편하다.

———물론 이걸로 끝낼 상대는 아니다.

부유 무기로 공격을 가하며 쥬베 자신도 정면에서 나와 거리를 좁히고 있었다.

네 개의 의수가 쥔 네 자루의 칼이 내 팔다리를 잘라내기 위해 휘둘러졌다.

그야말로 참격의 포위. 좌우, 어느 쪽으로 움직이더라도 똑같은 속도인 쥬베의 공격은 피하지 못하고, 뒤쪽에는 여전히 나를 쫓아오고 있는 부유 무기가 있다.

그렇다면 앞으로 발을 내디딜 뿐.

[자원주갑]을 장착한 양쪽 다리에 힘을 주고 온 힘을 다해 더 앞으로……, 쥬베에게 뛰어들었다.

가장 위험한 쥬베에게 접근.

그것은 알토가 가르쳐 주었던 [단카진]의 효과가 적용된다는 뜻이었다.

하지만 [단카진]은 내게 날아오지 않았다.

나와 마찬가지로 날아드는 무기를 피한 줄리엣이 나보다 먼저 접근을 시도했고……, 지금은 [단카진]과 무기를 맞댄 것이다.

(신속의 카운터는 뽑아 들 때까지 단 한 번뿐인가!)

그렇기 때문에 나는 반격도의 공격을 받지 않고 접근했다.

그리고 네메시스의 쌍검 중 오른쪽 칼날로 쥬베를 찌르려 했다.

"아하하하하하아♪"

뭐가 재미있는지 쥬베는 웃었고, ———맨손으로 네메시스의 칼날을 잡았다.

"윽?!"

그것은 도검을 다루는 자에게 있어서는 일종의 로망인 진검 맨손 잡기.

놀라운 재주로 내 움직임을 막고 난 다음, 모두 합쳐 일곱 자루의 무기가 내게 쇄도했다.

하지만, 이거면 됐다.

"『――《복수는 나의 것》!』"

――닿아 있기만 하면 우리 스킬도 닿는다.

쥬베의 손바닥 안에서 충격이 터졌고, 피거품이 퍼졌다.

우리 스킬도 마찬가지로 방어력을 무시한다. 카운터로 날리는 고정 대미지 공격이니까.

카운터를 모은 다음 발동시키면 상대는 반드시 상처를 입게 되는 것이다.

맨손 잡기가 풀리자 상대방이 주춤했고, 이번에는 왼쪽 검으로 찌르――.

"_____."

등골이 오싹해진 나는 반사적으로 옆쪽을 향해 몸을 날렸다.

쥬베의 의수가 휘두른 칼의 궤도 안에 있었기에 반쯤 스스로 베이듯이 오른쪽 윗팔에 상처를 입었다.

하지만 그 직전까지 내가 있던 곳에는 그보다 몇 배는 많은 참격이 지나가고 있었다.

"윽……."

"이거구나아. 이게 그 소문으로 들었던……, 우후후♪"

거리를 벌린 나와는 달리 쥬베는 멈춰 서서, 피가 흐르는 자신의 손바닥을 보면서도 다시 황홀해하고 있었다.

그녀의 상처는 얕았다. 두 손에 제대로 맞았지만 손가락도 날아가지 않았고, 손바닥이 약간 패인 정도였다.

"**사인**, 잘 받았습니다♪ 낼르음♪"

그녀는 그렇게 상처에서 흐르는 피를 핥으며 나를 보았다.

"신기한 감각이네요. 손바닥에서 터지는 것 같기도 하고, 우후후……. 그래도 그럼 안 되죠~? 그건 받은 대미지를 두 배로 돌려주는 공격이잖아요. 제4형태 발동 전까지 당한 공격은 첫 번째 공격을 막은 것뿐. 제 AGI를 복사해버렸으니 이제 대미지가 거의 안 남았죠? 그리고 쌍검으로 절반씩 나누었기 때문인가요? 예상했던 것보다 약했네요."

"…………."

쥬베는 내 싸움을 영상으로만 보았다.

게다가 제4형태의 영상은 [수왕]과 싸웠을 때 찍힌 것밖에 없을 것이다.

설마……, 영상만 보고 우리의 스킬이 어떤 구조인지 이해한 건가?

그리고 일부러 맞기 위해서 진검 맨손 잡기로 발동을 유도했다.

그야말로 기념으로……, 사인 대신 자신의 살에 새겨넣기 위해서.

『……이보게, 레이. 설마 그럴까 싶다만…….』

"그 설마가 사실일 거야……."

지금까지 벌인 공방은 이 흐름을 노리고 쥬베가 일부러 우리를 **유도**한 것이다.

내가 《추격자》를 사용하고, 아슬아슬하게 피하며 다가서고,

《복수(벤전스)》를 사용해서 쥬베에게 상처를 입히는 것까지……,
계획대로.

게다가 대(對)마법 무기가 있다고는 해도 줄리엣의 개입까지
막아냈다.

"……천지의 결투 4위라."

캐시미어만큼 빠르진 않다. 피가로 씨만큼 강하진 않다.

하지만……, 재주가 좋다.

열 자루의 무기를 컨트롤하고, 적을 분석하고, 전투를 원하는
형태로 짜나가고, 원하는 결과를 얻는다.

기묘한 외모와 말투, 행동과는 정반대인 기교의 달인.

"기대한 대로네요."

자신이 연출한 공방이 마음에 들었는지, 쥬베는 매우 기쁘다
는 듯이 웃고 있었다.

기대한 대로라는 말. 아마 동영상을 보고 판단한 다음, 나라
면 그럴 수 있을 거라고 기대하며 공방을 계획했을 것이다. 기
대에 못 미쳤다면……, 이미 살해당했을 테고.

"하지만…………, 기대 이상은 아니었어요."

쥬베는 갑자기 미소를 거두고는 나를 보았다.

"레이 님의 장점을 완전히 끌어내지 못했어요. 어째서죠?"

그 눈은 내게 실망한 것이 아니라 의문을 품고 있는 것 같았다.

"**제게** 뭐가 부족한 건가요?"

마치 내가 아니라 **자신**이 부족하다는 듯한 말투.

하지만 나는 그녀에게 대답해줄 말이 없다.

나는……, 지금의 내 능력을 최대한 발휘했다고 생각한다.

여기서 더 힘을 끌어내는 방법 같은 건 내가 알고 싶을 정도다.

◇ ◆ ◇

□■이벤트 에리어 동부 삼림지대

(어떻게 해야 하나……, 이거……!)

눈앞에서 벌어진 고도의 공방.

친구, 그리고 친구의 친구까지 [아수라왕]과 싸우게 되자 알토는 마음속으로 망설이며 당황했다.

(카가 쥬베는 위험하다고……. 소속 다이묘 가문이 같은 곳이니까…….)

쥬베는 알토를 모르지만, 알토는 쥬베를 알고 있었다.

왜냐하면 내전 중인 천지에서 두 사람이 소속된 곳은 같은 가문……, 사대 다이묘 가문 중 하나, 토우세이덴 가문이기 때문이다.

그렇기 때문에 알토는 손을 쓰지 못하고 망설이기만 했다.

이번 이벤트 때문에 쥬베에게 찍히고 싶지 않았기 때문이다.

(카가 쥬베라고 하면 성격은 완전히 시마즈 같은 난슈몬 가문인데도 불구하고 그 녀석들이랑 싸우고 싶다면서 토우세이덴 가문을 선택했을 정도의 전투광이고……!)

그렇게 위험한 녀석이 얼굴과 이름을 기억하지 않았으면 하는 생각으로 자기소개를 하지 않았던 것이다.

오히려 [탈주닌자]로서 온 힘을 다해 도망치고 싶을 정도였다.

하지만 그럴 수는 없다.

이번 이벤트 때 협력할 사람이 다름 아닌 레이였기 때문이다.

(현실 쪽 친구를 내버려 두고 도망치면 분명히 나중에 문제가 생기겠지~?! 인간 관계라든가, 내 멘탈 쪽으로오……?!)

그렇기 때문에 도망칠 수 없다. 싸우고 싶진 않지만, 도망칠 수가 없다.

(그래도 지금 죽게 내버려 두면 결국 마찬가지고……! 어떻게 든 해야 하는데, 어떻게 해야 하지……? 고민되네……, 실뜨기 하고 싶어……!)

취미인 실뜨기를 하면서 마음을 가라앉히고 싶지만, 이런 상황에서 갑자기 실뜨기를 하기 시작하면 매우 위험한 녀석일 것이다. 오히려 그런 기행 때문에 쥬베의 기억에 남을 것 같다.

하지만 할 수 있는 것이 없다.

그녀의 공격 능력 따위는 쥬베에게 있으나 없으나 마찬가지다.

그녀의 〈엠브리오〉가 지닌 스킬도 최악의 경우에는 적을 유리하게 만들 수도 있다.

그리고 '그녀가 이번 이벤트에 선택받아버린 이유'는 다른 사람들 앞에서 쓸 수 없다.

적어도 천지의 주민들 앞에서는 절대로.

(내가 지금 할 수 있는 거라고는 연막을 치고 다 함께 도망치는 것 정도밖에 없는데…….)

브레스를 가른 것처럼 연막도 쉽사리 휩쓸어버릴지도 모른다.

그뿐만 아니라 '주위가 보이지 않아도 벤다' 같은 짓을 할지도.

(연막을 치기 전에 뭔가……, 저쪽의 주의를 끌 만한 게 있다면…….)

하지만 그렇게 형편 좋은 일을 기대할 만한 상황이 아니다.

지금은 쥬베가 레이를 바라보며 뭔가 이야기하고 있지만, 곧바로 다시 움직이기 시작할 것이다.

그렇게 되면 지금 상황에서는 승산이 거의 없다. 그 사실을 알고 있기에 아직 《깃털갈이》의 반동이 가시지 않은 줄리엣도 손을 쓰지 못하고 있다.

(신이시여, 부처님이시여, 실뜨기님이시여! 구원의 손길 플리즈! 정 뭐하면 악마라도 상관없어요!)

알토가 궁지에 몰려서 이해가 잘 안 되는 생각을 하기 시작한 순간.

뿌득, 나뭇가지를 밟아서 부러뜨리는 소리가 들렸다.

제일 먼저 반응한 사람은 쥬베였다.

마치 걸리적거리는 나뭇가지를 쳐내려는 듯이 방어 스킬을 무효화하는 태도, [호라]를 날렸다.

불쌍하게도 지금 이곳을 지배하고 있는 [아수라왕]의 심기를 불편하게 한 침입자는 그 일격에 숨이 끊어질 것이다.

───그럴 거라 생각했다.

"⋯⋯뭐죠?"

수상쩍어하는 쥬베의 시선 끝에서 [호라]가 상대방의 몸에 확실하게 박혀 있었다.

하지만 방어 스킬을 무효화해야 할 그 칼날은 상대방의 몸 표면에서 멈춰 있는 것 같았다.

아니, 그걸 몸 표면이라고 해도 되는 걸까.

상대방은 인간과는 다른 형태였고, 뭔가 긴 털에 둥그스름한 온몸이 뒤덮여 있는⋯⋯, 인형옷이었다.

그 인형옷의 모티브인 동물은⋯⋯.

"아, 곰."

알토가 자기도 모르게 중얼거린 대로 곰이었다.

'악마라도 상관없다고 생각했더니 곰이 왔다', 알토가 그렇게 생각하고 있었을 때.

그녀 말고 다른 세 사람은 전율하고 있었다.

"형⋯⋯? 아니, 아닌데⋯⋯!"

레이는 제일 먼저 그 특이한 모습을 보고 자신의 형인 슈우라고 생각했다.

하지만, **아니었다**.

그것은 분명히 곰 인형옷이었지만, 형의 [하인드베어]가 아니었다.

코사크 모자를 썼고, 봄베를 등에 멨고, ⋯⋯하얗다.

무엇보다 인형옷 너머로 느껴지는 시선에는 형의 시선에 담겨 있던 친근한 느낌이 전혀 없었고, 이곳에 있는 모두의 가치를 매

기는 듯한——— 사냥감을 눈여겨보는 사냥꾼 같은 눈초리였다.

"……신역에 발을 내디디며 먹이사슬을 생업으로 삼는 자."

그것은 줄리엣다운 언어이면서도 상대방이 누구인지 아는 듯한 말이었다.

그리고 쥬베는…….

"우후, 우후후……. 이번 이벤트에도 있었군요……, 〈초급〉이."

그때까지 레이와 줄리엣에게 분산시킨 상태로도 여유로웠던 전력과 경계를 전부 인형옷을 입은 사람에게 향하고 있었다.

그녀의 말과 〈초급〉이라는 단어를 듣고 레이 또한 떠올렸다.

예전에 슈우가 레이에게 했던 말이다. '인형옷은 의외로 유용하다곰. 그래서 나 말고도 애용하는 사람이 있다곰'이랬지.

그란바로아의 '인간폭탄' 쇼유코우킨.

천지의 '꼭두각시 철인' 후타에 바치고.

레전더리아의 지명수배범 '수면욕' ZZZ.

그리고 지금……, 레이 일행 앞에 서 있는 인물.

《간파》를 통해 본 스테이터스에 적힌 이름을 레이가 외쳤다.

"———[신수렵(갓 헌트)] 카루루 루루루!"

카르디나 최강 클랜 〈세피로트〉 중 한 명——— '만상무적'.

관리 AI가 이번 이벤트에 불러들인 활력소, 모든 〈마스터〉 중에서 최고의 방어력을 지녔다고 하는 〈초급〉이 그들 앞에 섰다.

□■이벤트 에리어 남부 하천

[견우왕] 재미 크레센트와 아브후라 마탕가를 격파한 다음, 첼시 일행은 결승점의 암호를 풀기 위한 힌트를 찾기로 했다.

인원이 줄어들고 한 명이 지닌 플레이트 개수가 늘어나면 결승점으로 가려는 사람도 늘어나게 된다. 선착순 세 명이라는 클리어 인원수를 고려하면 이미 움직이고 있는 사람도 많을 것이다.

하지만 결승점의 문에 오답을 입력하면 섬 어딘가로 전송시켜버린다. 오답은 치명적인 허점과 시간 낭비를 부른다.

그렇다면 중요한 것은 결승점에 도착하는 속도보다 섬 전체에 흩어져 있는 힌트를 모으는 것이다.

그 때문에 첼시 일행은 이번 이벤트 에리어 남부에서 각자 나뉘어 힌트로 보이는 것을 찾기로 했다.

"음…….."

첼시는 강을 따라 걸어가면서 가끔씩 강물에 손을 담그기도 하며 생각에 잠겨 있었다.

(여기에 강이 흐르고 있고, 섬 동쪽에도 있었지. 게다가 마실 수도 있고. 먼 바다의 외딴섬인 것치고는 식물이 다양하고, 물이 풍부한 섬인 것 같아. 이번 이벤트 자체와 관련이 있는지는 미묘하지만, 좌표가 어디쯤 되는 섬일까?)

예전에 그란바로아 소속이었던 입장에서 보면 이 섬은 보물창고나 마찬가지다.

그란바로아는 바다 위에 배를 연결해서 생겨난 선상 국가지만, 그런 그들도 육지의 거점……, 연안이나 섬이 필요하긴 하다.

그란바로아의 모험자 길드에는 항상 거주가 가능한 섬의 탐색 의뢰가 내걸려 있을 정도다.

(이곳에 대해 그란바로아에 알리기만 해도 한밑천 잡을 수 있을 것 같은데. ……그러고 보니 그란바로아에서 알게 된 〈마스터〉는 이번 이벤트에서 보질 못했네. 내가 빠진 뒤에 소속된 사람이라면 알 수가 없지만.)

창을 띄워보았지만, 이 섬의 좌표 같은 정보는 여전히 알 수가 없다.

게임의 상식으로 생각하면 이벤트를 위해 만들어진 '이번만 사용하는 에리어'겠지만, 〈Infinite Dendrogram〉의 상식으로 따지면 '마련된 자연계의 어딘가'일 것이다.

(뭐, 상관없어. 지금은 줄리와의 승부하고 이벤트 상품만 생각해야지. 그러면──.)

그때까지 하던 생각을 떨쳐낸 첼시는 두 손을 마주쳤다.

마주친 손을 펼치자 거기엔 주먹 크기의 물덩이가 떠 있었다.

"영차."

첼시는 포세이돈의 스킬로 만들어낸 물덩이를 강가에 있던 나무에 때려 넣었다.

물덩이가 닿은 순간, ———그 나무가 폭발을 일으켰다.

"역시 함정이구나. ……나오라고."

"흥. 알아채고 있었나."

폭발한 나무가 아닌 다른 나무 그늘에서 나타난 사람은 양날 도끼를 든 대머리 남자……, [부월왕] 반 즈하오였다.

"어떻게 그 나무가 함정이라는 걸 알아챘지?"

"식생을 보면 한눈에 알 수 있지. 동쪽 강가하고 이곳은 기온 이나 해발고도가 거의 비슷한데 전혀 다른 나무가 섞여 있었으니까. 힌트인가 싶기도 했는데, 함정이면 위험하니까 살짝 떠본 거야."

"눈치가 빠른 계집이군."

첼시의 대답을 듣고 납득한 반의 주위에는 폭발한 나무와 똑 같은 나무가 차례차례 돋아나 주위의 숲의 색을 덮어씌우고 있 었다.

"생산직인 것 같진 않으니까 그 나무가 〈엠브리오〉라고 봐도 오케이?"

"그렇고말고. 이것이야말로 나의 엠브리오, 〈자쿰〉이다."

TYPE : 레기온, [화수원(禍樹園) 자쿰].

자쿰은 이슬람 전설에서 지옥(자하남)에 자라난다고 하는 나무.

지옥의 주민이 먹으면 그 몸속에서 끓어올라 산산조각으로 찢어발기며 체액을 뿜어내게 만든다고 한다.

그런 것을 모티브로 삼은 자쿰 또한 강한 독성을 지닌 나무다.

떨어진 열매의 과즙은 산성 독으로 작용하여 장비와 육체를 태우는 데다, 고성능 폭약이 되어 무언가를 날려 버릴 수도 있다.

그리고 나무 자체가 파괴되었을 경우에는 열매보다 강한 독과 폭발을 만들어낸다.

마음대로 컨트롤할 수 없기에 여러 개를 설치해두고 상대방이 걸리기를 기다리는 타입의 〈엠브리오〉지만…….

"그렇게 많이 뿌리고 다니면 자기도 위험하지 않나?"

"걱정할 필요는 없다."

반은 씨익 웃고는 옆에 있던 자쿰을 후려쳤다.

당연하게도 자쿰이 폭발했지만……, 반과 그의 장비는 멀쩡했다.

"자쿰이 나를 상처 입히지는 않는다."

자쿰의 가장 무시무시한 점은 독성이나 폭발력, 전개 능력이 아니다.

반이 자쿰의 독이나 폭발의 영향을 전혀 받지 않는다는 점이다.

자쿰은 반에게만 유리한 배틀 필드를 형성하는 〈엠브리오〉다.

"흐음~. 결투 때 편리할 것 같네."

"당연하지! 내가 바로 황하 결투 5위, [부월왕] 반 즈하오! 위대하고 아름다운 후우리 님을 따르는 오지장의 제3석이다!"

"그래? 나는 첼시. [대해적(그레이트 파이리츠)]이자 왕국의 결투 8위야."

자기소개를 마친 두 사람은 양쪽 모두 양날 도끼를 겨누며 마주 보았다.

지금까지 이야기를 나눈 이유는 둘 다 시간을 벌기 위해서였다.

반은 자쿰을 대량으로 전개하기 위해서, 첼시는 상대방을 떠보기 위한 준비 시간으로.

"우연히도 양쪽 모두 결투 랭커, 그리고 무기도 도끼로군."

"그러게."

"하지만 큰 차이가 있다. 그게 무엇인지 알겠나?"

"그게 뭘까아~? 잘 모르겠는데?"

첼시가 둘러대자 반은 더욱 강렬한 미소를 보이며——— 소리질렀다.

"그것은……, 내가 초급 직업이라는 사실이다!!"

그 말과 함께 반이 첼시에게 덤벼들었다.

"그렇겠지!"

반이 휘두른 도끼의 일격을 겨우 막아낸 첼시는 압력을 이기지 못하고 뒤쪽으로 날아갔다.

(뭐, 스테이터스 차이는 분명하겠지. 어이쿠.)

날아가는 도중에 땅을 박차며 뒤쪽에 생겨난 자쿰을 피했다.

하지만 쫓아온 반은 아랑곳하지 않고 직진하며 그의 도끼로 첼시가 피한 자쿰을 베었다.

발생한 폭발과 독액이 첼시를 덮쳤다.

"위험하잖아!"

첼시는 자신의 앞에 수벽을 발생시켜 독액과 폭발을 막아냈다.

곧바로 반에게 수탄을 날렸지만, 반이 도끼를 휘둘러 팅겨내 버렸다.

"물을 다루는군! 약한 힘이다!"

"그럴지도 모르겠네!"

반의 맹공에 밀려난 첼시는 어느새 강으로 이동해 있었다.

[대해적]의 직업 스킬로 물 위를 걷는 첼시와는 달리 반은 무릎 아래까지 강물에 잠겨 있었다.

하지만 그 정도의 수심은 전위 초급 직업인 반의 움직임을 거의 방해하지 못한다.

반은 강 안에서조차 자쿰을 돋아나게 만들면서 첼시에게 다가서려 했다.

(역시 그렇구나아…….)

그런 상황이 되자……, 예상했던 대로 되자 첼시는 마음속으로 한숨을 쉬고 싶어졌다.

(강 안에도 돋아났고, 이미 밀도가 꽤 높아졌어. 지금 필살 스킬이나 《천지역전 대폭포》를 사용하면 연쇄 폭발로 아웃이겠지.)

그녀가 결투 때 결정타로 쓰곤 하는 필살 스킬 같은 것들은 기본적으로 꽤 넓은 범위를 동시에 공격하는 수단이다.

소환한 액체의 질량을 무기로 삼는 전투 방식인 이상, 대량의 액체를 불러낼 필요가 있다.

그리고 자쿰으로 가득 찬 이 전장에서 그렇게 하면 폭발의 연쇄가 시작될 것이고……, 첼시 혼자만 자쿰의 피해를 입게 되어 버린다.

접근전은 스테이터스로 인해 밀리는 상황이기에 지금은 별로 효과가 없는 수탄을 날리고 있는데.

하지만 자쿰은 첼시가 신경 쓴다고 어떻게 될 일이 아니었다.

"흐하하하하하하!"

반이 도끼로 자쿰 하나를 베자 그곳에서 자쿰의 폭발이 시작되어 첼시가 있는 곳까지 밀어닥쳤다.

그렇다. 〈마스터〉인 반이 직접 나무를 베어도 곧바로 독과 폭발이 확산된다.

오히려 그것이 주력이고, 재미가 '나무꾼'이라고 야유했던 이유도 그것 때문이다.

필살 스킬은 자쿰을 순간적으로 잔뜩 전개하는 스킬이며, 투기장 무대를 가득 메우고도 남을 정도로 많이 배치할 수 있다. 그런 다음, 연쇄적으로 폭발한다.

자쿰의 연쇄 폭발은 AGI형도 전부 피하지 못하고, 내성독은 END형도 전부 막아내지 못한다.

반을 싫어하는 재미도 결투 때는 무대 크기의 아브후라 마탄가와 함께 타버리기 때문에 그의 아래 순위에 머무르고 있다.

한정된 공간을 모조리 함정으로 가득 채우는 무시무시한 〈엠브리오〉.

그렇기에 그는 황하의 결투 참가자들 사이에서도 두려움을 사고, 이름이 널리 알려진 랭커 중 한 명이며……

(———데이터대로, 결투 쪽에 적합한 〈엠브리오〉구나.)

———첼시도 이미 알고 있었다.

아까 말한 자쿰을 눈치챈 이유는 일종의 허세다. 사실은 처음부터 나무의 생김새를 알고 있었다.

(자쿰은 대량으로 전개할 수 있고, 대상 식별도 가능하지. 하지만 원격 기폭은 하지 못해. 접촉으로 인한 진동으로만 열매를 떨어뜨리고, 파괴로만 폭발해. 그런 한계가 있어.)

반이 말하지 않았던 자쿰의 단점까지 첼시는 알고 있었다.

첼시는 이번 이벤트에 참가하는 것이 결정된 시점에서 인터넷에 동영상이 올라와 있는 각 나라의 모든 결투 랭커들을 체크했다.

나나 줄리엣이 선택받은 시점에서 틀림없이 다른 참가자들 중에도 결투 랭커가 있을 거라 생각하고.

(그리고 관찰해보니 저쪽은 내 결투를 **양쪽 다** 모르네.)

그녀는 반의 스타일을 알고 있지만, 반은 그녀를 모른다.

딱히 신기할 건 없다. 대전 상대가 될 수 있는 자기 나라의 결투 랭커를 연구하는 데 시간을 투자하는 랭커는 많지만, 싸울 기회가 없는 먼 나라의 랭커 정보의 우선도는 낮다.

결투왕이라면 모를까.

그렇기 때문에 다른 나라의 8위인 첼시를 모르는 반이 이상한 게 아니다.

그리고 이번에는 왕국 결투 랭커인 첼시를 알고 있더라도 의미가 없다.

왜냐하면 반이 상대하고 있는 사람은…….

"잘도 버티는군! 허나, 슬슬 끝내보도록 할까!"

첼시는 독액과 폭발을 물로 막고, 자쿰을 피하며 반과 거리를 벌리려 했지만, 그럼에도 불구하고 스테이터스 차이나 방어할 때 생기는 시간 때문에 거리가 좁혀들고 있었다.

그러자 반은 자쿰을 밀집시켜서 돋아나게 하고 그것을 일제히 기폭시켜 첼시가 방어에 전념할 수밖에 없을 만큼 강한 기술로 그녀의 빈틈을 만들려 했다.

하지만 아무리 자쿰이 대폭발을 일으킨다 하더라도 반은 대미지를 입지 않는다.

독과 폭발 사이를 일직선으로 뚫고 가서 첼시에게 도끼를 내리쳐 승부를 끝낸다.

───그럴 생각이었다.

"⋯⋯⋯⋯뭐?"

정신을 차리고 보니 반은 하늘을 보며 쓰러져 있었다.

강물이 코에 들어오는 불쾌한 느낌 때문에 일어서려 했지만⋯⋯, 그럴 수가 없었다.

그의 두 다리가⋯⋯, 무릎 아래쪽이 날아가 버렸기 때문이다.

마치 폭발에라도 휘말린 듯이.

(말도 안 돼?! 자쿰은 나를 상처입히지 않는데?!)

반은 마음속으로 롤플레이가 아니라 원래 말투로 동요하고 있었다.

그 사실을 애써 드러내지 않게끔 했지만, 이해할 수 없는 상황에 혼란스러워하는 기색까지는 감추지 못했다.

그 직후, 다시 폭발이 일어났고⋯⋯, 이번에는 도끼를 들고 있던 팔이 날아갔다.

"이건⋯⋯! 자쿰이⋯⋯?!"

반은 뒤늦게나마 눈치챘다.

이것이 그의 〈엠브리오〉가 일으킨 폭발이 아니라는 사실을.

"⋯⋯이제야 눈치챘어?"

반은 자신을 내려다보고 있는 소녀를 보았다.

밝은 미소를 짓고 있는 소녀였지만——— 눈은 매우 냉정했다.

그리고 그녀의 손에는 [젬], 마법을 담아두는 소비 아이템이 있었다.

"[젬], 이라고? 어느새 꺼낸 거지? 그리고 어떻게 나를⋯⋯."

"안 가르쳐 줘."

그녀는 반의 물음에 대답하지 않고——— [젬]을 던졌다.

기동된 《크림슨 스피어》는 반쯤 죽어가던 반을 쉽사리 태워버렸다.

반이 가지고 있던 대량의 플레이트가 강물 속에 흩어졌고, 자쿰도 사라졌다.

동료와 마찬가지로 무슨 일이 일어난 건지 알지 못한 채⋯⋯, 황하의 랭커는 쉽사리 퇴장했다.

첼시는 플레이트를 모은 다음 곧바로 그곳을 떠나 다시 강을 따라 내려가기 시작했다.

전투음을 듣고 다른 참가자가 다가올 수도 있기 때문이었다.

반에게 대답해주지 않았던 것도 죽어가는 상대 앞에서 자신의 능력을 자랑하다가 역습당하는 리스크를 떠안고 싶지 않았기 때문이다.

우월감 같은 건 자신의 능력을 드러내는 대가로는 너무 가볍다는 사실을 그녀는 이해하고 있다.

친구들에게 보여주는 밝은 모습이나 적을 속이는 광대 행세도 지금은 보이지 않는다.

그저 냉정한 판단과 계산적인 천칭만이 그녀의 마음속에 있다.

(자, 방해꾼이 끼어들긴 했지만 플레이트는 손에 넣었어. 이렇게 많이 있으니 정답 입력은 충분히 가능할 테고, 힌트를 찾아야겠네. 다른 두 사람은 찾았으려나?)

맥스와 시온을 생각하자 첼시의 눈에 약간이나마 밝은 기색이 돌아왔다.

지금 그녀의 관심은 플레이트의 보유 개수와 두 친구, 그리고 승부를 벌이고 있는 친한 친구뿐. 반은 이미 의식 속에서 사라졌다.

초급 직업을 지닌 결투 랭커를 쓰러뜨린 뒤에도 그녀는 딱히 아무런 감흥이 없었다.

그녀에게는 드문 일도 아니었기 때문이다.

──왕국에 소속되기 이전의 그녀에게는.

□[성기사] 레이 스탈링

갑작스러운 [신수렵] 카루루 루루루의 출현.

어째서 여기에 나타난 건지 따지진 않는다. 소속 국가를 불문하고 〈마스터〉가 모여서 진행하는 이벤트이니 다른 나라의 〈초급〉이 참가할 수도 있을 것이다.

문제는 이 상황이다. [아수라왕(쥬베)]만 놓고 봐도 승산이 지극히 희박했는데 〈초급〉까지 끼어들어서 매우 혼란스러워졌다.

"카루루 루루루. 예전에는 천지의 세이하쿠토 가문에 소속되어 있었다는 분이군요. 제가 초급 직업을 얻었을 무렵에는 대륙으로 건너가셨다던데……, 여기서 만날 줄은 몰랐어요."

쥬베는 난입한 〈초급〉에게 흥미가 좀 생긴 모양이었다.

『…………』

하지만 [신수렵]은 쥬베가 아니라 이쪽만 보고 있었다.

인형옷의 두 눈 너머로도 확실히 알아볼 수 있을 정도로.

노리기 편한 사냥감으로 눈독을 들이고 있는 건가……?

배틀로얄의 상식으로 따지면 약한 자들부터 사라지게 된다.

이 국면을 어떻게 헤쳐나가야 하나…….

"우후후. 그럼 먼저 이쪽 분하고 붙을게요 ♪"

내가 그렇게 생각했을 때는 이미 쥬베가 [신수렵]에게 덤벼들고 있었다.

상식 따위, 수라 앞에서는 없는 것이나 마찬가지다.

카가 쥬베는 모든 무기와 함께 카루루를 향해 돌진했다.

"어?!"

"레이 님. 나중에 또 뵐게요. 그동안에 제게 무엇이 부족했던 건지 생각해주세요. 저도 생각할 테니까요. ……아하하하하하하♪ 엔트리이이이♪"

그녀는 내게 녹아내리는 듯한 미소를 보인 뒤, 수라의 광소를 지으며 [신수렵]에게 연속 참격을 날렸다.

속임수가 아니라 완전히 표적을 바꾼 상태였다.

더욱 강한 상대와 먼저 싸우겠다기보다는 메인 요리를 나중에 먹겠다는 듯한 말투로.

『…………』

그에 비해 [신수렵]은 말없이 서 있기만 했다.

날아오른 무기들을 맞고도 흔들림이 없었고, 인형옷에는 흠집 하나 나지 않았다.

"판타스티이이이이이이익♪"

쥬베는 의수로 든 칼 네 자루를 전부 들어 올려 내리쳤다.

[신수렵]은 처음으로 팔을 들어 방어 자세를 취했고, 모든 칼날을 인형옷의 앞발로 막아냈다.

인형옷에 흠집이 나지 않은 것은 이번에도 마찬가지였지만, 지면에는 네 줄기 금이 수십 메텔에 걸쳐 생겨났다.

좀 전에 내가 휘두른 참격과는 전혀 다른 쥬베의 온 힘을 다한 참격.

그 위력이 무시무시한 걸까, 그것을 막아낸 [신수렵]이 무시무시한 걸까.

하지만 어찌 됐든, 지금은 이 싸움을……, 아마 이번 이벤트 1, 2위의 격돌일 것 같은 전투를 계속 보고 있을 수는 없다.

"윽! 레이찌! 줄리엣 쨩! 도망치자!"

알토가 '지금밖에 없다'고 결심한 뒤 소리 지르며 온 힘을 다해 연막과 폭죽을 전개했다.

그 의도는 내 생각과 같았다.

"……그래!"

모습을 숨기는 연기와 이동하는 소리를 없애는 폭죽.

도망치기 위한 이중 공작이 이루어지는 와중에 우리는 싸우는 두 사람에게 등을 돌리고 뛰어가기 시작했다.

□■이벤트 에리어 동부 삼림지대

『………….』

카루루는 도망치는 사람들의 뒷모습을 인형옷 너머로 바라보고 있었지만, 쥬베는 그쪽을 거들떠보지도 않고 카루루를 계속 베었다.

경애하는 레이와 헤어지게 되었지만, 그녀는 믿고 있다.

인연은 이어졌다. 나중에 분명……, 더욱 멋진 형태로 사투를 벌일 수 있을 것이다.

그러니 지금은 이 뜻밖의 강적과의 사투를 즐기자.

"요도 여러부운, 일어나세요오!"

쥬베는 의수로 들고 있던 네 자루의 칼──── 요도에게 명령하듯이 말했다.

요도 네 자루에서 검보라색 오라가 새어 나와 쥬베의 몸을 감쌌다.

그 직후, 쥬베의 스테이터스가 폭발적으로 솟구쳤다.

"앗하아!"

쥬베가 들고 있는 네 자루의 칼은 특전 무구가 아니나 어떤 의미로는 어지간한 특전 무구보다 강력하고 위험한 물건이다.

그것들은 원래 천지에서 상위 100자루 안에 들 정도로 명도였지만……, 오랜 역사 속에서 저주와 원념이 덧칠되어 요도가 되었다.

사용자에게 막대한 스테이터스 버프를 부여하지만, 육체의 제어권 상실, HP 지속 저하, 장비 해제 불가, 자해 같은 무시무시한 디메리트까지 부여된다.

역사상 수많은 무예자들이 그녀가 가지고 있는 요도로 흉악한 짓을 저지르다 죽어갔다.

하지만 쥬베는 예외다. 대미지를 입는 경우를 제외한 모든 영향을 무효화시키는 아수라의 필살 스킬은 요도의 저주에도 적용된다.

그 때문에 그녀는 요도의 메리트만 받아들여 휘두를 수 있다.

"하나, 둘, 셋, 넷, 다섯, 여섯, 일곱, 여덟!"

쥬베의 맹공이 카루루의 인형옷에 차례차례 날아들었다.

반격도인 [단카진]과 브레스 킬러인 대형 막칼을 제외한 부유 무기의 4연속 공격과, 아수라가 들고 있는 요도 사도류로 가하는 초음속 연속 검격.

전위 초급 직업도 단숨에 쓰러뜨릴 수 있는 그 연속 공격은 여파만으로 숲을 숲이 아니게 만들어갔다.

이만한 공격 횟수와 속도가 겹쳤으니, 피할 수도 없고 쳐낼 수도 없을 것이다.

『............』

하지만 카루루는 그 공격을 피하려 하지도 쳐내려 하지도 않았다.

모든 것을 받아들이고, 직격당했는데도……, 상처 하나 입지 않은 것이다.

"단단해? 튼튼해? 아니네요!"

쥬베는 연속 공격을 가하며 더욱 신나는 와중에서도 냉정하게 분석했다.

(손맛은 있어! HP는 깎이고 있어요! 하지만 대미지가 예상했던 만큼 들어가지 않아! 상태이상도 전혀 발생하지 않아요! 뼈도 전혀 부러지지 않았고, [출혈]도 생기지 않았어! 움직임이 둔해지지 않아! 게다가 인형옷도 찢어지지 않고!)

거의 준 〈초급〉의 영역을 벗어난 근접 공격 능력을 획득한 쥬베의 맹공.

하지만 그런 와중에도……, 모피에는 흠집 하나 나지 않았다.

참격의 흔적은 흠집이 아니라 '인형옷이 눌린 흔적' 정도.

입은 대미지가 전위 초급직이라 해도 열 명은 죽었을 양임에도 불구하고, 카루루는 전혀 흔들리지 않았다.

(어떤 스킬로 버티는 걸까요? HP가 0이 되진 않았으니 [사병]은 아니고. HP 1로 버티는 [후위병(리어 솔저)]의 《라스트 스탠드》라 해도 지속 시간이 끝났을 텐데. 어떤 마법……도 아닐 테고요.)

마법 킬러인 원월륜으로도 공격을 가하고 있지만, 효과가 발휘된 기척은 느껴지지 않았다.

원리는 알 수가 없지만, 카루루가 대미지를 입어도 죽지 않는다는 것만은 확실했다.

방어 스킬이라 해도 방어 스킬을 무효화시키는 [호라]가 통하지 않는 시점에서 다른 원리……, [호라]의 힘을 정면으로 상쇄하는 무언가다.

"상처도 안 보이고, 제 취향은 아니네요."

쥬베는 칼을 휘두르며 불만스럽다는 듯이 중얼거렸다.

온 힘을 다해 칼부림을 벌이고 서로 상처를 입는 것을 즐거워하는 그녀가 보기에 베어도 상처를 입지 않는 상대는 재미가 없다. 시시해지고, 분위기도 가라앉아 차분해졌다.

그녀에게는 상처를 입으면서, 팔다리를 잃으면서, 그럼에도 불구하고 승산을 노리며 마지막까지 달라붙는 사람이 최고의 상대다.

힘만 놓고 보면 카루루보다 훨씬 못 미치지만, 역시 레이야말로 그녀의 메인 요리였다.

『…………』

쥬베의 불만과 공격을 말없이 받아들이고만 있던 카루루는, 어느새 등에 짊어진 봄베와 이어진 호스를 손에 쥐고 있었다.

화염방사기 같은 그것이 쥬베를 향하자 호스에서 보라색 연기가 뿜어져 나왔다.

"그렇겠죠."

상대방의 장비를 통해 어떤 종류의 공격일지 예상하고 있던 쥬베는 뒤쪽으로 뛰어서 물러남과 동시에 브레스를 휩쓸어버리는 대형 막칼을 날려 안개를 갈랐다.

안개는 좌우로 나뉜 채 확산되었고……, 거기에 닿은 나무가 썩어서 쓰러지기 시작했다.

"독? ……지금까지 쓰지 않았던 것을 보면 자신이 입은 대미지양에 따라 독의 위력이 바뀌는 건가요?"

『…………』

카루루는 말없이 긍정도 부정도 하지 않았지만, 쥬베의 분석은 정확했다.

자신의 몸에 축적된 대미지에 따라 독의 위력이 바뀐다. 그것이 이 안개……, 전설급 특전 무구 [양룡주 드래그블러드]의 효과. 쥬베에게 맹공을 당한 지금은 [맹독]을 훨씬 뛰어넘은 상태다. 안개를 쓸어버린다 하더라도 공기에 섞인 미량의 독만 있으면 상태이상을 거는 데는 충분하다.

하지만 쥬베는 그 치명적인 안개 속에서도 멀쩡했다.

"저는 독을 들이마시거나 먹어도 통하지 않거든요. 그런 것들은 상태이상에 걸린 뒤에야 대미지가 발생하니까요."

『………….』

일부러 자신의 능력을 밝히는 쥬베의 말을 카루루는 속임수라 생각하지 않았다.

하지만 그의 단골 전술인 대미지를 입은 다음 광범위 상태이상을 흩뿌리는 공격이 통하지 않는다면 상성이 좋은 상대가 아닌 건 마찬가지다.

쥬베의 참격으로는 죽일 수 없고, 카루루의 독도 통하지 않는다. 양쪽 다 결정타가 없는 싸움.

쥬베는 '취향에 안 맞는 상대다'라고 느꼈고, 카루루는 '골치아픈 상대다'라고 생각했다.

『………….』

카루루는 무장을 [드래그블러드]에서 사슴뿔처럼 생긴 기묘한 지팡이로 전환했다.

드루이드가 의식을 진행하듯, 카루루가 그것을 휘둘렀다.

곧바로 독으로 인해 말라 죽은 숲에 새로운 나무들이 차례차례 돋아났다.

꺼림칙하게도 그 나무들은 남아 있던 안개에 닿았는데도 말라 죽지 않았다.

쥬베는 카루루가 뭘 하려는 건지 눈치채고는 다시 거리를 좁히려 했다.

하지만 울창하게 솟아나기 시작한 나무의 벽과 아직 남아 있던 안개 사이로 숨은 카루루는——— 도주했다.

"줄행랑이라니! 〈초급〉이! 너무 똑똑해서 짜증이 나네요."

표정에는 분노한 기색을 드러내지 않았지만, 방금 한 말은 쥬베의 진심이었다.

애초에 이번 이벤트는 선착순 클리어형 이벤트다. 쥬베를 제외한 다른 참가자들에게는 대인전이 수단이지 목적은 아니다.

그렇기 때문에 골치 아픈 상대는 피하는 게 맞다.

게다가……, 더 쓰러뜨리기 편할 것 같은 사냥감을 **세 명**이나 발견했으니까.

하지만 쥬베가 보기에는 메인 요리를 가로채는 거나 마찬가지다.

카루루가 도주하고 그쪽을 추적하는 것을 용납할 수는 없었기에 나무와 독을 베어 없애고 쫓아갔다.

속도만 놓고 보면 쥬베가 더 빨랐기에 금방 카루루를 따라잡았고…….

"……!"

그것은 그녀의 전투감각이 이루어낸 행동.

쥬베가 재빨리 물러난 순간, 그녀가 바로 직전에 발을 내디딘 곳에서 철컥, 묵직한 소리가 들렸다.

그것은 곰덫. 동물을 사냥할 때 쓰는 함정 중에서 가장 먼저 떠오르는 물건.

게다가 그 호랑이 입과 같은 칼날에는 어떤 독이 발려 있었다.

하지만 주변 환경의 변화는 그뿐만이 아니었다.

곰덫이 작동하자 찰칵찰칵, 함정이 작동되는 소리가 들렸다.

"……[신수렵]이니까요."

[신수렵]은 사냥꾼 계통 초급 직업 중 하나이자, 전투력보다는 **사냥하는 힘**이 뛰어나다.

오랫동안 먹고 마시지 않아도 행동할 수 있는 체력, 사냥감의 추적, 그리고……, 함정 제작 능력.

[신수렵]의 스킬 중 하나, 《퀵 트랩》. 가지고 있는 아이템으로 함정을 순식간에 제작할 수 있는 스킬을 통해 카루루는 자신이 지나친 길에 수많은 함정을 설치한 것이다.

그리고 시야를 가로막은 뒤 레이 일행을 추격하려는 낌새를 보이며……, 쥬베를 함정으로 가득 찬 사지로 몰아넣었다.

아수라의 필살 스킬, 《수라의 거리에서는 칼로 말할지어다(아수라)》는 대미지가 없는 효과를 무효화시키지만……, 수많은 함정에 걸리면 다치고 쓰러질 것이다.

"───잔재주."

───아수라의 〈마스터〉가 쥬베이만 아니었다면 말이다.

숲속, 360도 범위에서 다가오는 수많은 함정을 그녀의 칼날이 베고 쳐냈다.

독화살도, 마법도, 폭발도, 창이 박힌 함정도, 전부 돌파했다.

그럴 만도 했다. 그녀는 [아수라왕]이다. 여섯 자루의 부유 무기를 다루는 자이며, 그것들은 애초에 그녀 자신이 수동으로 조작하고 있기에……, 보조 같은 것은 전혀 받지 않는다.

모든 무기를 동시에 다루는 그녀의 처리 능력은 일반인 수준
이 아니었다.

그렇기에 함정으로는 그녀의 목숨을 빼앗을 수 없었지만──
처리 능력을 압박하고는 있었다.

『…………』

어느새 쥬베 뒤로 접근해 있던 카루루는 길리 슈트처럼 나뭇
잎으로 표면을 덮은 듯한 인형옷으로 갈아입은 상태였다.

숲속에서 위장하는 효과를 스킬로 지닌 인형옷과 [신수렵]이
지닌 냄새와 기척을 없애는 스킬의 시너지는, 쥬베조차 아슬아
슬하게 접근을 눈치채지 못하게 해주었다.

카루루가 쥬베를 함정 설치 구역으로 끌어들인 것은 도망치기
위해 발을 묶어두려는 목적도, 함정으로 해치우려는 의도도 아
니었다.

치명적인 일격을 때려 넣기 위한 위장을 하기 위해서였다.

───《목숨의 대가를 치를 수 있는 것은 목숨뿐(드래그페인)》.

그가 들고 있는 큼직한 나이프는 전설급 특전 무구.

자신이 입은 대미지를 모아서 고정 대미지로 칼끝에 담아 되
돌려준다.

즉,《복수는 나의 것》과 같은 계통의 장비 스킬.

"─────."

쥬베도 뒤쪽으로 다가온 치명적인 파괴의 기척을 눈치챘다.

하지만 돌아설 시간도, 피할 시간도 남아 있지 않았다.

그렇기에 오른쪽 의수 중 하나를 인간의 관절로는 불가능한 각도로 틀어 날아드는 나이프를 내리쳤다.

접촉과 동시에 파괴의 에너지가 의수로 전달되었고, ……그것이 본체에 닿기 전에 쥬베는 의수 중 하나를 분리(퍼지)했다.

《목숨의 대가를 치를 수 있는 것은 목숨뿐》의 에너지는 의수를 완전히 소멸시키고……, 멈췄다.

『!』

기습이 막히고, 분리로 인해 손맛이 사라졌다.

그 사실이 오히려 카루루의 자세를 무너뜨리며 빈틈을 만들어 냈다.

그 순간, 쥬베는 제자리에서 선회하며 카루루 쪽으로 돌아섰고.

"비검."

자신의 두 손으로 칼 한 자루를 휘둘렀다.

그 칼이야말로 그녀가 지닌 최강. 신화급 무구 [누상인 카사네히메].

60분 이내에 다른 사람에게 준 대미지와 같은 위력을 지닌 참격을 날린다.

"───《운참무상》."

───즉, 상처를 입히면 입힐수록 한없이 위력이 강해지는 필살검이다.

사냥꾼의 필살기는 수라의 팔로 인해 빗나갔고, 수라의 필살기는 자세가 무너진 사냥꾼에게 직격했다.

그녀가 누적시킨 대미지를 생각하면, 전위 초급 직업이라 해도 흔적도 없이 없애버릴 위력.

『…………』

그럼에도 불구하고……, '만상무적'은 무너지지 않았다.

쥬베의 비장의 수를 맞고도 인형옷조차 흠집이 나지 않았다.

"……어라."

거듭된 공격이……, 방어를 찢어발기는 [호라]도, 필살의 [카사네히메]도 통하지 않았다는 사실이 쥬베이로 하여금 카루루라는 존재를 이해하게 만들었다.

저것은 어떠한 비정상적인 '법칙'에 보호받고 있는 존재라는 사실을.

아마 카루루가 지니고 있는 〈초급 엠브리오〉의 힘일 것이다.

(원인을 파훼하는 게 먼저일까요……, 아니면…….)

그것을 알아내서 해결하지 않는 한……, 아무리 공격을 가한다 하더라도 이 〈초급〉을 쓰러뜨릴 수는 없다.

쥬베가 아무리 공격 능력으로 카루루를 뛰어넘는다 하더라도 쓰러뜨릴 수 없는 것이다.

"억지로라도 박살 내보는 게 먼저일까요?"

하지만 무의미할 것 같더라도 수라의 흉폭한 칼날을 멈출 이유는 되지 못한다.

절망적인 무적을 눈앞에 두고도 쥬베는 더욱 강렬한 미소를 보이며 카루루를 베었다.

『…………』

따라서, 먼저 싫증이 난 쪽은 카루루가 되었다.

"어?!"

깜짝 놀란 듯한 목소리를 낸 쥬베에게 등을 돌린 채, 카루루는 이번에야말로 온 힘을 다해 도주했다.

독에도 죽지 않고, 함정에도 죽지 않고, 비장의 수도 팔 하나만 잃고 버틴 데다 무적을 보고도 겁먹지 않는다.

이대로 가다가는 이벤트가 끝날 때까지 이 전투광을 상대해야만 한다는 사실을 깨닫고……, 상대하지 않는 것이 정답이라는 사실을 이해한 것이다.

장비를 도주용으로 전환하고, 주위의 함정도 전부 연쇄적으로 작동시켜 쥬베의 움직임을 가로막으며 카루루는 도주했다.

쥬베가 매도하는 소리가 날아들었지만, 카루루는 아랑곳하지 않고 계속 도망쳤다.

왜냐하면 그는 기사나 수라가 아니라 사냥꾼이기 때문이다.

최종적으로 성과를 손에 넣는 것만이 그의 승리이기 때문이다.

그리고 사냥꾼으로서가 아니라 카루루 자신이 생각하기에도, 눈앞에 있는 수라보다 **도망친 사냥감** 쪽이……, 그에게는 훨씬 의미가 있는 상대였다.

그렇게 수라와 사냥꾼의 투쟁에 막이 내렸고, 두 사람의 전장에는 불만스러워하는 수라만이 남겨졌다.

◇ ◇ ◇

□[성기사] 레이 스탈링

"……무사히 도망친 건가?"

"그런 모양이로구나."

앞에는 수라, 뒤에는 〈초급〉. 무시무시할 정도로 위험한 상황이었지만, 다행히도 도망칠 수 있었다.

쥬베가 나서지 않았다면 전멸할 수도 있었을 상황이었다. 배틀로얄다운 궁지이긴 하지만, 배틀로얄이었기에 살아났다고도 할 수 있다.

……그런데 확실하게 말하자면, 분명히 그 둘 중 누군가와는 이벤트를 진행하다 다시 맞서게 될 것이다.

그렇게 되면 그 무시무시한 수라나 무적이라 불리는 〈초급〉을 쓰러뜨려야만 한다.

승산이 희박한 싸움이 될 것 같다. ……항상 그랬지만.

"주, 죽는 줄 알았네……!"

옆에서는 알토가 '허억흐악', 숨을 내쉬며 무릎을 꿇고 있었다.

"알토, 연막 고마워."

"벼, 별말씀을! 아니, 레이찌, 너무 침착한 거 아니야?! 〈초급〉까지 나타났잖아?!"

"뭐, 〈초급〉하고는 꽤 많이 마주쳤으니까."

피가로 씨부터 세어보면 한 손으로는 부족할 것 같다.

플레이어 전체로 따져도 100명이 안 될 텐데, 용케도 많이 알고 지내게 되었다.

"우와~, 이런 상황에 익숙하네~. 역시 악마 포식자 레이찌……."

"그런 것만 집어서 말하지 말라고."

"동영상 중에서는 제일 유명한 거니 말이다……."

[마장군(로겐)]과 싸운 영상을 녹화한 건 대체 누굴까…….

"줄리엣도 괜찮아?"

"경상이로다. 나의 날개는 날갯짓을 멈추지 않으리니."

문제없단 말이지. 그럼 다행이고.

"음, 정신없이 도망치긴 했는데, 현재 위치가……."

주위 풍경을 둘러보고, 전송되기 전에 보았던 섬의 전경을 떠올리며 비교했다.

숲을 탈출한 우리는 어느새 해안……, 섬 가장자리에 도착해 있었다. 바다와 맞닿아 있는 암석지대. 산과 숲의 위치로 보아 이벤트 에리어의 남동부 끄트머리일 것이다.

"아무튼 다시 이동하자. 같은 곳에 계속 머무르고 있다가는 따라잡힐 테고, 클리어하기 위한 힌트도 발견할 수가 없으니까."

"으음. 그런데 힌트가 어떤 것일꼬. 체셔도 그것에 대해서는 설명해주지 않, 어흡?!"

말하면서 걷기 시작한 네메시스가 무언가에 걸려 넘어졌다.

"정말! 이게 대체 뭐냐?!"

코를 누르며 불평하던 네메시스의 시선 끝에는 도랑 같은 것이 있었다.

잘 살펴보니 네메시스가 넘어진 곳 근처부터 '하얀 바위'였다.

"응?"

네메시스가 걸려서 넘어진 도랑, 아무래도 자연스럽게 형성된 것치고는 너무 각져 보였다.

마치 사람의 손으로 파낸 것처럼 깔끔하고 부자연스럽다.

"……낮은 고도라면 괜찮으려나."

주위를 살펴보고 얼마 전에 보았던 대공 포격이 날아오지 않는지 주의하며……, 나는 실버를 타고 날았다.

조금씩 고도를 높이며 도랑이 파인 하얀 암석지대를 내려다보았다.

그리고…….

"그렇구나."

———'YYYYMMDD'.

내려다본 하얀 암석지대에는 그렇게 새겨져 있었다.

네메시스가 걸려서 넘어진 도랑은 암석지대에 새겨진 글자의 일부.

이 문자열은 우리가 발견한 이번 이벤트의 첫 번째 힌트이자 여덟 자리의 입력 내용이 '서력 날짜'라는 사실을 확정시켜주는 정보였다.

□이벤트 에리어 남부 모래사장

만쥬샤게 시온의 이름은 알터 왕국에서 나름대로 지명도가 있다.

13위 결투 랭커라는 것만으로도 유명하지만, 그녀의 경우에는 그 3배다.

그렇다, 시온은 결투, 클랜, 토벌, 모든 랭킹에서 13위를 차지하고 있는 드문 경우인 거다.

원래는 상위 랭커로 올라갈 수 있는 실력자이면서도 일부러 그 지위에 머물러 있는 사람.

의도적으로 클랜 멤버——— 현실에서 그녀의 집에서 일하는 하인들까지 동원해서 랭킹이 비슷한 랭커의 동향을 조사하고, 수치를 조정해서 13위를 계속 유지하고 있을 정도다.

그리고 어째서 그런 행동을 하는가 하면……, '13이라는 숫자는 불길해서 멋지죠!'라는 이유일뿐이다.

정말로 그뿐이다.

그리고 결투 랭킹은 13위보다 높고 불길한 숫자인 4위를 노리며, 현재 결투 랭킹 4위인 줄리엣의 라이벌을 자칭하는 중이다.

아니, 결투 랭커나 관객들 중 일부도 그렇게 보고 있기에 일단은 '자타가 공인하는 라이벌'이다.

그렇기 때문에 전송되기 전에 줄리엣과 첼시가 '온 힘을 다해 싸우자'라고 맹세하자 '저만 따돌림당했네요?!'라며 당황하기도 했다.

하지만 첼시에게 그런 말을 하면 '시온은 외룡왕 사건 때 줄리랑 맞붙었잖아. 꽤 민폐를 끼치는 형태로'라고 받아쳐 버리겠지.

아니, 실제로 마주친 시점에서 불평했더니 그렇게 받아쳤다.

아무튼, 지금 시온은 마음을 다잡고 이번 이벤트에 임하고 있다.

'어차피 이번 이벤트 때 줄리를 이겨도 결투 4위 자리를 손에 넣을 수는 없어. 그러니 이번에는 이벤트를 클리어해서 상품을 손에 넣는 걸 목표로 삼고, 그걸 통해 전력을 강화한 다음 줄리에게 공식 시합으로 도전하는 게 무난하지 않을까?', 첼시가 그렇게 구슬린 결과다. 외룡왕 사건 때 시온이 그런 식으로 말한 적도 있기 때문에 매우 잘 먹혀들었다.

물론 첼시 입장에선 줄리엣과의 승부를 방해하지 않았으면 했고, 자신보다 강한 상대도 사냥할 수 있는 상태이상 사용자인 시온을 전력으로 끌어들이기 위한 방편이었지만.

그래도 실제로 시온은 이번 이벤트 때 가장 큰 위협이 될 수도 있었던 [견우왕]을 격파했으니 그녀를 끌어들인 첼시의 판단은 옳았다고 할 수 있을 것이다.

그렇게 순조롭게 이벤트 참가자들과 싸워 승리해온 시온 일행은 지금 모은 플레이트를 써먹는 방법……, 정답의 힌트를 얻기 위해 탐색 중이다.

3인조라는 장점을 살려 흩어져서 각각 힌트를 찾으며 돌아다니고 있다.

전력만 따지면 셋이 함께 행동하는 게 나을지도 모르겠지만, 이벤트 클리어가 선착순인 이상 다른 사람들보다 앞서가기 위해서는 언젠가는 도박을 해야만 한다.

그렇게 생각한……, 정확히 말하자면 첼시에게 그런 이야기를 들은 시온은 힌트를 찾다가…….

"음! 수상쩍은 것을 발견했네요!"

무사히 첫 번째 힌트를 발견했다.

아니, 그것은 '발견하지 못하는 게 힘든' 물건이었다.

그것은 하얀 비석. 해안에서 약 20메텔 정도 떨어진 바다 위에 솟아나 있었다.

그 높이는……, 5층 건물 정도였다.

너무나도 거대하기에 섬 남쪽 바다에 도착하기만 하면 어디에서나 발견할 수 있을 정도였다.

"음~, 뭔가 적혀 있는데, 다가가고 싶진 않네요……."

이벤트 에리어 끄트머리에 있는 비석 뒤에는 결계에 막혀서 이벤트 에리어로 침입하지 못하고 있는 수중 몬스터가 튀어오르고 있었다.

문어 같은 크라켄 계열을 싫어하는 시온은 별로 다가가고 싶지 않았다.

"아메지스트, 읽어주세요."

그렇기에 그녀는 자신의 탈것인 황옥충, [아메지스트 캡터]에게 명령했다.

『라져.』

기계 거미인 [아메지스트]는 여러 개 탑재된 센서를 바다의 비석 쪽으로 향하고 적힌 문구를 읽었다.

『'올바른 답은 사람마다 다르다'.』

"그게 힌트……, 힌트?"

철학적인 문구를 들은 시온은 볼에 손을 댄 채 고개를 갸웃거렸다.

동작은 우아한 느낌이었지만, 마음의 소리는 '전혀 모르겠네요'였다.

"……아메지스트?"

『해독하기에는 사고 재료가 부족.』

시온은 다른 사람들이 그녀의 외장 두뇌라고 부르는 [아메지스트]에게 물어보았지만, 아무리 인공지능이라 해도 그 힌트만으로 여덟 자리 숫자의 답을 이끌어 낼 수는 없었다.

"음~, 가지고 가서 첼시 씨에게 부탁하죠. 그분은 현실에서 대학생인 것 같으니 저보다는 아주 조금 똑똑할 거예요!"

본인이 그 말을 들으면 '바보(시온)보다 머리가 아주 조금 똑똑한 정도면 우리 대학교에 못 들어와'라고 했겠지만, 그래도 팀원들에게 정보를 가져다주는 건 중요한 일이다.

"그럼 합류 장소로 렛츠라 고……."

『———긴급 회피.』

시온이 신이 나서 [아메지스트]에게 이동을 명령한 순간, 기계

거미가 여덟 개의 다리로 순식간에 그곳에서 물러났다.

그 직후, 시온과 [아메지스트]가 그 직전까지 있던 공간을——
막대한 열량을 동반한 빛이 지나쳤다.

"대체 뭐죠?!"
『적 전력 분석. 해당 데이터 있음. 마도식 하전 입자포, 《말소
(오블리터레이트)》로 단정.』
전혀 예상하지 못했던 공격에 깜짝 놀란 시온과는 대조적으로
[아메지스트]는 공격의 징조를 파악한 데다 정체까지 예상하고
있었다.
[아메지스트]의 센서가 빛이 날아온 방향으로 향했을 때, 그곳
에는 아무것도 보이지 않았다.
『위장 능력 확인.』
하지만 광학 이외의 센서는 《광학미채》로 숨어 있던 존재를
간파해냈다.
[아메지스트]는 숨어 있는 적 기체를 향해 꼬리로 구속용 그물
을 연달아 사출했다.
그물은 풍경 일부에 명중했고, 보라색 번개를 뿜으며 대상의
위장을 벗겨냈다.
위장……, 《광학미채》 너머로 나타난 것은 꼬리가 포문인 기
계 전갈.
이번 이벤트 초반에 줄리엣을 격추한 [유희] 쥬바의 기체.

『적 기체를 황옥충 2호기, [시트린 오블리터레이터]로 단정.』

[아메지스트]와 마찬가지로 황옥충이라 불리는 병기군으로 분류되는 존재다.

『역시 왕국 최강의 참가자군요……. [시트린]의 기습과 미채가 통하지 않는 건가요…….』

쥬바는 이동 중에 우연히도 해안에서 힌트를 찾고 있던 시온을 발견했다.

그리고 이번 이벤트의 강적이자 왕국의 참가자인 시온을 쓰러뜨리기로 결심하고는 《광학미채》 기능으로 모습을 숨기며 하전 입자포로 기습을 감행한 것이다.

하지만 시온이 완벽하게 대처했기에, 쥬바의 마음속에서 그녀에 대한 위협도가 한 단계 올라갔다.

물론 기습에 대처한 것은 완전히 [아메지스트]의 공적. 시온은 눈치채지조차 못했다. 그렇기에 쥬바가 한 말은 완전히 과대평가였지만…….

"네! 제가 바로 왕국 최강의 여성 결투 랭커! [암희] 만쥬샤게 시온이랍니다!"

시온은 쥬바가 한 말을 진심으로 받아들이고 맞장구를 쳤다.

그리고 거기에 대해 [아메지스트]는 이의를 제기하지 않았다. 주인을 잘 챙겨주는 기계다.

『그러니……, 이번 기회에 제거하겠어요…….』

"덤벼보시라고요!"

강적이기 때문에 이번 기회에 쓰러뜨리려 하는 쥬바와, 딱히 아무런 생각이 없지만 도전을 받았기에 싸움을 받아들인 시온. 두 사람의 생각은 약간 엇나간 부분이 있었지만, 전투와는 상관이 없었다.

두 〈마스터〉와 두 병기가 움직이며 전투가 시작되었다.

『회피 패턴 선출.』

『포격 패턴 선출.』

[아메지스트]는 빠른 도약과 속도 조절을 반복하며 적의 포격을 피하려 했고, 그에 맞서는 [시트린]은 자신의 메모리에 있는 데이터를 통해 상대방의 움직임을 추측했다.

[아메지스트]가 꼬리에서 실을 뿜어내 고속으로 이동하자 움직이지 않는 [시트린]은 꼬리로 날린 하전 입자포로 모래사장에 파괴의 궤적을 새겼다.

거미와 전갈은 양쪽 모두 모티브로 삼은 절지동물의 스타일로 맞붙고 있었다.

"있죠, 왠지 디자인 라인이 비슷하지 않나요?"

그런 공방이 벌어지는 와중에 시온이 그제야 그 사실을 눈치챘다.

『긍정. 본 기체와 대상——— [시트린 오블리터레이터]는 같은 제작자가 만든 황옥충. 본 기체가 1호기, [시트린]이 2호기에 해당.』

"어머, 여동생분이 계셨군요!"

『성별은 존재하지 않음.』

"그래도 아까부터 여자애 목소리가 들리는데요?"

『2호기 탑승자의 목소리로 추측. 2호기는 내부 탑승형.』

"그랬군요! 양쪽 다 벌레 로봇을 조종하는 자……, 어느 쪽이 곤충의 왕인지 정해보자는 거네요!"

『…………전갈도 거미도 둘 다 곤충은 아니지 않나?』

쥬바는 참지 못하고 태클을 걸어버렸다.

"사람이 타고 있다면 해치울 수 있겠네요! 《그룸 스토커》!"

시온이 스킬을 날렸다.

그것은 여러 개의 까만 유도탄——— 생물을 추적하며 무생물을 통과하는 암속성 마법. 쥬다스의 《죽음을 고하는 입맞춤》과 조합하면 장갑 안에 있더라도 죽음을 가져다주는 사자가 된다.

『방어.』

하지만 그것은 [시트린]이 주위에 전개한 빛의 배리어에 가로막혔다.

"어?! 암속성이나 성속성 배리어가 아니잖아요?!"

암속성은 같은 암속성이나 상반되는 성속성으로만 간섭할 수 있다.

하지만 [시트린]이 전개한 배리어는 그 두 가지 속성이 아닌 것 같았다.

『2호기의 배리어는 공격 마법과 물리 공격에 대응. 출력을 뛰어넘지 못하면 돌파는 불가능.』

"치사하네요?!"

암속성 마법은 거의 모든 방어를 돌파할 수 있는 대신, 화력 자체가 그리 강하지 못하다.

준비하는 데 시간이 걸리는 오의가 아니라면 저 배리어를 돌파할 수 없을 것 같았다.

"아메지스트! 뭔가 방법이 없나요?"

『본 기체는 함정 설치와 입체기동 능력에 특화된 경량 보조형. 그에 비해 2호기는 중장갑, 중화력 사양인 중장 전투형. 적의 전력이 강함.』

같은 황옥충이지만 전투력은 차원이 다르다. 그야말로 작업 차량과 중전차만큼 차이가 난다.

하지만 그렇기 때문에 이상한 점이 있다.

『하전 입자포와 배리어의 전력 가동은 마법 초급 직업이라 해도 장시간 사용이 불가능함. 2호기에 무언가 특수한 보조, 초급 직업 또는 〈엠브리오〉가 간섭하고 있을 가능성이 큼.』

황옥충은 삼강 시대보다 이전에 명공 플래그만의 이름을 이어받은 기술자가 초대 플래그만이 만든 황옥마와 황옥룡을 본떠 만든 병기군이다.

본체 성능 자체는 초대가 만든 오리지널에 필적하지만, 동력 로만은 기술적으로 재현할 수 없었기에 가동에 필요한 에너지를 전부 사용자의 마력(MP)으로 때울 필요가 있다.

그리고 가동에 필요한 MP도 개체마다 다르다. 1호기이자 가장 균형이 잘 잡힌 [아메지스트]보다 전투 기능에 특화된 [시트린] 쪽이 마력을 훨씬 많이 소비하는 것이다.

하지만 [아메지스트]를 타고 있는 쥬바는 막대한 마력 소비를 어떤 수단으로 해결했고, 계속 전력으로 가동시키고 있다. 역전의 강자라면 그 위화감을 눈치채고 이유를 알아내는 것이 공략의 열쇠라고 생각할 것이다.

"이렇게 된 이상 어쩔 수 없겠네요……."

그리고 지금, 쥬바와 맞서고 있는 시온은…….

"──배리어를 뚫을 때까지 마구 쏴댈 수밖에 없겠어요!"

──시온(바보)은 밀어붙일 생각밖에 없었다.

상대방이 지닌 기믹의 정체 같은 건 고려하지 않고 그저 공격만 계속 가하는 원숭이 같은 멘탈.

수라에게 상식이 통하지 않는 것처럼, 바보에게는 상식이 없다.

시온은 말한 것을 바로 행동에 옮기려는 듯이 [아메지스트]에게 회피를 전부 맡기며 암속성 마법을 연사했다.

마법은 전부 배리어에 가로막혔고, [시트린]에게도, 안쪽에 있는 쥬바에게도 닿지 않았다.

그럼에도 불구하고 시온은 아무런 생각 없이 계속 날려댔다.

[아메지스트]도 그녀의 뜻에 따르는 건지 피하면서도 거리를 좁히고, 돌아서 파고들고, 그렇게 배리어를 뚫을 수 있는 각도를 찾으려는 듯이 [시트린] 주위를 돌아다니고 있었다.

하지만 반구형 전방위 배리어에는 빈틈 같은 것이 없었기에 분명히 말해 마력 낭비에 불과했다.

(노리는 게 뭐지……?)

하지만 그 시점에서도 쥬바는 시온을 과대평가하고 있었다.

그 거대 구름 코끼리를 쓰러뜨릴 정도로 무시무시한 강자가

설마 쓸데없는 공격을 연달아 가할 리는 없을 것이다. 전혀 생각지도 못한 공략법을 시도하려는 게 아닌가, 의심에 빠졌다.

(화력이나 장갑은 이쪽이 훨씬 강하지. 배리어가 꺼지지 않는한 공격당할 일도 없고. ……아니, 그렇기 때문에 배리어를 **쓰게 만들고** 있는 건가?)

평소에 쥬바는 말수가 적고, 느릿느릿하게 말한다.

하지만 그 이유는 머릿속에서 분석하는 데 사고 능력을 할당했기 때문이다. 싸우는 상대와 전장을 분석하고, 컨트롤하고, 승리를 거머쥐는 것이 그녀의 수법이다.

그렇기 때문에 이번에도 생각했고…….

(무모해 보이는 공격은 이쪽 에너지 배분을 방어 쪽으로 치우치게 만들려는 의도인 건가? 최대 출력으로 포격하는 걸 막으려는 이유가 뭐지?)

지나치게 생각했다.

시온은 그런 것까지 신경 쓰지 않았다.

애초에 시온은 [시트린]의 구조적인 단점을 눈치채지조차 못했다.

[시트린]은 공격력과 방어력을 겸비한 중전차지만, 시간당 마력을 에너지로 변환시킬 수 있는 양에는 한계가 있기 때문에, 마도식 하전 입자포와 배리어를 동시에 최대로 전개할 수는 없다.

지금은 시온의 맹공을 견뎌내기 위해 7:3 비율로 배리어 쪽에 더 많은 에너지를 할당했고, 하전 입자포는 비교적 낮은 출력으로 사용하고 있다.

(그녀를 해치우기에는 충분한 위력을 유지하고 있어. 지금은 [아메지스트]의 기동성으로 피하고 있지만, **나와는 달리** 그녀에게는 고속으로 MP를 회복할 수단이 없지. 오히려 지금은 마법을 연속 사용하고 있고, 이쪽의 **간섭** 때문에 MP가 금방 고갈될……, 거야.)

쥬바는 딱 잘라 말할 수가 없다. 시온이 아직 무언가를 숨기고 있을 거라 생각하기 때문이다.

모든 랭킹 13위, 그만큼 정체를 알 수 없는 상대다. 개인의 실력 이상으로 다른 랭커의 정보를 수집하는 능력이나 클랜을 통솔하는 능력이 없다면 그런 랭킹은 유지할 수 없다.

쥬바는 시온이 그럴 수 있는 사람이며 랭킹이라는 결과가 시온의 엄청난 분석력이나 카리스마를 나타내주고 있다고 생각했다.

하지만 그것도 마찬가지로 지나친 생각이었다.

클랜 멤버들은 시온의 현실 쪽 집의 하인들이다. 일이기 때문에 통솔이 잘 되고, 정보 수집도 그쪽 능력이 뛰어난 멤버가 대신 맡아서 '아가씨. 이번 주는 이만큼 쓰러뜨리면 토벌 랭킹을 유지할 수 있습니다'라는 식으로 조언해주고 있다. 시온에게는 분석력 같은 게 없는 것이다.

그렇기 때문에 외룡왕 사건 때는 〈UBM〉에게까지 이용당했다.

(방심할 수 없어. 대체 무슨 짓을 할 셈이지……?)

시온에게 상성으로 앞서고 있는 지금, 쥬바의 적은……, 그녀 자신의 용의주도함이었다.

……아니, 거기에 더불어 한 가지 더.

"으으, 전혀 통하질 않네요……!"

100발에 가까운 마법이 막히자 시온도 학습하기 시작했다.

시온이 애용하는 [편술거미의 지팡이]는 《MP 소비 반감》 스킬이 달려 있는 초고급 주문 제작 장비지만, 그럼에도 불구하고 마법을 계속 날렸기에 이제 MP도 2할 정도밖에 남지 않았다.

"평소보다 MP가 더 많이 줄어든 것 같기도 하고, 피곤해서 그런지 해님이 두 개로 보이네요……."

『………….』

"어머?"

시온이 약한 소리를 늘어놓기 시작하자 [아메지스트]가 그녀의 귀로 실을 날렸다.

가늘고 공격성이 없는 실은 [아메지스트]가 다른 사람이나 적에게 들키지 않게끔 주인과 통화하기 위한 수단……, 실전화였다.

『극비 전달이기에 표정 변화 없이 상대방에게 들킬 우려를 억제하도록 요청함.』

[아메지스트]가 몰래 전해준 말을 듣고 시온이 고개를 끄덕였다.

『현재 상황을 타파하고 승리하기 위한 전술을 건의함.』

"어? 그런 게 있나요?"

곧바로 충고를 잊어버린 주인을 보고도 [아메지스트]는 조용히 승리하기 위한 계획을 전했다.

"………………네에?"

이야기를 다 들은 시온은 진심으로 싫다는 듯한 표정을 짓고 있었다.

그리고 빔을 계속 피하는 [아메지스트] 위에서 10초 정도 끙끙 댄 다음에…….

"……어쩔 수 없겠네요!"

억지로 납득하고는 [아메지스트]의 작전을 받아들였다.

쥬바는 이 싸움의 끝이 다가오고 있다는 것을 눈치채고 있었다.

(《간파》로 보이는 MP 잔량은 1할. 이제 황옥충을 가동시키는 것만으로도 벅차겠지.)

이미 시온의 마법 공격은 멈췄고, [시트린]이 날리는 빔을 피할 뿐이었다.

하지만 그것도 마력이 다 떨어져서 [아메지스트]라는 이동 수단이 멈추면 끝난다.

방심하지 않고 신중하게 전투를 진행한 쥬바의 승리는 이제 눈앞에 있다.

───그런 타이밍에 시온이 [아메지스트]를 격납시켰다.

『?!』

자신의 생명줄을 스스로 끊는다. 그것은 너무나도 이해하기 힘든 행동이었다.

하지만 [시트린]의 광학 센서 너머로 보이는 시온은 지팡이를 [시트린]에게 내밀고 있었다.

그 행동을 본 쥬바도 두 가지 사실을 이해했다.

시온은 공격에 마력을 쓰기 위해 [아메지스트]를 격납시킨 것이라는 사실.

그리고 다른 한 가지는……, 시온이 정말로 생각 없이 계속 공격했었다는 사실.

『정말로, 바보였어……?!』

실망과 경악과 분노가 뒤섞인 감정을 담아 쥬바가 소리치자 [시트린]은 그런 그녀의 의지를 느끼고 꼬리의 마도식 하전 입자포로 시온을 조준했다.

회피 수단조차 스스로 없앨 정도로 바보 같은 마법 직업에게는 이것을 피할 방법이 없다.

『────《말소》!』

────날아간 빛이 피하려는 낌새조차 보이지 않던 시온을 집어삼켰다.

내려치듯이 날아간 빛은 시온의 주위에 있던 모래사장까지 날려버렸다.

『히트……!』

하지만 직격하는 순간을 쥬바는 콕핏에서 확인했다.

하전 입자포의 포격을 맞았으니 시온의 사망은 확정된 사항이다.

"흐어어……, 진짜로 쫄았답니다."

『⋯⋯⋯⋯⋯⋯⋯⋯⋯⋯뭐?』

그럴 줄 알았는데, 빛이 지나간 뒤에는 멀쩡한 시온이 서 있었다.

『어? ⋯⋯어? ⋯⋯⋯⋯어어?』

그 얼굴은 틀림없는 시온 그 자체.

하지만 실루엣이 크게 달라진 상태였다.

"눈이 부셔서 앞이 번쩍번쩍하네요⋯⋯."

인간 형태였던 실루엣은 직립 이족 보행을 하는 육식 공룡의 골격⋯⋯을 모델로 삼은 둥그스름한 실루엣으로 바뀌었고, 그 **목덜미** 밖으로 시온의 얼굴이 드러나 있었다.

그녀가 입고 있던 것은 '뒤집어쓰는 것'으로 분류되는⋯⋯, 인형옷이었다.

◇◆

외룡왕 사건.

프랭클린의 테러 사건 이후에 기데온에서 발생한 그것은 갑주룡을 이끄는 [개룡왕 드래그아머]와 외룡을 이끄는 [외룡왕 드래그메일]의 충돌에 인간들이 휘말린 사건이었다.

줄리엣, 첼시, 맥스, 그리고 시온, 이렇게 네 사람도 그 사건의 소용돌이에 휘말렸고, 결과적으로는 시온이 [외룡왕]을 격파함으로써 사태가 수습되었다.

그리고 〈UBM〉 격파의 MVP가 된 시온은 어떤 특전 무구를 받게 되었다.

그것이━━━ [Q극 인형옷 시리즈 드래그메일]이다.

유명한 슈우 스탈링의 [하인드베어]와 같은 인형옷 형태의 특전 무구.

왠지 우스꽝스러운 특전 무구지만, 그래도 고대전설급 무구다.

당연하게도 강력한 장비 스킬을 갖추고 있다.

《대(對)마법 외골격》 : 마력으로 인한 대미지를 입을 경우 100퍼센트 경감해준다.

※단, 노출 부분(얼굴)에 물리 공격으로 대미지를 입을 경우 그 대미지가 1000퍼센트로 증가한다.

생전에 그 외골격으로 온갖 마법의 대미지를 무효화했던 [외룡왕].

특전 무구가 된 이후로는 명확한 약점이 생기게 되었지만, 그 힘이 재현되었다.

그리고 지금 마력으로 날린 하전 입자포를 무효화시킨 것이다.

◇ ◆

(방어용 특전 무구?! 설마, [시트린]의 《말소》를 막아낼 정도로 강하다고……?)

최대 출력으로 날리지는 않았지만, 쥬바는 자신의 공격을 완전히 막아낸 시온을 보고 전율했다.

(아니, 그렇다면 왜 지금까지 쓰지 않았던 건데……!)

저렇게 간단히 막아낼 수 있다면 피하지 않아도 대미지를 입지 않았을 텐데.

(뭘 노리는 거지……?! 알 수가 없어! 내가 이해할 수 있는 상대가 아니야……!)

쥬바는 시온의 의도를 파악할 수가 없어 당황했다.

그리고 지금까지 입지 않았던 이유는 '죽을 만큼 아름답지 않으니까 입고 싶지 않답니다!'라는 시온의 패션에 대한 고집 때문이었고, 그 때문에 존재 자체도 반쯤 잊고 있었다.

[아메지스트]가 가르쳐주지 않았다면 데스 페널티를 받을 때까지 잊고 있었을 것이다.

다시 말하지만, 시온이라는 〈마스터〉는 바보다.

(혹시 입는 데 리스크가 있나? 시간 제한, 아니면 물리 내성 저하?)

이해할 수 없는 상대를 이해하려던 쥬바는 혼란스러워하면서도 답에 도달했다.

실제로 지금 시온은 마법에 강하지만 물리 방어력은 별다른 차이가 없었고, 얼굴만 놓고 보면 대미지를 10배로 받게 된다. 전차와도 같은 [시트린]으로 치어버리기만 해도 이길 수 있다.

『………….』

하지만 그것은 리스크가 있는 선택이다. 마력으로 만들어낸 배리어로 격돌하면 대미지를 입힐 수 없을 우려도 있고, 그렇게

183

되면 기체로 직접 닿아야만 한다.

기체를 통과하는 암속성 마법을 지닌 시온 상대로.

뭉개버리는 것이 빠를지, 마법이 닿는 것이 빠를지. 그런 승부가 된다.

『……해치워, 주지!』

하지만 쥬바는 망설이지 않고 선택했다.

자신의 조종 능력과 [시트린]의 성능을 믿고, 인형옷을 입은 시온에게 돌격했다.

기계 전갈의 다리가 모래사장을 거칠게 내디디며 시온에게 다가섰고———.

———기체 앞부분을 무방비하게 들어 올렸다.

『어?』

『———?!』

놀란 목소리는 파일럿인 쥬바와 [시트린]의 목소리였다.

그녀들은 그런 동작을 할 의도가 없었다.

하지만 기체는 한껏 들어 올려진 상태였고, ———다리에는 **실**이 묶여 있었다.

그 의도가 무엇인지, 쥬바와 [시트린]은 이해했다.

『와이어 트랩?!』

그것이 이미 격납된 [아메지스트 캡터]가 남긴 함정이라는 사실을.

[아메지스트 캡터]는 황옥충 1호기이다.

단독 전투 능력이 아니라 탑승한 초급 직업을 보조하기 위해 설계되었다.

기체 특성은 입체기동 능력과 실의 사출, 함정 설치 능력, 그리고 전술 보조를 위해 뛰어난 연산능력을 갖추었다는 점이다.

또한 [아메지스트]는 황옥충 중에서도 뛰어난 분석력과 작전 입안 능력을 겸비하고 있다.

입체기동을 사용할 수 없는 모래사장이라는 환경은 모래 안에 함정을 파묻기에는 안성맞춤이고, 맞서고 있는 2호기는 장점과 단점을 전부 이해하고 있는 상대다.

게다가 바보 같은 주인의 무모한 행동 선택도 동작 도중에 함정을 설치하기 위한 미끼.

전투 중에 쥬바의 성격을 파악하고는 그녀가 의존하던 하전 입자포가 통하지 않는다면 물리 공격으로 승부를 낼 거라 추측했다.

그 결과, 돌진 중에 와이어 트랩에 걸려 기체가 크게 들렸고.

───**반구 형태**의 배리어도 젖혀졌다.

"《그룸 스토커》랍니다!"

그리고 그 허점을 노린 시온이 남은 마력으로 암속성 상급 오의를 연타하자 날개가 달린 칠흑의 유도탄이 [시트린]의 바닥 장갑을 통과했다.

그 유도탄은 콕핏에 있던 쥬바에게 차례차례 꽂혔고, 그녀의

HP를 모조리 깎아냈다.

(당했, 어……!)

쥬바는 자신의 패배를 깨닫고는 지금까지 이어진 큰 그림을 그린 적의 무시무시한 능력을 이해했다.

[아메지스트]의 연산 능력. 그것이 바로 그녀의 적이었다.

(만쥬샤게 시온……, 바보 행세를 하면서 이렇게까지 용의주도한 전술을 짜두었다니……, 왕국에 무시무시한 상대가 있구나…….)

……하지만 그녀는 마지막까지 경계할 대상을 착각하고 있었다.

그렇게 황국의 준 〈초급〉, [유희] 쥬바는 이벤트에서 퇴장하게 되었다.

결국 그녀가 보인 콤보의 수수께끼는 풀리지도 않은 채 말이다.

◇ ◆

"완! 전! 승! 리! 랍니다! 오~호호호호호!"

시온은 인형옷을 평소에 입고 다니는 드레스로 갈아입고 척 보기에도 영애인 것처럼 크게 웃어댔다.

"음, 모처럼 이겨서 기분이 좋은데, 왠지 모르겠지만 하늘이 어두워진 것 같네요?"

그녀는 눈치채지 못했다.

좀 전까지 진짜로 항성이 두 개 있었다는 사실을.

[아메지스트]는 눈치채고 있었다.

하늘에 떠 있는 별 중 하나가 쥬바의 〈엠브리오〉라고 추측한 [아메지스트]는 이렇게도 생각했다.

막대한 MP가 필요한 [시트린]을 어떠한 수단을 통해 커버하고 있을 거라고.

하지만 그것 자체는 어떻게 해볼 수단이 없었고, [아메지스트]가 노리던 승리와도 상관이 없었기에 시온에게는 말하지조차 않았다. 그리 중요하지 않았던 것이다.

"플레이트도 잔뜩 있네요! 힌트도 찾아냈고, 제가 1등이에요!"

승리한 시온은 신이 나서 쥬바가 떨어뜨린 플레이트를 주워 담고 있었다.

하지만 너무 기뻤기 때문일까. 목소리가 조금 컸다. 아메지스트]도 다시 전개하지 않았다.

『............』

어느새 그녀 뒤에는 기척을 차단해주는 길리 슈트를 입은 사냥꾼이 서 있었다.

사냥꾼……, [신수렵] 카루루 루루루는 조용히 포경포 같은 무기를 겨누었다.

신이 나서 플레이트를 주워 담고 있던 시온의 뒤통수를 조준하고……, 방아쇠를 당겼다.

폭발음이 파도 소리에 뒤섞인 채 모래사장에 울려 퍼졌다.

◇ ◆

그렇게 만쥬샤게 시온은 퇴장했다.

전리품을 모으던 와중에 다른 사람이 어부지리를 취한다.

배틀로얄에서는 자주 보이는 전개였다.

□[성기사] 레이 스탈링

"입력 내용은 서력 날짜란 말이지."

"그러게. 여덟 자리라는 시점에서 그럴 가능성이 컸는데, 이제 확정이지?"

"그래."

첫 번째 힌트를 발견한 우리는 다음 힌트를 찾으며 해안길을 이동하고 있었다.

몸을 숨길 곳은 없지만, 반대로 말하자면 다가오는 사람이 있다면 바로 알아챌 수 있다.

적만 일방적으로 몸을 숨길 수 있을 만한 곳도 시야 안에는 없었다. 강가에 나무가 좀 있긴 하지만, 일시적으로 몸을 숨긴 채 공격할 수 있는 형태는 아니었다.

그리고 지금은 줄리엣이 하늘에서 경계하고 있다.

대공 포격도 있으니 위험하다고 했지만, '그런 공격이 날아올 거라는 사실을 알고 있는 지금은 반드시 피할 수 있다'고 한다.

"……전송 직전에 받은 힌트는 '이번 이벤트의 이름을 잘 기억해둬'였지?"

이번 이벤트의 이름……, 〈애니버서리〉다.

"응. 애니버서리(기념일)가 힌트라면 덴드로의 발매일이려나?"

189

"다른 곳에 어떤 기념일인지 지정하는 힌트가 있을지도 모르겠구나. 아직 힌트가 부족하다."

지금은 다각형의 점 위치를 하나만 알아낸 거나 마찬가지다.

힌트를 한두 개는 더 얻어야 도형의 형태를 파악할 수 있다.

"나, 영광으로 통할지도 모르는 백색 도표를 나타내리라."

"다음 힌트를 찾아냈구나."

줄리엣이 하늘에서 내려오자마자 우리에게 '좀 전에 본 하얀 암석지대하고 똑같은 색이야. 아마 힌트일 것 같아'라고 말했다.

하늘에서 탐색하면 힌트를 찾을 때는 정말 유리하구나.

반대로 하늘에서는 찾아낼 수 없는 힌트도 있으려나?

그렇게 줄리엣이 우리를 이끌어준 곳은 이벤트 에리어 남부의 모래사장이었다.

그런데 그 풍경은 이미 파괴되어 있었다.

모래사장 중 몇 할이 열량 공격으로 인해 융해되었고, 아직까지도 그 흔적과 열기가 남아 있다.

척 보기에도 누군가가 이곳에서 전투를 벌인 증거다. 아마 그건…….

"……그 대공 포격을 날린 〈마스터〉인가?"

줄리엣을 격추한 빔 포 사용자.

남자인지 여자인지는 모르겠지만, 그 사람은 이곳에서 전투를 벌이고……, 패배했을 것이다.

이 전투에서 승리했다면 주변 에리어에서 날아다니던 줄리엣을 포격하지 않았을 리가 없기 때문이다.

이제 하늘을 날아다닐 때 위협하는 요소가 사라졌다면, 우리에게 유리한 정보다.

"그리고 줄리엣이 찾아낸 힌트는……, 저거구나."

바다 근처로 다가가 보니 앞바다에 있는 하얀 비석이 눈에 띄었다.

그리고 비석에는 좀 전에 보았던 암석지대와 마찬가지로 글자가 새겨져 있었다.

"'올바른 답은 사람마다 다르다'라."

"그럼 덴드로의 발매일은 아니겠네~. 전 세계에 동시에 발매되었으니까."

"생탄의 연회."

"그러게. 생일은 사람마다 다르니까 자기 생일을 입력하라고 할 수도 있겠어. 드롭된 플레이트 중에 0하고 2가 많았던 것도 주요 플레이어층이 2000년 이후에 태어났다는 걸 고려하면 이해가 되고."

물론 1999년 이전에 태어난 플레이어도 있겠지만, 어차피 비율 문제다.

하지만…….

"그런데, 특히 개수가 많은 플레이트는 0하고 2 말고도 4가 있어. 그걸 생각하면 생일이 아니라 '참가자가 〈Infinite Dendrogram〉을 시작한 날짜'일 가능성도 있지 않을까?"

그렇다면 2043년 7월 15일부터 2045년 4월 20일까지다. 앞

자리가 204로 고정이기 때문에 0, 2, 4가 많이 드롭되었다고 할
수 있다.

"그렇긴 하겠구나……. 알토는 어떻게 생각하는고?"

"응? 나? 두 사람이 말한 것들 중에서 괜찮은 부분만 골라잡
으려고."

괜찮은 부분만 골라잡는다고?

"레이찌, 레이찌. 〈엠브리오〉가 게임을 시작한 당일에 부화한
다는 보장은 없잖아."

"아."

"이르면 그날 바로 부화하지만, 캐릭터를 만든 다음 날 이후
에 부화한 사람도 있으니까. 그래서 내 생각은 '참가자의 〈엠브
리오〉 생일'인데, 어때~?"

그렇구나……. 충분히 그럴 수 있는 답이다.

생일, 시작한 날짜. 〈엠브리오〉의 생일. 전부 '기념일'에 어울
리는 답이다.

그렇기 때문에 단정 짓기가 힘드다.

"차례대로 시험해보는 방법도 있지. 세 명이 각각 다른 답을
넣고 통과한 사람의 답을 따라하는 느낌으로."

이 세 종류의 답 중 정답이 있다면 그 방법으로 한 명은 통과
할 수 있다.

그리고 첫 번째 사람이 정답을 맞춘다면 나머지 두 사람도 클
리어할 수 있을 것이다.

단, 오답일 경우에는 섬 어딘가로 혼자 전송되기 때문에 리스

크도 크다.

무엇보다……

"플레이트가 부족하진 않을까? 둘 다 생일……은 개인 정보니까 제쳐두고, 게임을 시작한 날짜하고 〈엠브리오〉의 생일을 가르쳐줄래? 나는 2045년 3월 16일이야."

현실에서는 한 달이나 지났지만, 아직 그것밖에 안 지났나라는 생각이 드는 기간이다.

"나의 원초의 발자국은 일주한 생탄제. 나의 날개도 함께."

"…………뭐라고?"

"작년 1주년 애니버서리 이벤트 때 시작했고, 〈엠브리오〉가 부화한 날도 그날이래. 그럼 2044년 7월 17일이야?"

"그러하다."

내부 이벤트도 많아서 시작하기 꽤 편한 시기라는 이야기를 형에게 들은 적이 있다.

참고로 형이 [파괴왕]이라는 직업을 얻은 것도 그 무렵인 모양이었다.

"레이찌는 용케도 알아듣네……. 나는 2045년 2월 24일이야. 부화한 날짜도 마찬가지고."

"그렇구나. 그렇다면 필요한 플레이트는……, 응?"

나와 마찬가지로 루키인 알토가 게임을 시작한 날, 그날은…….

"……너, T대 2차 시험이 끝난 뒤에 바로 시작했어?"

"이예이♪ 시험을 마치고 나니 신이 나서 사 버렸지♪"

"합격 발표 전에 말이지……."

나는 합격 발표를 보고 이사한 다음에 시작했는데. 그렇게 생각하고 있자니······.

"예지의 전당?!"

우리 이야기를 듣고 있던 줄리엣이 '둘 다 T대생이야?!'라며 놀라고 있었다.

······아차.

"와오~, 레이찌도 참, 온라인 게임에서 개인 정보를 누설하면 안 되지~ ♪"

"······미안. 이번엔 진짜 미안해."

"다음에 한턱 쏴!"

······네 빚은 기본적으로 점심 식사에 집중되어 있구나.

"줄리 쨩도 비밀로 해줘 ♪"

"스, 승낙하마······."

"응? 왜 그래? 왠지 표정이 굳었는데······, 괜찮아? 실뜨기 할래?"

"아, 괘, 괜찮, 아요."

왠지 줄리엣이 이상하다. 'T대'라는 단어를 듣고 나서 그런 것 같은데······, 현실 쪽에 무슨 문제가 있는 거라면 너무 파고들지 않는 게 나으려나?

······아무튼, 지금은 날짜도 다 알게 되었으니 플레이트 개수를 계산해봐야겠다.

정답이 게임을 시작한 날이나 〈엠브리오〉의 생일일 경우, 우리가 가지고 있는 플레이트를 따지면······, 아직 필요한 분량의 절반도 모으지 못했네. 겨우 한 명이 시도해볼까 말까 한 정도다.

"부족해. 하지만……."

"응? 부족하다면 몬스터를 쓰러뜨리고 플레이트를 모으면 되는 것 아닌고?"

"……아까부터 이동 중에 이벤트 몬스터와 마주치지 않았잖아."

그것에 대해 별로 생각하고 싶지 않은 예측이 있다.

"이번 이벤트는 서바이벌 배틀로얄이야. 그 성질상 플레이어들끼리 쟁탈전을 벌이는 걸 상정해두었겠지. ……그러니까 숫자 플레이트를 지닌 몬스터의 숫자도 한정되어 있지 않을까?"

그 사실을 나타내는 듯이 몬스터와 전투를 벌이는 빈도가 점점 낮아지고 있다.

그 추측이 사실이라면, 플레이트를 모으는 것은 '답을 맞출 권리'를 모으는 것이다.

정답을 맞출 때까지 시도하려 해도 그러기 위한 플레이트는 한정되어 있다.

"다시 말해 '참가자 전원이 대답할 수 있는 횟수가 한정되어 있다'는 뜻이지. 다른 사람들을 계속 쓰러뜨린 자는 몇 번이나 시도할 수 있고, 그러지 못하면 한 번 대답하는 것도 힘들 테고……."

이번 이벤트는 최종적으로 그렇게 참가자들끼리 맞붙게 하는 구조다.

단순한 배틀로얄로 진행하지 않았던 것은 퀴즈 요소를 넣음으로써 참가자들을 즐겁게 하려는 의도인지, 아니면 다른 이유가 있는 건지……, 아직은 모르겠다.

"클리어하기 위해서는 다른 〈마스터〉를 쓰러뜨릴 필요가 있어. 그것도 종반까지 살아남을 정도의 실력자……, 쥬베나 [신수렵]을 상대해야겠지."

"우와아……."

알토가 눈앞이 깜깜해졌다는 듯한 목소리를 냈다. 무슨 심정인지는 알겠다.

하지만 그 두 사람이 앞을 막아선다면 오히려 그나마 나은 상황일 것이다.

우선 그 두 사람의 플레이트 보유 개수는 이번 이벤트에서 톱클래스일 것이 틀림없다.

둘 중 한 명이 승리해서 플레이트를 한데 모으고 클리어까지 해버리면, 가지고 있던 나머지 플레이트도 전부 사라지게 된다. 우리가 플레이트를 얻을 가능성조차 사라져 버린다.

그렇다면……, 그 녀석들과 싸우는 게 그나마 이벤트를 클리어할 가능성이 있다.

"……저기, 네메시스 쨩. 왠지 레이찌가 결심한 페이스인데?"

"저건 승산이 별로 없는 싸움에 도전하려는 때에 보여주는 표정이다. 항상 그랬지."

"항상 그랬구나……. 그런데 카가 쥬베는 그렇다 치고, 카루루 루루루는 천지까지 소문이 들릴 정도로 무적인데……, 어떻게 쓰러뜨릴 거야?"

'만상무적'에 대해서는 나도 알고 있다.

그렇기 때문에 할 수 있는 말이 있다.

"지금이라면 승산이 있을 거야."

""어?""

줄리엣과 알토, 두 사람이 동시에 놀랐다.

그런 두 사람에게 나는 예전에 **형에게 들은 이야기**와 내가 추측한 것을 말해주었다.

3분 뒤, 내 이야기……, [신수렵]의 능력과 대처 방법을 들은 두 사람은 끙끙대고 있었다.

"그렇구나……. 그런 방식으로……."

"상궤로부터 벗어난 법칙……."

"그런데 레이찌, 괜찮을까……."

"그게 말이지. 상황에 따라 달라지긴 하겠지만, 나하고 줄리엣이 있으면 문제없을 거야."

상황에 따라서는 나 혼자서도 해낼 수 있을지 모른다.

"진짜로~? ……혹시 난 짐짝인가?"

알토가 자기를 손가락으로 가리키며 왠지 슬픈 듯한 눈빛을 보이고 있었다.

"아니, 그냥 역할 분담이잖아. 알토에게는 이동할 때 신세를 지고 있고, 좀 전에 도망쳤을 때도 도움을 받았어. 거물과 맞붙을 때는 나와 줄리엣이 더 적합하다는 것뿐이야."

"그렇구나……. 하지만 나도……, 저기, 응……, 아니야."

알토가 뭔가 고민하고 있는데, 줄리엣하고 합류하기 전에 들었던 〈엠브리오〉 때문에 그런 건가?

"그렇구나. 뭐, 그럼 이야기는 여기까지만 하고 힌트를 찾으러 갈까?"

그 녀석들과 싸운다 해도 오답을 입력할 확률을 줄여두는 게 나을 테니까. ……!

갑자기 기척이 느껴져서 바다 반대쪽을 보았다.

나보다도 먼저 줄리엣이, 네메시스와 알토는 약간 늦게 그쪽을 보았다.

이곳에서 100미터 정도 떨어진 곳에 있는 강.

바다와 이어져 있는 그 강 근처에……, 낯익은 해적모를 쓴 소녀가 서 있었다.

"——첼시."

줄리엣이 승부를 내기로 서로 맹세한 사람을 보았다. 첼시도 마찬가지로……, 줄리엣을 바라보고 있었다.

첼시는 손을 힘차게 흔들며 이쪽으로 뛰어왔다.

전투 속도가 아니라 약간 빠르게 걷는 듯한 속도였다.

싸울 생각이 없다는 의사 표시……는 아니구나.

"야호~. 그쪽도 셋이서 팀을 짰구나?"

"그쪽도?"

"이쪽은 시온하고 맥스 짱까지 한 팀이야. 이 근처에서 합류할 예정이었는데……, 쓰러뜨려 버렸어?"

그때 여섯 명이 세 명씩 두 팀으로 나뉘었구나.

"아니, 우리가 여기 왔을 때는 아무도 없었어. ……싸운 흔적은 있었지만 말이지."

"흐음. 그럼 누군가하고 싸우다가 쓰러졌거나 동귀어진한 건가? 아쉽네."

첼시에게선 '아쉽다'는 말 이상의 감정은 느낄 수 없었다.

얼마 전의 강화 회의 때와는 달리 잃을 것이 없는 이벤트라서, 함께 이벤트 클리어를 목표로 삼은 팀메이트가 탈락하더라도 딱히 감흥이 없는 건지도 모르겠다.

아니면 이벤트를 클리어하는 것 이상으로 뭔가 바라는 게 있거나.

"그래서 말이지, 세 명인 그쪽에 부탁하고 싶은 게 있는데."

"으어? 팀에 넣어달라고? ……나한테 빠지라고?!"

알토가 왠지 겁먹은 듯이 그런 말을 꺼냈다.

"……어째서 그렇게 생각하는 거야?"

"덴드로 안에서 알고 지낸 기간이 제일 짧은 게 나잖아! 솔직히 말해서 반쯤은 외부인이잖아? 랭커도 아니고! 레이찌처럼 악마 포식자도 아니고! 현실에서도 레이찌하고 데이트한 적도 없고!"

"어? 둘이 그런 관계야?"

"아니야. 그냥 친구라고."

그리고 악마 포식자는 상관없잖아. 그건 언제까지 계속 들먹일 건데?

"더 사이좋게 지내는 친구가 왔으니까 빠지라니! '알토, 미안해. 이번 이벤트는 3인용이거든'이라고 할 거지?!"

"그런 말 안 해. 내가 무슨 비실이냐고."

알토……, 나츠메는 평소에 활기찬 실뜨기 인싸인데 당황하면 부정적인 생각만 하는 녀석이라는 걸 이번 이벤트를 통해 잘 알게 되었다.

뭐라고 해야 하나……, '실뜨기'처럼 사고가 뒤얽혀버린단 말이지.

"혼자 남게 되면 나는 즉시 퇴장당할 텐데에~?!"

"아하하. 생각했던 것보다 재미있는 애였네. 하지만 안심해. 그런 이야기가 아니니까."

당황한 나머지 모래사장에 드러눕기 시작한 나츠메를 보고 웃던 첼시의 표정에서 조용히 미소가 사라졌다.

"그쪽이 셋이서 모여 있는 상황이라 미안하지만 말이지."

그리고……, 그녀는 줄리엣을 똑바로 바라보았다.

"줄리랑 맞대결을 시켜주면 안 될까?"

─── 있는 힘껏 붙어보자. 그야말로 온 힘을 다해서 말이야.

─── ……응!

"아……."

그것은 이벤트 에리어로 전송되기 전에 두 사람이 나누었던 말.

첼시는 그 약속을……, 결투를 지금 여기서 현실로 만들겠다고 한 것이다.

하지만 첼시의 얼굴에는 미소가 보이지 않았고, 줄리엣도 뭔가 망설이고 있는 것 같았다.

"사실은 시온하고 맥스에게 다른 사람이 방해하지 못하게끔 부탁할 생각이었는데 말이지. 그 두 사람이 없고 줄리가 혼자 있지도 않으니 말로 부탁할 수밖에 없을 것 같아서."

이벤트 클리어를 목표로 하는 팀이라면 멤버 중 한 명을 1대1 전투에 내보내기보다는 팀원 모두가 함께 맞서는 게 당연히 승률이 높을 것이다.

첼시는 그런 걸 감안하고 이야기한 거겠지만······.

"아니, 아니, 아무리 그래도 그건 좀. 왜냐하면 줄리엣 짱은 우리 에이······."

"괜찮지 않을까?"

"스······, 레이찌 씨?"

호칭이 이중으로 겹친 거 아니야? 알토.

"두 사람이 싸우고 싶어 한다는 건 팀을 짜기 전부터 알고 있었으니까. 무엇보다 승리를 목표로 한다고 해서 동료가 진짜로 하고 싶어 하는 걸 포기하게 만들면 뒷맛이 씁쓸하잖아?"

"··········그렇지."

내 말을 들은 알토는 고개를 끄덕인 다음 두 손으로 얼굴을 가렸다. 그 행동이 자기가 한 말을 부끄러워하는 건지, '이제 틀렸다'라고 비관하는 건지는 알 수가 없다.

"줄리엣도 첼시하고 싸우고 싶지?"

"······응!"

방금 주저하는 표정을 보인 이유는 팀으로서의 결과를 고려하고 있었기 때문일 것이다.

하지만 지금은 아무런 미련도 없이 시원스러운 미소를 짓고 있다. ……그게 더 낫네.

"이것저것 교섭해볼 생각이었는데. 레이는 그런 구석이 결투 랭커(우리)스럽네."

첼시도 미소를 지으며 그렇게 말했다.

"뭐, 모의전에 잔뜩 끼어들기도 했으니까."

"아하하. 이번 이벤트가 마무리되면 클랜뿐만이 아니라 결투 랭킹에도 참가해봐."

"생각해볼게. 자, 우리는 방해가 되지 않게끔 서쪽에서 힌트를 찾아보자."

두 사람의 결투는 본 적이 있다. 근처에 있으면 분명 휘말리게 될 것이다.

나는 두 사람에게 등을 돌리고 서쪽으로 걸어가기 시작했고, 네메시스와 알토도 따라왔다.

"그러니까, 줄리엣."

마지막으로 해두어야 할 말을 팀메이트인 줄리엣에게 했다.

"───나중에 합류해줘."

네 승리를 믿고 있다고.

랭크가 더 높으니까, 내가 본 결투 때 줄리엣이 이겼으니까 그렇게 말한 게 아니다.

나도 알고 있다. 지금 첼시는 지금까지 벌인 결투에서 본 첼시가 아니다.

뭔가 상당히 강한 비장의 수를 지닌 채, 친한 친구이자 라이벌과 싸우려 하고 있다.

그럼에도 불구하고……, 승리를 믿어주는 게 동료란 거겠지.

"……승낙하마!"

내 기원에 대답하는 말을 어깨 너머로 들으며 우리는 전장이 될 모래사장을 떠났다.

◇

그 대공 포격을 날리던 〈마스터〉가 퇴장했다는 것이 거의 확정되었기 때문에 실버를 타고 날아서 해안을 이동했고, 몇 분 정도 만에 이벤트 에리어 서부에 도착했다.

서쪽 해안도 모래사장이 이어진 채 투명도가 높은 앞바다의 바닥이 보였다.

"휴양지로 딱 좋을 것 같은 환경이네."

『휴양지라. ……예전에 바다에 가려다가 일정이 박살 난 적이 있었다만.』

"그래. 후소 선배에게 유괴당해서 말이지……."

대학교 수업이 시작되기 직전이었던가? 왠지 시간이 꽤 오래 지난 것 같은 느낌이다.

"후소라니, 〈초급〉 후소 츠쿠요? 선배라니, 그게 무슨 소리야?"

"……조만간 알게 될 거야."

얼굴하고 이름이 똑같으니 나츠메도 조만간 대학교에서 마주칠 수 있을 것이다.

지금 네메시스는 대검 형태가 되어 내가 장비했고, 내 뒤에는 알토가 타고 있다.

알토에게 비행 수단이 있는지 물어보았지만, '연을 타고 나는 건 닌자 계통 중에서도 다른 직업이니까'라고 한다.

"그런데 이벤트 몬스터는 그 타입뿐인 것 같네. 하늘을 나는 타입도 없고, 야생 몬스터는……, 아, 결계 때문에 못 들어오겠구나."

왕국에서는 하늘을 날다 보면 가끔 괴조나 드래곤이 덤벼들곤 하지만, 이 섬에서는 그렇지 않았다. 섬 바깥쪽 결계에 가로막힌 괴조와 괴어가 보이는 걸 보니 미리 제거해둔 건가?

"아, 그렇지, 알토. 오른손의 [주얼]에 비행 몬스터 같은 건 안 들어있어?"

루크처럼 테이밍 몬스터를 비행 수단으로 삼는 〈마스터〉도 있으니까.

"……아~, 응. 이 애는 못 나니까, 응, 못 날아."

"그렇구나. 응? 저건……."

아래쪽 경치 안에 분명히 주위와는 동떨어진 랜드마크 같은 것이 보였다.

그것은 목조 난파선. 모래사장 위에 너덜너덜해진 채 자리 잡고 있었다.

눈에 띄는 오브젝트였는데, 그것을 관찰하다 보니 바로 눈치챘다.

바다쪽 가장자리에 있는 낯익은 흰색.

남부에서 발견했던 것과 비슷하게 생긴 비석이 뱃머리 쪽에 안치되어 있었다.

"이걸로 세 개째구나."

하늘 위에서는 읽을 수가 없으니 일단 비석 앞으로 내려가야겠다.

비석 쪽으로 다가가 실버에서 뛰어내린 다음, 비석에 얼굴을 가져다 댔다.

"이번에 답을 확실하게 알아낼 수 있다면 좋겠는데."

자, 대체 어떤 내용이 적혀 있……, 윽!

『……레이!』

네메시스가 경고한 것과 내가 옆쪽으로 몸을 날린 것은 거의 동시였다.

그 직후, 무언가가 착탄된 충격과 함께 난파선의 뱃머리가 무너졌고, 하얀 비석이 바다로 떨어졌다.

"어어?!"

뱃머리와 함께 바닷속으로 가라앉은 비석을 보고 알토가 비명을 질렀지만, 비석을 쫓아갈 수는 없었다.

비석을……, 우리를 노리는 자의 공격이 계속 이어지고 있다.

재빨리 뛰어서 공중에 뜬 나를 노리고 다음 공격이 날아들었고…….

"실버!"

그 부름에 응답한 실버가 공중에서 나를 태운 다음 날아드는 공격을 피했다.

여러 발 날아드는 와중에 그것이 거대한 '작살'이라는 사실을 눈치챘다.

끄트머리가 꽂히면 폭발하는……, 포경포.

그런 무기를 대체 누가 우리에게 쏘고 있는 걸까.

『…………』

그 답은——— 난파선 갑판 위에 서 있던 **백곰**의 모습이 전부 말해주고 있었다.

"흐엑……?!"

"[신수렵]……!"

갑작스럽게 나타나긴 했지만, 중요한 점은 그게 아니다.

동부 숲에서 마주쳐서 쥬베와 전투를 벌이고 있을 줄 알았던 〈초급〉.

그녀를 이기고 여기로 온 건지, 도망쳐서 여기로 온 건지, 알수 없다.

분명히 말할 수 있는 건……, 무적이라 불리는 〈초급〉과 우리가 싸운다는 것이다.

"……여기서, 말이지."

얼마 전, 나는 '최강'이라 불리는 〈마스터〉와 싸웠다.

그 결과는 클랜이 전부 덤벼서 무승부. 후소 선배가 없었다면 패배했을 것이다.

그렇다면 '무적' 상대로 나와 알토, 둘이서만 싸우면 어떻게 될까.

순수한 사투로만 따지면 승률은 소수점 저편에만 있을 것이다.

"……레이찌씨님쨩, 에이스 없이 저것에게 이길 수 있으시겠사옵입니까?"

알토가 엄청나게 혼란스러워하고 있다.

뭐, 좀 전에 '나하고 줄리엣이 있으면'이라고 했으니까.

나와 알토만 남은 상태로 마주치는 건 예상하지 못했는지도 모르겠다.

하지만 이길 수 있을지 어떨지 물어본다면…….

"──**지금이라면 이길 수 있어.**"

──무적에게도 승산이 있다고, 그녀에게 거듭 선언했다.

"어?"

『…………』

알토는 깜짝 놀라 목소리를 냈고, [신수렵]은 여전히 말이 없었다.

하지만 내가 한 말을 도발로 받아들인 건지 전의가 부풀어 오른 것이 느껴졌다.

틀림없이 바로 지금이 [신수렵]을……, 무적의 〈초급〉을 쓰러뜨릴 수 있는 천재일우의 기회.

자만하는 것이 아니라……, 바로 지금이기에 이길 수 있다.

"네메시스."

나는 네메시스를 검은 원형 방패로 변형시키며 불렀다.

"이기러 가자."

『알겠다!』

그리고 몇 번째일지 모를 〈초급〉과의 전투가──── 시작되었다.

□■이벤트 에리어 중앙부 산기슭

그레이트 제노사이드 맥스.

너무나도 거창한 이름을 지닌 그 소녀는 원래 왕국이 아니라 천지의 결투 랭커였다.

수라의 나라에서 상위 30명 안에 들 정도의 무예자였던 것이다.

그런 맥스가 천지에서 왕국으로 이적한 이유.

그것은……, [아수라왕] 카가 쥬베라는 **상위호환**의 존재 때문이다.

맥스의 〈엠브리오〉인 이페탐은 등에 수많은 검이 돋아난 가디언이며, 그 힘은 공중에 띄운 검을 표적에게 날리는 것이다.

그에 비해 쥬베는 직업 스킬로 여섯 자루의 무기를 띄우고 다닌다.

양쪽 다 부유 무기를 다루지만, 힘의 차이는 분명했다.

다룰 수 있는 무기의 숫자는 맥스가 더 많지만, 무기의 질과 기교는 쥬베가 더 뛰어나다.

그럼에도 불구하고 맥스는 상위 세 명에게 도전할 수 있는 권리를 걸고 4위였던 쥬베에게 도전했다.

하지만 결과는……, 지금도 여전히 쥬베가 4위라는 사실이 말해주고 있다.

그리고 두 사람이 결투를 벌였으니 다른 사람들의 눈에도 우열이 확실하게 보이게 된다.

'열화 쥬베.'

맥스는 그렇게 불리는 게 싫었기에 천지를 떠난 것이다.

대륙으로 건너오고, 왕국에 도착하고, 다시 결투 랭커가 되고, 줄리엣 일행과 만났다.

그 과정에서 맥스는 실력적인 면과 인간적인 면에서 성장했을 것이다.

혹시나……, 그것을 확인하기 위한 기회가 주어진 건지도 모르겠다.

"……쥬베."

"맥스 쨩, 오랜만이네요."

──상위호환이라 불리던 수라와 다시 싸울 기회가.

힌트를 찾기 위해 첼시, 시온과 따로 떨어져서 행동하던 맥스.

결승 지점을 한 번 확인해두려는 생각으로 산에 왔다가 등산로에서 쥬베와 마주쳤다.

쥬베 주위에는 금속 조각과 플레이트가 잔뜩 흩어져 있었다.

"……어머? 패션 취향이 바뀌셨나요?"

"차림새를 언급하면 죽인다."

예전에 맥스는 하늘하늘한 드레스 같은 것을 입지 않았다.

하지만 줄리엣이 결투를 받아들이게 하기 위해 '지면 뭐든 해주마'라고 약속했고, 그 결과로서 옷 입히기 인형 행세를 하게 된 것이 지금의 맥스다.

복장 자체는 익숙해졌지만, 예전에 알고 지내던 사람이 그 부분을 언급하면 짜증 난다.

"우후후. 어차피 서로 죽이게 될 텐데요. 그런데 맥스 쨩도 이 축제에 참가했었군요."

"이름 뒤에 쨩을 붙이지 마라. ⋯⋯이 근처에 흩어져 있는 것들은 네놈이 한 짓이냐?"

"절반은 아니에요. 이 산에 함정을 파둔 분이 계신 것 같은데, 거기 걸린 게 절반이죠. 뭐, 나머지 절반은 제가 베었지만요."

쥬베는 부유 무기와 의수가 든 요도 세 자루를 보이며 예전부터 알고 지낸 상대에게 미소를 지었다.

그때, 맥스도 눈치챘다.

"⋯⋯팔이 하나 없군."

"네. 인형옷을 입은 〈초급〉이 앗아가 버렸어요."

"⋯⋯⋯⋯."

그걸 듣고 맥스가 가장 먼저 연상한 것은 팝콘을 파는 곰이었다.

하지만 그게 있었다면 이 섬의 환경은 더욱 심하게 파괴되었을 것이다.

예전에 소속되어 있던 나라인 천지에도 후타에 바치고라는 인형옷을 입고 다니는 〈초급〉이 있었기에 사실 그리 드문 경우가 아닐지도 모르겠다.

그리고 누가 쥬베의 팔을 잘라냈는지는 중요한 게 아니다.

"쥬베."

"왜 그러시죠?"

맥스는 예전에 자신을 모든 면에서 뛰어넘었던 수라의 눈을……, 똑바로 바라보았다.

"─── 팔 하나를 잃은 것 정도로 변명하지 마라."

"─── 안 해요오 ♪"

시선과 말의 교환이 신호였다.

양쪽 다 자신의 칼날을 전개해, 오래 알고 지낸 숙적을 향해 겨누었다.

"《미친 칼날이여, 피를 빨아라》!"

『크릉!』

맥스가 데리고 있던 이페탐의 등에서 100개가 넘는 칼날이 공중으로 솟구쳤다.

"맥스 쨩하고 맞붙는 것도 오랜만이네요오 ♪"

더욱 활짝 웃은 쥬베의 부유 무기도 마찬가지로 위성처럼 그녀의 주위를 빠르게 회전했다.

전방위, 언제 어떤 각도로 공격해와도 대처할 수 있는 완벽한 태세다.

"흥!"

맥스도 그 사실을 이해하고는 기쁨과 전의와 공포가 뒤섞인 미소를 지었다.

비슷한 전투 방식에, 몇 번이나 도전했고, 몇 번이나 패배했다.

계속 지기만 했던 나는 그 후 얼마나 바뀌었을까.

초급 직업을 얻어 한없이 레벨을 올릴 수 있는 쥬베와 실력이 벌어지기만 했을까.

그 답은 곧바로 알게 될 것이다.

여섯 자루의 부유 무기와 세 자루의 요도, 비장의 수 하나를 지닌 채 대비하고 있는 쥬베를 향해——— 맥스가 달려들었다.

맥스의 전법은 단순하다.

이페탐의 부유 칼날로 전방위에서 상대방에게 공격을 퍼부으며 막거나 회피할 여유를 깎아낸다.

그리고 부유 칼날을 다리의 '칼집'에 고정시킨 맥스가 그 추진력을 더해 내디디고는 [검성]의 오의인 《레이저 블레이드》로 벤다.

100개가 넘는 칼날의 파상공격. 어지간한 자는 저항할 수도 없는 칼날의 파도.

하지만 그것을 깨부수는 것이 수라의 나라의 결투 랭커.

쥬베의 생각대로 움직인 부유 무기가 날아든 부유 칼날을 산산조각냈다.

이페탐의 칼날은 표적을 향해 일직선으로 날아간다.

속도와 숫자가 갖춰진다 하더라도 쥬베가 칼날의 궤도를 파악하고 쳐낼 수 있는 이유다.

하지만 맥스도 그 사실은 알고 있다.

(아직 의수로 든 칼은 안 썼구나!)

기본적으로 부유 무기를 사용해서 공방을 펼치는 것이 쥬베의 버릇.

의수 사도류와 두 팔로 가하는 참격이 더 강력하지만, 그 공격은 자세가 기울 수밖에 없기에 금방 대처하기 힘든 사각이 생겨나 버린다.

그렇기 때문에 몸을 움직일 필요가 없는 부유 무기를 날리며 몸은 언제 어떤 공격에도 대처할 수 있게끔 자연체를 유지한다.

지금, 다섯 자루의 부유 무기로 인해 20배나 되는 부유 칼날이 튕겨 나가 쥬베는 자유로운 상태.

이대로 파고들면 나머지 부유 무기……, 카운터용 [단카진]에게 요격당할 테고, 움직임이 둔해진 틈을 타 쥬베의 참격으로 인해 순식간에 살해당할 것이다.

천지에 있을 때 몇 번이나 패배했던 패턴이었고, 다시 말해 지금 시점에서는 두 사람의 실력 차이가 벌어지거나 줄어들지 않았다는 뜻이다.

맥스의 진가가, 천지를 떠난 뒤 지내온 나날이 시험대에 오르는 것은——— 지금부터다.

"쉬잇!"

두 손에 이페탐의 칼날을 쥐고 쥬베의 부유 무기 간격 안으로 뛰어들었다.

곧바로 [단카진]이 뽑혀서 간격 안으로 들어온 맥스에게 신속의 카운터를 날렸다.

그 직전, 맥스는 왼손을 내밀고——— 오른쪽 칼날로 자신의 왼쪽 손목을 절단했다.

"으윽~!"

맥스는 왼손이 잘려나가는 기분 나쁜 감촉을 맛보면서도 왼쪽 칼날을 부유 칼날 모드로 전환시킨 뒤 쥬베를 향해 날렸다.

칼날은 잘린 맥스의 왼쪽 손목에 잡힌 채 비상.

그 직후 [단카진]이 ———맥스가 아니라 잘려나간 왼쪽 손목을 공격했다.

[단카진]은 간격 안에 들어온 자를 반드시 맞추는 카운터 무기다.

하지만 그것은 자동으로 발동되는 기능이며, 가장 가까운 생체를 공격하는 기능이다.

그 직전에 잘려나간 손목이 먼저 날아들면 그쪽에 **낚인다**.

([단카진]의 반응 거리를 잊지는 않았군요.)

부유 무기들은 무리를 이루어 몰려드는 부유 칼날에 대처하느라 벅찼고, [단카진]은 희생한 왼손에 막혔다.

쥬베 본인의 간격 안에 맥스가 닿았다.

하지만 맥스가 상급 오의를 연달아 날려도 쥬베가 요도로 날리는 참격에는 미치지 못한다.

게다가 공격 횟수나 위력, 속도의 차이도 크다.

그리고 맥스는 왼손을 잃고 오른쪽 한 자루뿐, 쥬베는 의수로 쥔 세 자루.

속도를 유지한다 하더라도 파고든 뒤에 기다리고 있는 것은 일방적으로 참살당하는 상황뿐.

필패라는 결과가 기다리는 수라의 간격에서 맥스는— 검을 놓았다.

"!"

부유 칼날로 전환된 검은 간격 안으로 들어감과 동시에 왼쪽 의수에게 요격당했다.

그것은 실수였다. 기습이라 해도 미리 대비하고 있던 쥬베에게 통할 공격이 아니었다.

"으랴아아앗!"

하지만 그것이 두 번 더 겹쳐진다면 어떨까.

맥스는 '칼집'에 달고 있던 추진기인 부유 칼날조차 분리시켜 쥬베에게 날렸다.

하지만 그것도 오른쪽과 왼쪽에 남아있던 요도 두 자루가 쳐냈다.

지근거리에서 날렸는데도 쥬베에게는 통하지 않았다.

세 자루를 전부 사용해서 자세를 무너뜨렸지만, 그로 인해 생겨난 빈틈은 미미했다.

아이템 박스에서 꺼내거나, 이페탐에게 가져다 달라고 하거나. 어찌 됐든 맥스가 다시 검을 잡을 때는 이미 쥬베가 요격할 준비를 마친 상태일 것이다.

그렇기 때문일까.

맥스는 기세를 그대로 살려——— 맨손으로 쥬베에게 달려들었다.

100자루의 검을 휘두르는 소녀가 일부러 날린 맨손의 일격.

그것은 쥬베의 예상을 뛰어넘은 움직임이었고, 아무것도 가지고 있지 않았기 때문에, 일직선으로 파고들었기 때문에 검을 휘두르는 것보다 빠르게.

———내지른 손가락 두 개가 수라의 왼쪽 눈을 뚫고 뭉갰다.

"으윽……!"
휘두른 의수는 요격하기에 약간 늦었다.
그리고 그녀가 직접 들고 있던 [카사네히메]는……, 휘두를 수 없었다.
한없이 위력이 늘어나기 때문에 힘을 지나치게 많이 모아둔 상태로는 함부로 날릴 수가 없다. 예상치 못했던 공격 때문에 의수로 요도를 휘둘러서 자세가 무너진 상태라면, 자폭할 위험조차 있다.
맥스도 그 사실을 알고 있었다. 쥬베가 다른 참가자……, 결승점에 도달한 참가자들 중 절반을 죽였다고 말한 시점에서 [카사네히메]의 축적 수치를 파악한 것이다.
처음부터 지금까지 계획적이었던……, 쥬베에게 한 방 먹여주기 위한 움직임.
그것은 쥬베에게 타격을 입힌다는, 예전의 맥스는 해내지 못했던 일을 멋지게 달성해냈고.
———그 직후에 세 자루의 요도가 맥스를 산산조각냈다.
"……흥."
그건 이미 알고 있었다.

이 수라 중의 수라의 간격 안에 들어가면 그렇게 될 거라는 사실을.

그럼에도 불구하고 몸을 날려 도전해보고 싶었던 것이다.

지금 나와 쥬베의 거리를 확인해보는 것.

그리고 동료들을 위해 이 강적의 전력을 깎아내는 것.

(할 수 있는 건, 다 했다고…….)

팀을 짠 첼시 일행이 쥬베와 싸울 때 조금이라도 이길 확률을 늘리는 것 또한 이렇게 몸을 희생시키는 전술을 실행한 이유였다.

하지만 쥬베와 싸울 사람이 첼시 일행일 거라는 보장은 없다.

예전에 왕국에서 결투를 벌였을 때 졌던……, 지금은 친구인 날개 달린 랭커일지도 모른다.

어찌 됐든……, 수라 중의 수라(쥬베)에게 '나 자신'을 새겨넣은 전 수라(맥스)는 만족했다.

맥스가 죽고, 이페탐과 부유 칼날도 사라졌다.

그 뒤에는 맥스의 플레이트와 쥬베만이 남겨졌다.

"…………."

쥬베는 잃은 왼쪽 눈을 만지고——— 웃었다.

"**여전히** 맥스 쨩은 강하네요……."

예전부터 계속 생각했던 것을 소리 내어 말한 쥬베는 매우 기쁜 것 같았다.

그것은 맥스가 천지에 있었을 무렵부터 품었던 진심이다.

비슷한 전투 스타일이면서도 자신보다 많은 무기를 다루는

상위호환.

한 〈마스터〉이면서도 쥬베의 처리 능력을 넘어서는 천적.

초급 직업으로 인한 레벨 차이와 소유한 장비의 차이로 이기긴 했지만, 그런 조건이 아니었다면 승리를 장담할 수 없다고 생각했다.

쥬베는 맥스를 라이벌로 여기고 있었고, 그녀가 천지를 떠났을 때는 슬펐다.

하지만 천지를 떠난 뒤에도 계속 성장해서 왼쪽 눈을 빼앗는 수준에 도달했다는 것이……, 진심으로 기뻤다.

시야가 절반으로 줄어들었지만, 시원스러운 기분이었다.

"나중에 레이 님과도 만날 테니 왼쪽 눈에는 안대라도 차볼까요. ~~♪"

쥬베는 신나게 콧노래를 흥얼거리며 맥스와 싸웠던 곳을 떠났다.

라이벌인 소녀와 '분명히 다시 만날 것'을 믿으며.

□■레이 스탈링과 카루루 루루루가 교전을 개시하기 몇 분 전

시온을 격파한 뒤, 카루루는 섬 중앙에 있는 결승점으로 이동해 있었다.

이번 이벤트를 클리어하기 위해서다.

시온과 쥬바의 몫, 그리고 그 전까지 해치운 다른 참가자의 몫. 플레이트는 이미 충분하고도 남을 정도로 모였고, 카루루 한 명이라면 네 번 정도는 입력할 수 있을 만큼의 분량이 있었다.

그렇기 때문에 우선 한 번 시험 삼아 입력하기로 한 것이다.

『………….』

카루루는 입력 장치 앞에 서서 숫자를 나열해 나갔다.

그가 찾아낸 힌트는 두 가지. '올바른 답은 사람마다 다르다' 와 '204Y'다.

카루루는 '204Y'가 2040년대를 나타내는 힌트라는 사실을 금방 이해했다.

그리고 사람마다 다를 수 있는 2040년대의 답으로 '⟨Infinite Dendrogram⟩을 시작한 날'과 '⟨엠브리오⟩가 부화한 날'을 생각해 보았다.

이렇게 범위가 줄어들었으니 한 번 정도는 실패하더라도 다시 입력하면 된다.

그는 그렇게 생각하고 자신이 '시작한 날'을 입력했고……, 그것은 오답이었다.

답을 맞추지 못한 그는 섬 어딘가에 무작위로 전송되게 된다.

그럼에도 불구하고 카루루는 당황하지 않았다.

어디에 떨어지든 섬 중앙의 산으로 가면 되니 길을 잃을 우려도 없다.

그렇게 그가 전이된 곳은……, 섬 서쪽 끝에 있는 난파선 갑판 위.

레이가 뱃머리에 서서 세 번째 힌트를 읽으려 한 순간이었다.

갑작스럽게 적과 마주치자 그는 반사적으로 원거리 공격용 장비로 공격을 가했다.

카루루도 설마 전송 직후에 다른 참가자와 마주칠 거라는 생각은 하지 못했던 것이다.

하지만 사실 그것은 전혀 우연이 아니었다.

오답을 입력할 경우에는, 무작위지만 '아직 발견하지 못한 힌트가 있는 곳으로 전송한다'는 규칙이 있기 때문이다.

설명을 듣지도 못했기에 오답을 한 번 입력하지 않는다면 알 수 없는 사실. 클리어하는 사람이 나오지 않는 사태를 피하기 위한 운영 측의 보험이었다.

그 결과, 운영 측의 자비심은 레이와 카루루를 싸우게 만들었다.

레이는 맞서게 된 카루루를 쓰러뜨리고 살아남아 그가 지닌 플레이트를 얻기 위해서.

카루루는 한번 먹잇감으로 정한 상대이자 자신을 이길 수 있다고 말한 건방진 상대를 사냥하기 위해서.

──**자신을 이긴 남자**의 동생에게까지 패배하지 않기 위해서.

두 사람은 격돌했다.

◇ ◇ ◇

□[성기사] 레이 스탈링

[신수렵]이 들고 있던 포경포를 발사했다.

보아하니 사출되는 '작살'이 자동으로 생성되어 연사가 가능한 특전 무구인 것 같았지만, 궤도가 직선적이었기에 실버라면 피할 수 있다.

나는 회피를 실버에게 맡기며 [신수렵]에게 돌진했다.

"히익?!"

"알토, 혀 깨물지 마!"

지금 그녀를 실버에서 내려줄 수는 없다.

그렇게 하면 [신수렵]이 알토를 노릴 것이다.

알토에게는 공중에서 마구 솟구치는 불규칙 기동을 버텨달라고 할 수밖에.

"《연옥화염》, 전력 방사!"

[장염수갑]에서 뿜어져 나온 화염이 지상에 있던 [신수렵]을 집어삼켰다.

제대로 맞으면 순룡 이상의 몬스터도 태워버리는 불꽃이지만, 그 한복판에 있는 백곰 인형옷은 꿈쩍도 하지 않았다.

털이 긴 인형옷의 섬유 하나도 타오르지 않았다.

"여, 역시 안 타는데?!"

"……그럴 것 같긴 했지."

[신수렵]의 장비가 이 정도로 타오를 리가 없다.

아니, 설령 신우의 《폭룡패》를 제대로 맞는다 해도 타지 않을 것이다.

왜냐하면─── [신수렵] 카루루 루루루의 장비는 **부서지지 않기 때문이다.**

장비의 질 문제가 아니다.

저 녀석이 장비하기 때문에 부서지지 않는다.

"……형이 말한 대로네."

나는 '만상무적'의 기믹에 대해 형에게 들어서 알고 있다.

그리고 대처법도 이미 말해두었다.

나는 첼시가 모래사장으로 오기 직전에 두 사람과 나누었던 이야기를 떠올렸다.

◇

"그 녀석의 〈엠브리오〉, [불괴불후 네메아레온]의 능력 특성은 '장비품의 불괴화'야."

"불괴화라니, 부서지지 않는다는 뜻이야?"

"그래."

장착한 장비가 절대로 부서지지 않는다. 그것이 무적의 정체다.

"그래도, 장비가 부서지지 않는다 해도 본인은 죽지 않나……, 아."

"……구명의 비보."

알토가 말하다가 눈치챘고, 줄리엣도 짐작한 모양이었다.

"그래. 그 녀석의 〈엠브리오〉는——— [구명의 브로치]도 부서지지 않게 만들 수 있어."

이 세계에는 [구명의 브로치]……, 치명상을 무효화시키는 장비가 있다.

일정 확률로 부서지는 대신 치명적인 공격을 막아주는 [구명의 브로치].

일정 확률로 부서지는 대신 모든 상태이상을 막아주는 [건상의 카메오].

일정 확률로 부서지는 대신 장비의 도난을 막아주는 [방범의 브레슬릿].

네메아레온의 힘을 통해 그것들은 부서지지 않고——— **계속 사용된다.**

[골절]처럼 행동 제한이 걸리는 상태이상은 [카메오]에 막히고, HP를 0으로 만드는 치명적인 공격도 [브로치]에 막힌다.

HP를 아무리 깎아내더라도 건강 그 자체. 어떠한 상황에서도 완벽하게 무적.

그것이 [신수렵] 카루루 루루루. 절대로 격파할 수 없는 무적의 〈초급〉.

방어력을 무시하는 《복수》로도 그 녀석의 HP를 0으로 만드는 것은 불가능하다.

"사기잖아?!"

"그렇지. 그 녀석하고 일반적인 필드에서 싸운다면 쓰러뜨릴 수 있는 녀석은 한 명도 없을지 몰라."

"필드에서 싸운다면? 그게 무슨 뜻이야?"

"……결투의 법도. 그리고 이번 연회의 법도."

결투 랭커인 줄리엣은 금방 답을 눈치챈 모양이었다.

알토도 몇 초 정도 고개를 갸웃거리다가……, 손을 탁 쳤다.

"아, 그렇구나. 이번 이벤트에서는 [브로치]를 **장비할 수가 없지!**"

그렇다. 이번 이벤트 참가자들은 [브로치]를 장비할 수 없다.

내 전투 스타일에도 지장이 생기는 제약 사항이지만, 나보다 더 문제가 큰 건 [신수렵]이다. 그는 지금 치명적인 공격을 막아주는 [브로치]를 장비하지 못하고 있다.

어떠한 대체 수단을 마련해두었다 하더라도 완벽하진 못할 것이다.

아마 결투 랭킹에도 같은 이유로 참가하지 않았을 것이다.

"지금이라면 다 함께 두들겨 패서 이길 수 있겠네! 앗싸아! 무적 브레이크!"

““………….””

기뻐하는 알토를 보고 나와 줄리엣은 뭐라 말을 해야 할지 망설였다.

“어? 내가 뭔가 잘못 안 거야……?”

“알토여. 잘못 안 건 아니다. 아니다만.”

“다음에 그 녀석과 우리가 마주친다면……, 쥬베가 그 녀석을 쓰러뜨리지 못했다는 뜻이야.”

“…………아.”

우리가 이탈했을 때 그 녀석은 쥬베와 일대일로 싸우고 있었다. 그렇게 무시무시한 전투력을 지닌 쥬베가 쓰러뜨리지 못했다면 대체 수단을 사용한 그 녀석의 무적도 상당한 수준이라는 뜻이다.

아니면 로자처럼 [브로치]와 비슷한 성질을 지닌 특전 무구를 가지고 있을 우려도 있다.

그것을 전부 깎아낼 수 있을까? 힘들 것이다.

“아아으. 레이찌가 ‘필드에서 싸운다면’이라고 함정을 파듯이 말하니까…….”

“미안해. 하지만 일반적인 필드와 이번 이벤트에는 큰 차이가 있거든.”

“차이?”

“이런 거야.”

나는 모래사장에 손가락으로 일그러진 원……, 이 섬의 약도를 그렸다.

그리고 아주 약간 **바깥쪽**에 섬과 똑같은 형태의 선을 그렸다.

"이건……."

"필드는 무법지대지만, 이벤트에는 규칙이 있지."

우리가 [신수렵]과 싸울 때, 노려야하는 것은 HP를 전부 깎아 내는 것이 아니다.

―――여기가 이번 이벤트 에리어입니다―――.

―――정확히 말씀드리자면 섬의 육지. 섬의 상공 500메텔, 섬에서 20메텔 이내의 바다까지.

―――섬을 둘러싸고 있는 결계에 닿으면 실격되니 조심하세요―――.

"노려야 할 건――― 그 녀석의 장외패라고."

◇

[신수렵]과의 갑작스러운 조우, 줄리엣은 없지만 승산은 있다.

우리가 바다를 따라 이동하고 있던 이유는 만약에 [신수렵]과 마주쳤을 때 장외로 날려 보내기 편하게끔 하기 위해서였다.

지금 줄리엣이 있었다면 《사식조》의 바람으로 밀쳐내 20미터 정도는 간단히 날려버렸을 것이다.

예전에 외룡왕 사건 때는 거대한 용왕에게 성공시켰다는 이야 기도 들었다.

하지만 나 혼자서도 할 수 있는 일은 있다.

"지금!"

내가 소리치자 실버가 그 녀석을 향해 뛰기 시작했다.

내 움직임을 보고 불꽃 속에서도 아무런 손상도 입지 않은 백곰은 포경포를 겨누었다.

하지만 손상을 입지 않은 것은 어디까지나 그 녀석과 장비뿐이다.

『……!』

카루루의 발치에서 소리를 내며 난파선 갑판이 무너졌다.

그 녀석이 서 있던 곳은 애초에 부서져 가던 난파선이라는 오브젝트.

그곳에 《연옥화염》을 날렸으니 그 녀석의 무게를 지탱할 만한 강도도 유지할 수 없게 된다.

"공교롭게도 나는 어제 나무를 잔뜩 태웠단 말이지!"

타오른 나무가 무너지는 타이밍은 [어포레스트 킹 골렘]과 [플랜팅 골렘] 덕분에 이미 예습을 마쳤다.

발치가 무너지자 [신수렵]의 몸이 공중에 떴고, 포경포도 놓쳤다.

그 타이밍에 상대방과 거리를 좁혔다.

공중에 뜬 몸에는 붙잡을 만한 것도 없고, 자신의 무게만이 남는다.

만약에 저 녀석이 장비까지 포함해서 100킬로그램이 넘는 무게라 하더라도……

"실버!"

내 애마의 마력이라면 그대로 상대방을 장외까지 밀어붙일 수 있다!

실버가 낙하 중이던 카루루를 포착하고 그대로 장외로 밀어붙이는 궤도로 접근했다.

그리고 은빛 말은 백곰과 접촉하며 부드러운 격돌음을 내더니.

———그대로 딱 멈췄다.

"?!"

나 혼자만 놀란 것이 아니었다.

네메시스도, 알토도, 실버조차도 경악했을 것이다.

완벽한 타이밍이었다.

가장 무방비한 타이밍에 승부에 나섰다고 생각했다.

하지만 백곰은 공중에서 꿈쩍도 하지 않았고, 인형옷의 눈이 나를 내려다보고 있었다.

『………….』

어느새 백곰의 왼쪽 손이 실버의 머리를 붙잡은 상태였다. 오른손은 큼직한 단검을——— 내 얼굴에 꽂아 넣기 위해 거꾸로 잡은 채 높이 들렸다.

□■백곰에 대하여

레이 스탈링은 알지 못했다.

백곰 인형옷은 [극성웅 폴라베어]라는 이름을 지닌 〈UBM〉의 특전 무구.

극성, 다시 말해 하늘에서 움직이지 않는 별.

특전 무구 [Q극 인형옷 시리즈 폴라베어]의 효과는——— 밀쳐내기 무효.

물리적인 힘으로도, 스킬의 압력으로도, 심지어 자연계의 중력으로도……, 백곰을 장비한 [신수렵]은 그의 의지와 상관없이는 움직이지 않는다.

레이 스탈링은 알지 못했다.

애초에 그렇게 조정된 특전 무구를 얻게 된 이유가 그의 형(슈우)이라는 사실을.

예전에 제1차 기강전쟁 이후에 천지로 가던 슈우 스탈링은 〈엄동산맥〉에서 일어난 어떤 사건으로 인해 카루루 루루루와 격돌했다.

슈우의 《파괴권한(디스트로이 오더)》과 카루루의 불괴.

창과 방패의 싸움이었지만, 당시의 슈우는 힘(STR)이 부족했기에 《파괴권한》으로도 네메아레온의 장비 불괴를 무력화시키지 못했다.

하지만 그 싸움에서 승리한 것은 슈우였다.

그때, 슈우가 선택한 승리 방법은 방금 레이가 사용한 것.

필살 스킬을 사용한 발드르의 일격으로 카루루를 장외로 몰아넣은 것이다.

───**중력권 밖**이라는 장외로.

그렇다, 슈우는 카루루를 이 별에서 **걷어차서 날려버림으로써** 승리한 것이다.

자력으로 귀환할 방법이 없던 카루루는 죽진 않지만 아무것도 할 수가 없게 되었다.

그리고 스스로 〈자해〉 시스템을 기동시켜 데스 페널티를 받고 귀환한 것이다.

무적이라 불리던 남자의 완전 패배.

카루루는 그 패배를 잊지 않았다.

슈우 스탈링에게 설욕해야 한다는 마음을 잊지 않았다.

그렇기 때문에 그 이후에 격파된 [폴라베어]는 두 번 다시 장외로 몰리지 않게끔 조정되었다. 그에게는 눈앞에 있는 슈우의 동생……, 자신을 도발한 남자를 놓칠 생각이 없었다.

그리고 아픔을 되돌려주는 단검, [드래그페인]이 레이의 얼굴을 향해 휘둘러졌고───.

□[성기사] 레이 스탈링

"《기프티드 퀴즈》!"

『문제. 아침에는 다리가 네 개, 낮에는 다리가 두 개, 밤에는 다리가 세 개인 생물……은 인간입니다만, 일본 신화에 등장하는 다리가 세 개인 조류의 이름은?』

갑작스럽게, 정말로 갑작스럽게 많이 들어본 목소리와 처음 듣는 목소리가 들렸다.

내 눈앞에는 거의 닿을락 말락 한 [신수렵]의 단검이 있었고.

『…………!』

그 녀석 자신은……, 이번에는 팔까지 꿈쩍도 하지 않고 있었다.

"!"

재빨리 카루루에게 붙잡혀 있던 실버를 격납시켰다.

알토와 함께 바다로 떨어질 뻔했지만, 다시 실버를 불러내 바다를 박차며 이동했다.

그동안에도 [신수렵]은 움직이지 않았다. 아니, 저건……, 움직이지 못하는 건가?

"위, 위험, 위험했어어……."

그렇게 말한 알토의 손에는 어느새 실뜨기용 끈이 있었다.

그것은 그녀가 이 〈Infinite Dendrogram〉 안에서 보여주었던 끈이었지만……, 지금은 금빛으로 빛나고 있다.

복잡하게 얽힌 실뜨기 중심에 있는 것은 반투명한 백곰의 환영.

"알토, 그게……, 네 〈엠브리오〉야?"

"……응, 내 〈엠브리오〉. 고르디언 노트……라고 하면 레이찌도 알겠지?"

고르디우스의 매듭(고르디언 노트).

알렉산더 대왕의 전설로 유명한 우마차에 묶인 매듭으로, '이 매듭을 푸는 자가 아시아의 왕이 된다'는 전설이 있는 물건이다.

《기프티드 퀴즈》는 문제를 내고 정답을 맞출 때까지 상대의 움직임을 멈춰. 그 대신 정답을 맞추면 모든 스테이터스가 두 배로 늘어나는 거지. 문제 내용은 나도 선택하지 못하고 전부 랜덤이야⋯⋯."

"그거참⋯⋯, 다루기 까다로운 스킬이네."

제어는 불가능. 출력을 높여주는 타입의 구속, 버프 능력.

적에게 사용했는데 간단한 문제가 나와서 풀어버리면 적을 도와주는 거나 마찬가지다.

반대로 아군에게 사용했는데 어려운 문제가 나오면 아군의 움직임을 막아버리게 된다.

내게 사용하려 해도 언제 적과 마주칠지 모르는 서바이벌에서는 치명적이다.

지금까지 쓰지 않았던 것도 납득이 된다.

"쥬베에게 쓰지 않았던 건⋯⋯."

"⋯⋯그 녀석의 스테이터스가 두 배로 늘어나면 답이 없잖아."

납득할 수밖에 없다.

"[신수렵]은 상태이상을 무효화시키는 [카메오]를⋯⋯."

"레이찌. 이건 상태이상이 아니야. 어디까지나 버프의 준비 시간이니까!"

"⋯⋯⋯⋯그렇구나."

상태이상이 통하지 않더라도 그 반대라면 통한다는 건 생각해보지 못했다.

"그래도 말이지……. 응, 저기, …………미안해."

"어?"

궁지에 처한 상황에서 나를 구해준 알토가 왠지 모르겠지만 부정적인 사고에 빠져 있다.

어째서, 라고 생각하려다가……, 이해했다.

"방금 낸 문제……, 너무 간단한 거라 풀어버릴지도 몰라……, 쏘리."

알토가 울상을 지으며 공중에 정지한 백곰을 올려다본 순간.

『───야타가라스.』

───[신수렵]이 우리 앞에서 처음으로 말을 했다.

"……답을 알고 있었다면 좀 더 일찍 대답할 수 있었겠지."

어쩌면 지금까지 1분 정도 '말하는 것' 자체를 망설이고 있던 건가?

[신수렵]은 지금까지와는 달리 금빛 오라……, 고르디언 노트의 버프를 얻었다.

금빛 백곰이라는 의미를 알 수 없는 존재가 된 그 녀석은 공중에서 내려와 바다 위에 섰다.

저것도 공중에서 정지한 스킬을 응용한 건가?

"이거, 참……."

애초에 스테이터스로 승부하는 타입은 아니겠지만, 우리보다 훨씬 높았던 스테이터스가 두 배로 늘어나 버렸다. 위압감까지도 마찬가지로.

"……참고로 지속시간은 10분이고……, 같은 상대에게는 하루에 한 번까지만……, 쓸 수 있으니까."

알토의 실뜨기용 끈에는 이미 백곰의 환영이 사라진 상태였다.

예상하고 있긴 했지만, 다시 움직임을 멈출 수는 없는 것 같다.

『궁지에서 벗어난 뒤에도 또 궁지에 몰리는 겐가…….』

"뭐, 그것도 자주 있던 일이지만 말이지……!"

하지만 스테이터스가 두 배로 늘어난 [신수렵]은 위협적이다.

공중에서 장외로 몰아넣을 수 없다면 어떻게 저 〈초급〉을 쓰러뜨려야 하지?

바닷속에 잠긴 힌트와 [신수렵]의 플레이트를 포기하고 도망치는 걸 시도해보는 방법도 있지만……, 도망치게 내버려 둘 것 같지는 않다.

"있지, 레이찌……."

바다 위를 걸어서 이쪽으로 다가오는 [신수렵]을 계속 바라보고 있자니 알토가 지금까지와는 약간 다른 목소리로 말을 걸었다.

부정적인 데다 겁을 먹은 목소리였지만……, 어쩐지 '지금'이 아니라 '미래' 때문에 겁을 먹은 것 같기도 하고, '공포'보다는 '불안' 같은 감정이 더 강해 보였다.

"……왜 그래?"

"절대로, 절대로, 절대로……, '누구에게도 말하지 않겠다'고

약속해줄래?"

친구와 한 약속이라면 지켜야지. 그런데…….

"……뭘?"

"───지금부터 보게 될 것."

그 말을 듣고 [신수렵]을 보던 눈을 알토 쪽으로 돌렸다.

그녀는 오른쪽 손등을……, [주얼]을 들어 올리고 있었다.

"약속, 해줄래?"

"……그래."

나는 그렇게 말하며 고개를 끄덕였다.

그러자 그녀는 아주 약간이나마 안심한 듯한 표정을 지었다.

그러던 와중에 [신수렵]은 우리에게 다가왔고.

"해치워버려, **호로비마루.**"

『[신수렵], 확인했소이다.』

───누군가가 백곰 인형옷을 후려쳐서 날렸다.

알토가 들어 올린 [**주얼**]에서 나타난 것은 백곰보다 몸집이 거대한 자.

그 존재의 주먹이 좀 전에 실버의 돌격조차 꿈쩍도 하지 않고 막아낸 [신수렵]을……, 몇 미터 너머로 후려쳐서 날렸다.

주먹의 압력에 날아간 백곰이 바다 위에 튕긴 뒤 몸이 반쯤 바다에 가라앉았다.

『……! ……?!』

그 모습을 본 나와 네메시스가 할 말을 잃었다. 분명 [신수렵] 또한 그럴 것이다.

말을 하려 해도 너무 경악한 나머지 숨이 막혔다.

그것은 헤이안 시대의 대형 갑옷 같기도 했고, 서양 갑주 같기도 했다.

온몸이 금속으로 뒤덮였고, 관절에도 매우 세밀한 금속 섬유가 덮여 있다. 어깨에는 전통 갑옷의 어깨 보호구 같은 판자형 장갑이 있어서 허리 부분의 보호대와 함께 전체적인 인상을 무사처럼 만들어주고 있었다.

하지만 목 윗부분에는 투구가 없었다. 두개골조차 없기에——— 머리 없는 갑옷 무사.

그런 특이한 형태를 한 **존재**의 이름을 나는 알고 있다.

"———[오행멸진 호로비마루]."

———천지를 습격했던 〈SUBM〉의 이름이다.

□■이벤트 에리어 남부 모래사장

얼마 전 시온과 쥬바가 싸웠고, 최종적으로 카루루가 어부지리를 얻은 전장.

그곳에는 지금 두 결투 랭커가 서 있다.

왕국 결투 4위, '검은 까마귀' 줄리엣.

왕국 결투 8위, '유랑금해' 첼시.

친한 친구, 전우, 그리고 라이벌인 두 사람이……, 그곳에서 맞서고 있다.

"……내가 왕국에 온 게 [글로리아] 때였지."

첼시는 대형 도끼 포세이돈을 모래사장에 거꾸로 꽂아두고는 과거 이야기를 하기 시작했다.

"?"

거리를 둔 채 마주 보고 서 있던 줄리엣은 그 동작에 약간 의아해하면서도 그녀가 하는 말에 귀를 기울였다.

"그때는 제일 사이좋게 지냈던 친구가 그란바로아를 떠난 뒤라서. 나도 내가 얻을 수 있는 초급 직업을 찾아내고 싶었으니까 나라를 떠나 가장 가까운 왕국으로 이적했거든."

"…………."

줄리엣도 예전에 이야기를 들은 적이 있다.

첼시의 친구 이름은 제타. 〈초급〉이자 같은 해적 선단에 소속되어 있던 여자.

지금은 지명수배범이 된 인물이다.

"이적한 다음에 왕국에서도 결투를 해볼까 하는 생각에 도전했고……, 줄리를 만났지."

"응."

당시 왕국에는 로자나 〈K&R〉 멤버가 없었기에 여자 결투 참가자가 별로 없었다.

자연스럽게 서로 존재를 알아채게 되었고, 첼시가 먼저 말을 걸었다.

"처음에는 무슨 말을 하는 건지 진짜로 알아들을 수가 없었어."

"으……."

지금은 첼시가 줄리엣의 가장 친한 친구지만, 레이처럼 실시간으로 줄리엣어를 이해할 수 있는 특이한 재능은 가지고 있지 않았다.

"조금씩 알아들을 수 있게 되긴 했지만, 그 무렵에는 단둘이 있을 때 평범하게 말해주게 되었지?"

"맞아……."

줄리엣은 친한 상대……, 낯을 가리지 않게 된 상대 앞에서는 평소 말투로 말한다.

조금씩 그 대상, 친구들은 늘어났다.

하지만 첼시야말로 그 첫 번째 친구였던 것이다.

"조금 쑥스럽긴 하지만……, 친구라고 생각했거든."

"나도……, 마찬가지야."

줄리엣이 살짝 볼을 붉히며 고개를 끄덕였다.

"나랑 줄리는 친구고, 결투 랭커로서 라이벌."

첼시는 계속 말하며 모래사장에 꽂아두었던 포세이돈을 살짝 쓰다듬었다.

"하지만, 아직 줄리에게 보여주지 않았던 내가 있어."

─── 그 직후, 주위가 바닷속에 가라앉았다.

갑작스럽게 모래 아래에서 물이 쏟아져 나와 수위가 올라갔기에 모래사장이 바닷물 속에 가라앉은 것이다.

"!"

줄리엣은 날개를 퍼덕이며 재빨리 바다 위로 날아올랐다.

"그건……, 제일 강했던 무렵의 나."

첼시는 몸의 절반 이상을 바닷물에 담근 채, 계속 말했다.

"그걸 아직 왕국 최강의 여자애(줄리엣)에게 보여주지 않았어."

그녀가 포세이돈을 뽑아 들고 바닷속에서 뛰어올랐다.

"나는 [대해적] 첼시. 알터 왕국 결투 8위 '유랑금해(流浪金海, 원더링 골드)'."

곧바로 [대해적]의 스킬로 바다 위에 내려서면서……, 그녀는 말했다.

"―――전 그란바로아 선단 **결투 2위**, '유랑금해(流浪禁海, 클로즈드 씨)'."

―――과거 자신의 존재 방식을.

―――'그란바로아 최강의 여자'라 불리던 시대의 이름을.

"지금부터 내 모든 힘, 진짜 전투 스타일을……, 내 친구에게 부딪힐 거야."

수위가 올라가는 바닷물 위에 선 채, 첼시가 선언했다.

"받아내 봐, 줄리."

"……물론이지!"

그 선언과 도전을 들은 줄리엣이 미소를 지으며 대답했고―――두 사람의 싸움이 시작되었다.

◇ ◆

TYPE : 웨폰, [대해담부 포세이돈].

첼시가 휘두르는 대형 도끼 〈엠브리오〉의 이름이다.

그 능력 특성은 '액체의 소환'.

가장 눈에 띄는 스킬은 상온 액상 황금으로 적을 짓뭉개는 《금우대해일》.

그다음은 주위에 거대한 물기둥을 발생시키는 공방일체의 《천지역전 대폭포》일 것이다.

하지만 그 두 가지 스킬이 액체 소환의 최대 용량인 것은 아

니다.

그냥 바닷물을 방출하기만 하면 그 부피가 액상 황금보다 훨씬 크고, 소환에 시간을 들여도 되는 조건이라면 《천지역전 대폭포》도 능가한다.

첼시는 포세이돈을 모래사장에 꽂았던 시점부터 바닷물을 소환할 준비에 들어가 있었다.

그리고 지금, 소환된 바닷물은 두 사람의 전장인 모래사장을 가라앉히고 그 이후로도 계속 넘쳐나고 있는 것이다.

(준비시간이 필요한 액체 소환? 하지만 육지를 가라앉히더라도 내게 영향은 없을 텐데…….)

비행 중인 줄리엣이 상승한 해면에 발목이 잡힐 일은 없다.

게다가 이번 이벤트의 한계 고도는 500메텔이다. 결투의 결계보다 훨씬 높다.

대공 포격을 가하던 쥬바가 이미 퇴장했기에 날아다니는 데 지장도 없다.

이대로 공중에서 계속 공격하면 줄리엣이 일방적으로 승리해 버릴 것이다.

모처럼 시작한 진검승부가 그런 식으로 결판이 나버리게 되자 그녀가 약간 망설였을 때…….

"줄리."

첼시가 위쪽을 올려다보며 줄리엣에게 미소를 지었고.

"──그렇게 **낮은** 곳에 있어도 되겠어?"

──그 직후, 모래사장에 파열음이 연달아 울려 퍼졌다.

"?!"

줄리엣이 직감으로 고도를 높이며 피하자 공중에 빛의 궤적이
가로질렀다.

(예광탄!)

줄리엣이 다시 바다 위를 보았을 때, 그곳에는 거대한 그림자
가 드리운 상태였다.

줄리엣은 그 실루엣에 대해 잘 알고 있었다.

"첼시의 **해적선!**"

그것은 기데온 5번가에 자리 잡고 있던 첼시의……, 〈황금해
적단〉의 본거지이기도 한 해적선이었다.

"응. 배 안에서 간식 파티도 했으니까 줄리도 잘 알고 있겠지?"

그것은 첼시, 맥스와의 즐거운 추억이다.

하지만 지금 줄리엣에게는……, 해골을 내걸고 있는 선체가
무시무시하게 보였다.

"클랜이 해산되고 내 소유물이 되어서 마음대로 가지고 다닐
수 있게 되었으니까."

카르디나의 사상선처럼 선박도 대용량 아이템 박스를 통해 가
지고 다닐 수 있다.

왕국에서 결투할 때는 크기나 규칙 때문에 써먹지 못하는 물
건이지만, 이곳은 투기장이 아닌 이벤트 에리어다. [브로치] 말
고는 소지가 금지된 아이템은 없다.

"수위를 올린 건……."

"맞아. 이 배를 띄우기 위해서지. 앞바다 20메텔까지면 너무 좁으니까."

레이 일행이 카루루와 전투를 벌이며 전술에 도입했던 이벤트 에리어의 범위를 첼시는 다른 이유로 신경 쓰고 있었다.

"그래서 말이지. 이 [스카이 앵커호]는 대공 포화에 특화된 장비를 갖춰두었거든."

첼시가 그렇게 말하자마자 목조 선박과는 어울리지 않는 대공 기관총이 차례차례 전개되었다.

배 안에 설치된 선박용 마력 탱크에서 에너지가 흐르며 일제히 기동되었고…….

"그러니까, ──함부로 날아다니다가는 금방 벌집이 될 거야."

이어서, 하늘이 탄막의 빛에 찢어졌다.

폭발음이 울려 퍼졌고, 그것이 여러 겹으로 겹치며 끝나지 않는 파괴의 소리를 연주했다.

"……윽!"

줄리엣도 그 공격을 공중에서 전부 피하는 것은 힘들었다.

고도를 높인다고 해봐야 500메텔이 한계인 상황. 대공 포화를 감안하면 **너무 낮다**.

줄리엣은 급하게 선회하며 서서히 고도를 낮췄고…….

"《흑사악단 장송곡》!"

피할 때 흩뿌린 검은 깃털을 공격 스킬로 사용했다. 검은 깃털에서 칠흑의 바람칼날이 차례차례 날아가 대공 포화에 대한 답

레라는 듯이 [스카이 앵커호]에 쏟아져 내렸다.

"줄리. 이건 그란바로아의 선박이라면 당연한 건데……."

하지만 그 바람칼날은 [스카이 앵커호]에 약간의 손상만 입히는 데 그쳤다.

"!"

"표면에는 내수, 내풍 코팅을 해두었어. 폭풍 속을 항해할 수도 있으니까. 이걸 돌파하려면 필살 스킬을 써야지."

하지만 필살 스킬을 준비하기 위해 움직임을 멈추면 벌집이 된다.

이렇게 두터운 탄막을 피하려면, 그리고 필살 스킬을 사용할 시간을 벌려면, [스카이 앵커호] 위가 아니라 사선 아래쪽 고도로 강하해야만 한다.

줄리엣은 곧바로 그렇게 판단하고는 재빠르게 내려갔다.

자동화된 대공포의 사선도 줄리엣을 따라 움직였다.

하지만 거의 추락하는 거나 마찬가지인 최대 속도로 해수면을 향해 내려간 줄리엣이 더 빨랐고…….

"────어서 오세요~."

내려간 포인트에는 친한 친구가 도끼를 들어 올린 채 기다리고 있었다.

"!"

날아든 도끼를 들고 있던 저주검으로 받아내고는 힘에 거역하지 않고 날려감으로써 위력을 억눌렀다.

그런 다음 공중에서 날갯짓하며 자세를 바로잡았다.

"줄리. 아까부터 내가 묘하게 계속 떠들어댄다는 생각 안 들어?"

기습을 막아낼 것도 예측하고 있었는지, 첼시는 신이 나서 말을 걸었다.

언제 배 위에서 내려온 걸까.

첼시는 해수면을 달려 줄리엣이 강하할 위치로 먼저 파고들어 와 있었다.

예광탄을 날렸던 것과 사선의 움직임까지 포함해서 전부 유도였다는 사실을 줄리엣은 깨달았다.

"계속 떠들어댔던 건 하늘에서 끌어 내려서 해상전으로 몰고 가기 위해서였지?"

"정답♪ 이제 올라가지 않는 게 좋을 거야. 일정 이상 고도에 있는 생물을 쏘게끔 설정해 두었으니까."

첼시 입장에서 줄리엣은 자기 자신을 제외하고 가장 움직임을 잘 알고 있는 상대다.

그녀의 분석력이라면 유도하는 것도 어렵지 않을 것이다.

주위는 바다뿐이지만, 직업 스킬을 통해 수면을 달릴 수 있는 첼시에게는 아무런 문제도 안 된다.

그에 비해 대공 기관총으로 인해 위쪽이 가로막힌 줄리엣은 이렇게 낮은 고도에서 싸울 수밖에 없다.

고도차를 이용한 일방적인 전개로 끌고 가려 해도 그럴 수가 없게 되었다.

"자, 여기서 문제. [스카이 앵커호(내 배)]가 대공 특화선인 이유는 뭘까?"

다시 줄리엣에게 말을 거는 첼시.

그것 또한 유도의 일종이라는 사실을 이미 깨달았지만, 어떻게 유도하고 싶은 건지는 알 수가 없다.

그렇기 때문에 줄리엣은 진지하게 첼시와 [스카이 앵커호]의 동작을 살폈고……

"……?"

갑자기 뭔가 큰 위화감을 느꼈다.

직업 스킬인 《위기 감지》와 《살기 감지》는 작동하지 않았다.

하지만 어떤 위험을 줄리엣의 배틀 센스가 말해주었고……

"정답은 말이지."

줄리엣은 재빨리 날개를 움직여 옆쪽으로 날았다.

"———바다 위에서는 내가 제일 강하니까."

———그 순간, 줄리엣 바로 아래쪽 해수면이 폭발했다.

"?!"

줄리엣은 곧바로 이해했다.

이 공격은 첼시의 〈엠브리오〉나 직업 스킬이 아니다.

게다가 방금 그 폭발은 틀림없이……, 《크림슨 스피어》로 인한 것.

첼시가 그걸 쓴다는 건……

"[젬]……!"

줄리엣은 아름다운 바다의 수면 아래에 수많은 [젬]이 떠 있는 것을 보았다.

왕국식 랭크전에서는 결코 볼 수가 없는 광경이었다.

◇◆

그란바로아를 떠나 이적했을 당시, 첼시는 결투 규칙의 차이 때문에 고생했다.

결투 규칙만 놓고 따질 때, 그란바로아와 다른 나라의 가장 큰 차이는 결계의 유무가 아니다.

그것은 환경의 차이이지, 규칙의 차이가 아니기 때문이다.

그렇다면 배를 격침하는 것이 승리 조건이라는 것일까?

그것도 포함되긴 하지만, 더욱 큰 의미에서 차이 나는 것이 있다.

그것은——— 아이템**사용 제한**의 유무.

결계가 없기 때문에 참가자의 목숨에 대한 보험으로 [브로치] 사용이 허가된다.

하지만 그뿐만이 아니라 그란바로아에서 결투를 할 때는 모든 아이템의 사용이 허가된다.

회복 아이템. 허가.

자신이 제작하지 않은 포탄이나 [젬] 같은 공격 아이템. 허가.

마력 탱크 등 사용자 이외의 마력으로 움직이는 특수 장비. 허가.

선박으로 결투를 벌이는 것을 전제로 하고 있기에 아이템 사용은 거의 무제한이다.

그것이 다른 나라의 결투와의 차이이자 첼시가 왕국에서 익숙해질 때까지 고전한 이유.

그렇다. 그녀의 원래 스타일은——— 수많은 공격 아이템을 이용한 기뢰 전술이다.

그녀의 〈엠브리오〉와의 상성도 큰 이유 중 하나다.

그녀의 〈엠브리오〉는 액상 황금으로 적을 짓뭉개며 공방일체의 물줄기를 만들어낸다.

하지만 **예전의 그녀**를 알고 있는 자들은 이해하고 있다.

정말로 무시무시한 것은 그런 강력한 기술이 아니라……, **잔기술**.

작은 물줄기를 주위 임의의 공간에서 발생시키는 기본 스킬, 《클리크》.

공격 능력은 거의 없는 거나 마찬가지. 맞아도 어린애나 넘어질 정도로 약하며, 《위험 감지》조차도 발동되지 않는 약한 물줄기.

그 대신, 그녀 주위의 수백 메텔 이내라면 어디서나 물을 흐르게 만들 수 있다.

사막이든, 공중이든, 바닷속이든, ———강바닥이든.

그렇다, 반과 싸웠을 때도 첼시는 그 스킬을 사용했다.

그녀는 강을 따라 걸어서 내려왔다.

미리 몰래……, 상류에서 [젬]을 일정한 간격으로 배치하면서.

물줄기 스킬로 설치한 [젬]을 흘려보내고, 유도하고, 자쿰의 폭발에 맞춰서 반의 다리를 날려버리며 쓰러뜨린 것이다.

그런 정밀성과 정숙성이 뛰어난 기뢰 전술이야말로 그녀의 진짜 실력.

그리고 해전에서도 그녀의 예측에는 빈틈이 없다.

분석력과 화술 또한 그녀의 무기다.

때로는 상대방의 역린을 건드리며 도발하고, 때로는 진실로 움직임을 유도하며 상대방을 마음대로 움직인다.

노린 듯이 파고들어 조용한 해류에 기뢰를 숨기고, 배 바닥을 파괴한다.

나중에 〈초급〉이 된 쇼유코킨 또한 제6형태일 무렵에는 그녀를 당해내지 못했다.

바닷물을 폭약화시키고도 그 범위를 파악당하고, 오히려 이용당한 것이다.

기뢰가 미치지 못하는 공중에서 접근할 경우에는 지나칠 정도로 갖춘 [스카이 앵커호]의 대공 무장으로 막아내고, 반강제적으로 그녀의 필드에서 싸우게 만든다.

게다가 그란바로아에서 결투할 때는 그녀 말고도 다른 승무원이 있었기에 배의 방어를 맡길 수 있었다.

　그 결과, 〈마스터〉들 중에 〈초급〉이나 초급 직업을 지닌 자가 없었던 시기에 그녀와 [스카이 앵커호]는 결투 제2위까지 도달한 것이다.

　제1위가 대선단장과 수도 그 자체인 [그란바로아호]라는 사실을 고려하면 실질적으로 결투왕은 그녀였다고도 할 수 있다.

　그렇기 때문에 그녀는 '해적 선단에서 가장 무시무시한 여자'로 이름을 떨쳤다.

　결투에 참가하는 초급 직업과 〈초급〉의 증가, 〈마스터〉들로 인한 선박의 성능 향상, 그리고 왕국 이적 이후 그녀의 성적 부진으로 인해 그 이름은 묻히게 되었다.

　하지만……, 지금 이곳에 있는 그녀는 예전의 그녀다.

　바다를 포함한 환경이, 데스 페널티가 없는 시기(타이밍)가, 그녀 자신의 심정이…….

　그 모든 것이 그녀의 전성기와 친구이자 라이벌인 소녀와의 승부에 기여해주고 있다.

　그렇기 때문에 지금, '유랑금해(流浪禁海)'는 모든 것을 해금하고……, '검은 까마귀'에게 도전하는 것이다.

　"……첼시."

지금까지 본 적 없는 친구의 전투 방식.

상대방의 강점을 봉인하며 자신의 전장으로 끌어들여 승리를 낚아챈다.

전율이 느껴질 정도로 거칠고, 조용하고, 무시무시하다.

줄리엣에게 날개가 없었다면 아무것도 해보지 못하고 졌을지도 모른다.

하지만 그녀에게는 날개가 있다. 아직 몸이 바닷속에 가라앉지는 않았다.

그러니 아직 싸울 수 있다.

"역시 줄리는 대단하네……."

지금까지 계속 봐왔던 친구의 전투 방식.

만능형의 강점을 살려 상대나 전장이 어떤 식이라 하더라도 대처하며 승리를 거머쥔다.

감동할 정도로 아름답고, 눈부시고, 사랑스럽다.

첼시의 손에 배와 기뢰가 있는 지금이라면 아무것도 못 하게 만들고 이길 가능성도 있었다.

하지만 그녀는 살아있다. 아직 그녀의 몸이 바닷속에 가라앉지 않았다.

그러니 아직 싸울 수 있다.

친구와의 즐거운 시간(전투)은 끝나지 않았다.

두 사람 모두 자각 없이 입가에 미소를 드리운 채, 움직였다.

"《흑사악단 진혼가》!"

줄리엣이 암속성 유도탄을 첼시에게 날렸다.

그것은 물이나 폭발로 막아낼 수가 없는 마법.

하지만……, 물속에서 튀어나온 날개 달린 까만 구체 수십 개가 유도탄을 요격했다.

(《그룸 스토커》?!)

시온의 특기 마법이자 질릴 정도로 봐온 암속성의 상급 오의.

그것이 지금, 바닷속……, 첼시의 기뢰 지대에서 날아든 것이다.

제일 먼저 대량의 물을 소환해서 수위를 끌어올렸을 때, 첼시는 이미 가지고 있던 모든 [젬]을 바닷속으로 흘려보내 기뢰 지대를 형성한 상태였다.

그리고 그것들은 화속성의 《크림슨 스피어》뿐만이 아니었다.

"당연히 줄리나 시온과 싸울 때를 대비해서 암속성 [젬]도 사재기 해두었지. ……유통량이 얼마 안 되는 거라 비쌌지만 말이야."

손바닥을 내리고 흔들며 '금전 부족'을 어필하는 첼시.

하지만 그녀는 그것들을 충분하고도 남을 정도로 마련해 두고 있었다.

언젠가 이런 기회가 오는 것 아닐까 하는 생각으로.

(첼시가 암속성 [젬]을 얼마나 많이 가지고 있는지는 몰라. 계속 마법을 날리다 보면 내 MP가 먼저 바닥날지도 모르는데……, 그리고.)

그리고 [젬]은 첼시의 MP를 소비하지 않고, 한 번에 여러 개를 기동시킬 수도 있다.

나중에는 밀리게 될 우려가 있다.

"그렇, 다면!"

줄리엣은 까만 날개를 퍼덕이며 첼시 쪽으로 거리를 좁혔다.

서로 마법을 날려대는 것 말고 다른 방법으로 결판을 내기 위해서.

"그래야지!"

첼시 또한 그 사실을 이해하고는 맞받아쳤다.

이제 화술이나 [스카이 앵커호]를 이용한 유도는 통하지 않을 것이다.

하지만 이미 전장은 바다 위다. 이제 순수한 전투 기량의 승부다.

"영차!"

첼시가 손가락을 지휘봉처럼 휘두르자 바닷속에서 바다뱀과도 같은 물줄기가 솟구쳤다.

여러 물줄기가 줄리엣을 노렸고, 그것들은 전부 기뢰를 떠안고 있었다.

다가가면 기폭되어 연쇄 폭발을 일으키며 줄리엣을 집어삼킬 것이다.

그리고 물줄기의 궤도는 줄리엣이 날개로 날아다닐 때 절묘하게 피하기 힘든 코스에 겹쳐져 있었다. 첼시가 줄리엣에 대해 잘 알고 있다는 증거다.

(이것도 수상전이기에 가능한 거지······!)

줄리엣은 [젬]의 폭발에 스쳐 대미지를 입으며 지금의 첼시와 예전의 첼시가 어떻게 다른지 고찰하고 있었다.

[스카이 앵커호]나 기뢰로 이용하고 있는 [젬] 같은 아이템의 유무뿐만이 아니었다.

물줄기가 수중에서 발생할 때는, 발생하는 모습이 **보이지 않 는다.**

육상 전투였다면 첼시가 액체를 소환할 때 발생시킨 뒤 뿜어져 나올 때까지 약간 시간이 걸리고, 그것을 간파하면 발생하기 전 에 회피할 수 있다. 지금까지 두 사람이 결투했을 때도 그랬다.

하지만 나무를 숨길 때는 숲속에. 해류를 숨길 때는 바닷속 에. 해전에서 첼시가 액체를 소환하면 해수면 밖으로 튀어나오 는 순간까지 어디서 발생하는지 감지하기가 힘들다.

지금은 상대가 비행 능력을 지닌 줄리엣이기에 '해수면 위로 분출시키는' 과정이 필요하지만, 선박과 싸우게 된다면 바닷속 의 보이지 않는 해류로 결판을 낼 수 있을 것이다.

(물 위에서 아이템을 쓰는 첼시는 틀림없이 준 〈초급〉이야······, 그것도 톱클래스!)

만약에 크로노 크라운과 수상전을 벌였다면······, 상대방의 가 속과 회피조차 허용하지 않고 조용한 기뢰 전술로 승리를 거두 었을지도 모른다.

지금의 첼시는 그런 수준의 실력자다.

(그래도……!)

하지만 줄리엣은 이렇게 무시무시한 전술을 구사하는 친구와의 전투를 즐기고 있다.

하늘로 날아오르는 것이 봉인당하고 바다에서는 물줄기가 날아드는 무시무시한 전장.

하지만 하늘과 바다의 틈새를 날면서……, 줄리엣은 진심으로 즐기고 있었다.

친구와 온 힘을 다해 벌이는 진짜 승부이기 때문에.

이것이 〈Infinite Dendrogram〉에서 최후의 결투가 된다 하더라도, 아쉽지 않을 정도로 즐겁기 때문에.

그녀는 미소를 지으며 승리를 향해 날아갔다.

(역시 줄리엣은 대단하네.)

첼시는 줄리엣의 버릇을 토대로 피하기 힘들게끔 물줄기를 설정했다.

하지만 줄리엣은 타고난 센스와 임기응변 능력으로 그것들을 아슬아슬하게 피하고 있었다.

곧바로 거리를 좁히려 하고 있지만, 첼시는 그녀가 무엇을 노리는지 예상하고 있었다.

(필살 스킬은 쓸 수 없어.)

줄리엣의 《사식조》는 강력한 복합 마법이지만 발사 태세에 들어갈 때는 등에 달린 날개가 두 팔에 감긴다.

다시 말해 기동력을 잃게 되고, 첼시가 조종하는 수상 기뢰 지대에서는 그것이 치명적이다.

그렇기에 줄리엣이 노리는 것은 필살 스킬이 아니라…….

(───《커스드 팔랑크스 디스오더》.)

[타천기사]의 오의이자 저주받은 무구를 미사일로 바꾸어 상대방에게 날리는 기술.

한 발이라도 명중해서 작렬한다면 상급직에 불과한 첼시는 쓰러지게 된다.

하지만 저주받은 무구라는 실체가 있기 때문에 암속성 마법이 아닌 수단으로도 요격하는 건 가능하다.

(거리를 좁히려 하는 이유는 내가 요격할 때 쓸 [젬]을 줄이기 위해서겠지. 이쪽 기뢰 지대를 중간까지 일부러 돌파해서 오의를 요격할 수단이 부족해지면 쓸 거야.)

하지만 그 분수령이 어디인지는……, 두 사람도 알지 못했다.

줄리엣이 날릴 저주받은 무구의 숫자도, 첼시가 마련한 [젬]의 숫자도, 서로 알지 못하기 때문이다.

어느 쪽 숫자가 더 많은지, 그것이 승패를 가른다.

하지만 저주받은 무구와 [젬]을 비교하면 종합적인 숫자로는 [젬]이 더 많을 것이다.

그래서 줄리엣은 거리를 좁히고 있는 것이다.

공격에 당해 패배할 수도 있는 리스크를 무릅쓰며 첼시에게 다가오고 있다.

그렇다, 이것은 일종의……, 치킨 레이스.

"" _____ ""

 말은 없다. 둘 다 이 싸움에 모든 집중력을 쏟고 있다.

 줄리엣은 전진과 회피에 집중하며 타이밍을 노렸고, 첼시는 줄리엣을 쓰러뜨리는 데 집중하며 오의를 요격할 타이밍을 노렸다.

 AGI로 인한 체감 속도의 가속과는 다른, 집중에 의해 1초가 길게 늘어나는 듯한 감각.

 이렇게 맹렬한 공방이 한없이 이어지지 않을까 하는 착각.

 이렇게 가슴 뛰는 시간이 한없이 이어졌으면 하는 소원.

 하지만 그런 건 있을 수 없다.

 두 사람 사이의 거리가 15메텔도 남지 않은 순간, 폭발한 기뢰가 줄리엣의 발을 그을렸고.

 (지금!)

 줄리엣이 소매에서 작은 주머니――― 무구를 담은 아이템 박스를 꺼냈다.

 "―――《커스드 팔랑크스 디스오더》!"

 줄리엣은 일부러 아이템 박스를 파괴하여 공중에 무구를 흩뿌렸다.

 그것들은 줄리엣의 선언과 동시에 내포된 원념을 연료로 바꾸어 표적인 첼시를 포착했다.

 "―――지금."

 그와 동시에 첼시도 배치해둔 모든 [젬]을 기동시켰다.

 첼시와 줄리엣의 중간, 그리고 줄리엣이 **이미 통과한** 해수면에서도……, 마법의 빛이 생겨났다.

그렇다, 이것도 첼시의 책략이다. 일부러 쓰지 않고 남겨두었던 [젬]이다.

오의를 요격하는 벽으로 삼는 것뿐만 아니라 줄리엣을 포위하여 확실하게 쓰러뜨리기 위해 이런 구도로 끌어들였다.

두 사람의 공격은 동시에 날아갔고, ──바다 위에 거대한 폭발이 휘몰아쳤다.

◇◆

패배의 원인이 뭘까, 그녀는 생각했다.

방심은 아니다. 그녀의 전술은 강했고, 마무리도 어설프지 않았다.

준비 부족, 도 아니다. 이번 같은 기회를 대비해 아껴왔던 전력을 모조리 사용했다.

전술 수행 중의 실수, 도 아니다. **구멍**이 있긴 했지만, 그것은 원래 문제가 아니었다.

수면 아래에서 [젬]을 기폭시키면 그 성질상, 위쪽에 도망칠 수 있는 길이 생길 수밖에 없다.

하지만 [스카이 앵커호]의 대공 기관총은 지금도 기동 중이다.

줄리엣이 마법으로부터 벗어나기 위해 고도를 높이면 바로 포착해서 격추할 것이다.

그러니 구멍은 있어도 없는 거나 마찬가지다.

하지만——— 줄리엣은 날았다.

폭염을 아슬아슬하게 넘어서, 스친 대공 포화에 상처를 입으며, 고도를 높였다.

불타서 떨어져야 했다, 격추당해야만 했다.

하지만 그녀는 살아서——— 지금 첼시 바로 위에 있다.

"야아아아아아아아앗!"

그리고 검을 들어 올린 채 낙하하고 있다.

떨어지고 있는 것은 지금 그녀에게 날개가 없기 때문.

그녀의 날개는 이미 타서 떨어져 나갔다.

———《깃털갈이》로 그녀를 지키는 방패가 되어서.

그 스킬이 있어도 십중팔구는 죽는다. 첼시는 그렇게 생각했다.

하지만, 줄리엣은 나머지 1할에 승부를 걸었다.

파고든 이유는 그녀의 배틀 센스 때문일까, 아니면 '비슷한 재주'를 연달아 부리는 팀메이트의 존재 때문일까.

어찌 됐든 그녀는 죽음에 이르는 폭발과 대공 포화 속에서도 살아남아——— 첼시에게 다가섰다.

(물줄기를 조작해서 벽을……!)

첼시의 전성기는 그란바로아에 있던 시기.

그럼에도 불구하고 모든 면에서 지금이 전성기보다 뒤처지는 것은 아니다.

"······!"

기뢰 전술로 승리하던 시절에는 없었던 것.

개인의 기술이 승패를 좌우하는 왕국의 결투 규칙에 따라 갈고닦은······, 근접 전투 기술.

줄리엣이라는 라이벌과 맞서 싸우기 위해 그녀가 새롭게 쌓아 올린 것.

하지만 지금, 첼시는 달려든 줄리엣이 휘두르는 검에 맞서 도 끼를 제때 휘두르지 못했다.

약간 반응이 늦어진 이유는 예전에 쓰던 전술에 집중······, **얽 매여** 있었기 때문이다.

금빛 도끼는 검은 칼날을 가로막지 못하고——— 날개가 달린 소녀의 검은 해적 소녀를 갈랐다.

첼시는 전위 초급 직업이 휘두른 칼날을 가로막을 정도로 강인한 육체를 지니지 못했다.

어깨로 파고든 칼날이 비스듬하게 왼쪽 어깨에서 오른쪽 허리까지 통과했다.

치명상. 푸르고 아름답던 바다는 폭염과 뿜어져 나온 피로 붉게 물들었다.

"············."

첼시는 자신의 상처를 내려다보고 나서, 발치 쪽 바닷물에 잠긴 친구를 보았다.

직업 스킬로 떠 있는 그녀와는 달리 날개가 없는 줄리엣은 바닷속에 있었다.

매우 무리한 영향인지 떠오를 힘도 남아 있지 않은 것 같았다.

(……발치에 기뢰를 남겨두었다면 동귀어진할 수는 있었을지도 모르겠네.)

첼시는 쓴웃음을 짓고……, 다시 물줄기를 일으켜 줄리엣을 해수면 위로 끌어 올렸다.

"푸핫……?! 첼시……?"

"이거, 줄게."

허우적거리면서도 이쪽을 보는 친구에게 예전에 이벤트 때도 썼던 구명조끼를 아이템 박스에서 꺼내 건넸다. '튜브 대신 쓸 수는 있겠지'라고 생각하면서.

통각을 꺼두었기에 아직 조금은 움직일 수 있지만, 그래도 손가락이 약간 움직이는 정도.

데스 페널티를 받게 될 때까지는 얼마 남지 않았다.

"……. ……**다음**."

"어?"

그런 상황에서 뭔가 그녀에게 전할 말이 없을까 생각하고는.

"다음에 이런 기회가 생길 때를 대비해서, 그란바로아의 나나, 지금의 나와는 다른……, 새로운 스타일을 찾을 거야."

그렇게 살며시 웃으며 한 말은.

"그런 다음에, 다시 온 힘을 다해 승부하자."

———'약속'이었다.

지금의 내가 패배하고, 예전의 내가 패배하고, 미래의 내가 다시 도전한다.

첼시는 스스로도 '정말 지는 걸 싫어하네'라고 생각하며 자조했다.

하지만 결투 랭커는 원래 그런 법이다.

경쟁하고, 이기고 싶어 하고, 즐기며, 강적(친구)과 싸운다.

그런 생활이 즐겁기 때문에 규칙이 전혀 다른 왕국에서도 결투에 계속 참가했다.

그리고 지금은 절차탁마하는 친구까지 있으니까.

당연히 몇 번이든 도전할 것이다.

"⋯⋯응!"

첼시의 그런 약속에 줄리엣은 미소를 지으며 대답했다.

이번이 마지막일지도 모른다는 불안은 있었다.

하지만 친구와의 약속이 그런 불안한 마음을 날려버렸다.

그래서 그녀도 웃은 것이다.

다시 함께 싸울 수(놀 수) 있게 되는 날이 올 것을 믿으니까.

그런 다음 둘이서 웃고, 한 명이 사라지자⋯⋯, 오늘의 결투는 결판이 났다.

  또, 언젠가.

□2045년 3월 15일

한 달 전(세 달 전) 밤, 천지의 어떤 해변.

"내일은 도쿄로 이사구나~. 하루 종일 로그인 못 하겠네~."

알토는 파도 소리를 듣고 분위기를 느끼며 해변을 산책하고 있었다.

현실에서 무사히 T대학교에 합격했고, 내일은 부모님의 도움을 받아 이사를 한다.

알토……, 나츠메의 짐은 그리 많지 않지만, T대학교에 합격하자 신이 난 부모님이 가구를 이것저것 사주었기 때문에 하루 종일 걸릴 것 같다.

"으엥?"

내일부터 시작될 새로운 생활을 생각하던 알토는 문득 해변에 서 있던 존재를 눈치챘다.

갑옷 무사처럼 생긴 그것은 최근 몇 달 동안 천지를 들썩이게 한 존재.

그 갑옷 무사는 내부 시간으로 다섯 달 정도 전에 천지의 해안에 흘러들어왔다.

그리고 도착하자마자 이렇게 말한 것이다.

『나의 무구를 원하는 자가 있는가.

원하는 자는 내게 도전하라. 남은 것은 대궁과 대장도, 대갑주이다.

나는 〈슈페리얼 유니크 보스 몬스터〉. [오행멸진 호로비마루].』

〈SUBM〉. 지금까지 [쌍동백경 모비딕 트윈]이나 [삼극룡 글로리아] 등, 극소수만 확인된 것들 중 하나가 이 [호로비마루]였다.

그리고 〈SUBM〉 중에서도 특이한 [호로비마루]는 스스로 도전자들을 불러모았다.

보수를 제시하고 한곳에 머무르며 그저 기다리기만 한 것이다.

자신을 공격한 자만을 도전자로 간주하고 격파한다.

도전한 무예자 이외에 죽은 사람이나 부상을 당한 사람이 없었기에 지극히 얌전한 〈SUBM〉이라 할 수 있다.

그런 [호로비마루]를 쓰러뜨리기 위해 천지 전체의 무예자들이 이 해안에 모여들었다.

그 결과, [호로비마루]는 수많은 도전자들과의 싸움으로 인해 두 번 쓰러졌다.

[산적왕(킹 오브 브리건드)] 빅맨과 [총신(더 건)] 자우엘 우르가우르. 〈초급〉인 강자들에게 패배한 것이다.

하지만 쓰러진 [호로비마루]는 곧바로 부활해서 자신을 쓰러뜨린 상대에게 무구를 건넸다.

두 사람이 받은 것은 대장도와 대궁이었다.

[호로비마루]는 투구가 없고 태도도 차고 다니지 않았기에 그

것들은 천지로 흘러들어오기 전에 쓰러뜨린 상대가 가져갔을 거라는 소문이 돌고 있다.

그리고 지금은 머리가 없는 갑주만이 남았다.

하지만 무기를 잃고 갑주만 남은 지금이 가장 강한 상태다.

이미 무구를 얻은 두 사람은 도전권이 없고, 다른 〈초급〉이 도전했는데도 전혀 당해낼 수 없을 정도로 강해진 것이다.

[호로비마루]는 그 힘과 견고함으로 인해 '무적'이라고도 불리고 있었고, 너무 무적 같은 그 모습 때문에 도전자도 점점 줄어들었다.

지금은 〈초급〉이나 준 〈초급〉들이 만반의 준비를 갖추고 도전했다가 패배할 뿐, 다른 도전자들은 이미 포기했다.

예전에는 항상 [호로비마루]와 벌이는 전투가 이 해변을 시끌벅적하게 만들었다고 하지만, 이제는 하루에 한 번 도전하는 사람이 있을까 말까 하는 상황이다.

그날 밤에도……, 호로비마루의 주위에는 알토 말고는 다른 사람이 없었다.

"밤의 해변과 머리가 없는 무사. 멋진 그림 같기도 하고, 그냥 호러 같기도 하고."

알토는 느긋하게 그런 말을 중얼거리다가……, 뭔가를 떠올렸다.

"어차피 내일은 하루 종일 로그인 못 하니까 기념으로 시험을 쳐볼까☆"

어차피 바빠서 로그인할 수 없을 테니 데스 페널티 때문에 하루 정도는 날리게 되더라도 상관없다.

시험 삼아 싸우며 스샷을 찍어서 SNS에 써먹을 소재라도 챙겨야지.

"그럼 카메라를 세팅하고, 《기프티드 퀴즈》!"

그녀는 그렇게 가벼운 마음으로 〈엠브리오〉의 스킬을 [호로비마루]에게 사용했다.

알토의 〈엠브리오〉는 [복잡회기 고르디언 노트].

상대방에게 랜덤으로 수수께끼를 내주고, 그것을 푸는 동안 행동을 제한하는 버프 스킬.

하지만 알토도 〈SUBM〉이라면 금방 풀고 공격하리라는 사실을 알고 있었다.

그래도 약간이나마 멈춰있는 동안에 '호로비마루 잡았다☆'라는 사진을 찍을까 생각했던 것이다.

『문제. 일본의 수도는?』

"우와, 엄청 쉬운 문제였네, 눈물 난다……."

알토는 '그런 건 1초 만에 대답할 수 있잖아'라고 생각하며 스크린샷을 찍기도 전에 순삭당하게 될 불행을 저주했다.

『…………』

"어라?"

하지만 [호로비마루]는 대답하지 않았고, 움직이지 않았다.

알토는 의아해하면서도 좋은 기회라고 생각하고 호로비마루와 나란히 서서 사진을 찍었다.

"오케이~♪ '좋아요' 많이 받으려나☆ ……으응?"

호로비마루가 계속 움직이지 않았다.

(어? 아니, 도쿄잖아? 전 세계적으로 유명한 수도일 테고, 덴드로의 서버에도 데이터가 있는 거 아닌가?)

이 시점에서 알토는 한 가지 착각을 하고 있었다.

이번 문제는 〈마스터〉에게 간단한 문제이고, 1초 만에 대답할 수 있는 문제다.

하지만……, 티안이나 몬스터에게는 '알고 있을 리가 없는 다른 세계의 지식'이다.

[호로비마루]가 아무리 사색을 거듭해서 답을 찾으려 해도 알아낼 수 있을 리가 없다.

5분이 지나고, 10분이 지나고, 알토가 '음~, 나는 슬슬 로그아웃할까……'라고 말하기 시작했을 무렵.

『나, 완전한 행동 불가능 상태에 빠졌소이다. 자력으로 벗어나는 것은 영원히 이루어낼 수 없으니.』

"어?"

[호로비마루]가 답이 아닌 말을 하자 알토는 놀랐다.

게다가 그것이 '하소연'이라고 할 만한 내용이었기 때문이다.

그런데 그 뒤에 이어진 말은……, 그녀에게 더욱 큰 충격을 가져다주었다.

271

『———그러니 그대를 최후의 승자로 인정하리라.』

"어? 잠깐? 어? 잠깐만? 무슨 소리야? 원 모어 세이!"
당황한 알토 앞에 [호로비마루]가 무릎을 꿇었다.
《기프티드 퀴즈》는 어느새 해제된 상태였다.
『나, 이미 [호로비마루]가 아니니. 나의 몸, [시제멸환 성갑주]
를 그대에게 맡기리라.』
그것은 [호로비마루]의 존재 자체가 변질되었기 때문이었다.
스킬에 걸린 대상이 아닌, 〈SUBM〉조차 아닌 그녀의 소유물
이 되었다.
그렇다. 그녀의 고르디언 노트가 효과를 발휘한 결과……, 그
녀는 수많은 강자들이 쓰러뜨리지 못한 [호로비마루]를 쓰러뜨
려 버린 것이다.
『그대 앞에 초급 직업의 강자가 막아설 때, 하루에 3분만 힘을
휘두를 것이니. 그대에게 수많은 수라와의 투쟁을 소망하며 나
는 승리를 바칠 것이오.』
그렇게 자기가 하고 싶은 말만 하고 난 다음, [호로비마루]는
자신이 꺼낸 [주얼] 안으로 들어갔다.
[주얼]은 저절로 움직여 알토의 오른쪽 손등에 붙었다.
[호로비마루]는 사라졌고, 그 뒤에는 너무 놀란 나머지 엉덩방
아를 찧은 알토만이 남겨졌다.
"……어쩌지."
[호로비마루]를 쓰러뜨리고 겟해버렸다.

이 사실을 들키면……, 천지의 전투광들이 시시때때로 노릴 것이다.

똑똑한 그녀는 곧바로 절망적인 전개를 눈치챘고, 기쁨보다는 공포를 더 강하게 느꼈다.

알토는 누군가에게 들키기 전에 서둘러 로그아웃해서 도망쳤다.

내가 가지고 있다는 사실을 누구도 알아서는 안 된다고 마음속으로 간절하게 생각했기 때문에.

그 이후로 천지에서는 [호로비마루] 완전 토벌을 기념하는 연회가 개최되었지만, 알토는 그 축제 분위기가 가라앉을 때까지 절대로 로그인하지 않았다.

◇

□[성기사] 레이 스탈링

학교 친구가 눈앞에서 〈SUBM〉을 불러냈다.

솔직히 말해 충격적인 전개에 익숙해진 나도 너무 놀라서 말이 나오지 않았다.

그럼에도 불구하고 겨우 알토에게 말을 걸었다.

"알토, 이거……."

나를 돌아본 알토는……, 왠지 모르겠지만 울상을 짓고 있었다.

273

"……반드시 비밀로 해줘야 해……, 반드시, 꼭이야……."

"아, 응."

"들키면 끝장이야……, 덴드로 생활이 데드 엔딩 생활이 될 거라고오……."

알토는 울상을 지으며 마구 부정적인 말을 떠들어댔다.

"이 애는 초급 직업하고만 싸워준다고 하고, 내가 이 애를 데리고 있다는 사실을 천지 사람들이 알게 되면 내 앞날은 캄캄하기만 하고, 진짜로 써먹기가 힘든 문제아고……, 아니, 이번에 처음 불렀다고! 어떻게 될지 겁나니까!"

……납득할 수밖에 없다.

그리고 천지 소속인 쥬베 앞에서 불러내지 못한 것도 이해가 된다.

『…………。』

그리고 이곳에서 나와 비슷하거나 그 이상으로 놀란 것은 [신수렵]일 것이다.

[신수렵]은 이쪽으로 다가오는 걸 망설이며 상황을 지켜보고 있다.

어떤 의미에선 당연하다. 루키가 초급 무구……, 〈SUBM〉 그 자체를 거느리고 있는 경우는 제대로 경험을 쌓아온 숙련자일수록 더욱 예상하지 못할 사태일 테니까.

[신수렵]이 도망칠 수도 있겠다는 생각도 들었다.

불확정 요소가 많은 지금 같은 상황에서 계속 싸우는 것보다는 결승점으로 가지 않을까 하는 생각.

하지만 내 예상과는 달리 [신수렵]은 단검을 겨누고 다시 우리를 향해 달려들었다.

형이라면 모를까, 이번에 처음 만난 인형옷 너머로 상대방의 감정 같은 걸 파악할 수는 없다.

그렇다, 파악할 수 없지만……, 이것만큼은 알겠다.

지금, [신수렵] 카루루 루루루의 생각은 단 하나.

───도망칠 수는 없지.

궁지와 결의가 뒤섞인 그 감정의 움직임은 인형옷 너머로도 느껴질 정도로 강했다.

"네메시스, 알토, ……[호로비마루]."

지금 눈앞에 있는 〈초급〉은 강한 의지로 우리를 이기기 위해 다가오고 있다.

그렇다면……, 우리도 뒤로 물러나는 게 아니라 앞으로 발을 내디뎌야만 한다.

이번 이벤트의 승리자가 된다. 전 세계의 〈마스터〉들이 모인 제전의 결승 테이프를 끊을 거라면……, 쪼잔하게 승리를 가로채는 것이 아니라 정면으로 거머쥐어야 한다.

그렇게 하는 게 뒷맛이 더 좋을 테니까.

"여기서 무적의 〈초급〉을 이기자!!"

『알겠다!』

"오, 오……, 오케이~!"

『지극히 잘 알아들었도다.』

내 목소리에 동료들이 각자 다른 방식으로 대답해준 순간.

우리와 [신수렵] 카루루 루루루의 최종 라운드가 시작되었다.

◇ ◆ ◇

□■이벤트 에리어 서부 절벽 해안

사냥꾼으로서 최종적인 승리를 목표로 삼는다면, 카루루가 선택해야 하는 길은 이탈이었다.

아직 레이 일행이 지니고 있는 플레이트는 충분하지 못하고, 그 사실을 모른다 하더라도 난파선의 잔해와 함께 바닷속으로 잠긴 힌트를 알아내는 데는 시간이 오래 걸릴 거라는 예상도 된다.

황옥마를 이용한 공중 이동까지 고려한다 하더라도 전속력으로 움직이면 카루루가 먼저 결승점에 도달할 테고, 이번에야말로 정답으로 추측되는 답을 입력할 수 있을 것이다.

말 그대로 쥬베와 싸웠을 때와 마찬가지다. 골치 아픈 상대로부터는 도망치는 게 제일이다.

하지만 골치 아프다는 이유만으로는……, 양보할 수 없는 것도 있다.

예전에 패배했던 남자의 동생에게도 등을 돌리고 도망치는 것.

'무적'이라 불리는 그가 '무적'이라 불리던 〈SUBM〉 앞에서 도 망치는 것.

그저 골치 아픈 상대에 불과했던 쥬베와는 다르다.

지금 눈앞에 있는 한 사람과 한 마리는……, 양쪽 다 카루루의 긍지를 뒤흔드는 존재였다.

그렇기 때문에 불확정 요소가 있더라도 카루루의 다리는 도주를 선택하지 않았다.

―――강자 킬러든 〈SUBM〉이든, 뭐든 덤벼봐라.

―――이 몸은 무적. '만상무적'.

―――이 세상 전부가 적이 된다 하더라도 내 앞에 적은 없다.

그런 넘실거리는 감정이 지금 카루루를 나아가게 만들고 있다.

그리고 맞서는 자도 마찬가지로 카루루를 향해 직진했다.

머리가 없는 갑옷 무사가 수면을 박차며 다가왔고, 카루루도 마찬가지로 갑옷 무사를 향해 달려갔다.

그리고 크로스 카운터처럼 양쪽 모두 공격을 때려 넣었다.

카루루는 얻어맞았고, 갑옷 무사는 단검에 제대로 맞았다.

주먹의 일격은 좀 전에 그랬던 것과 같이……, 카루루를 뒤쪽으로 튕겨냈다.

밀쳐내기 무효인 [폴라베어]를 두르고 있는 카루루를.

그에 비해 입은 대미지를 고정 대미지로 되돌려주는 [드래그페인]은――― 스킬을 **발동시키지 않았다.**

효과를 발휘하지 못한 단점은 지금, 반쯤 부러진 상태였다.

『………….』

하지만 카루루는 동요하지 않았다. 이미 예상하고 있었기 때문이다.

───역시, 역시 그렇군. 건방진 짓을.

───나의 장비, 기능을 발휘하지 못하니.

[호로비마루]에게 공격당한 〈초급〉은 이미 그 힘의 일부를 이해하고 있었다.

◇ ◆

머리가 없는 무사인 [호로비마루], 다른 이름으로는 [시제멸환성갑주].

그 몸에 깃든 특성은 크게 두 가지가 있다.

한 가지는 순수한 튼튼함.

방어력과 갑주로서의 내구도, 각종 내성. 모두 내구형 초급 직업과 비교해도 차원이 다르다.

만약 초급 직업이 오의를 날린다 하더라도 그 내구도 앞에서는 손톱만큼도 흠집을 낼 수가 없다.

마법이나 디버프 내성도 [호로비마루]보다 뛰어난 것은 [그레이티스트 원] 정도밖에 없다.

순수한 견고함만 따진다면 [호로비마루]는 〈SUBM〉 중에서도 2위다.

하지만 더욱 무시무시한 것은……, 또 하나의 특성.

그 이름은 《오위 살해자(안티 스킬)》.

접촉한 존재의 스킬을 999초 동안 **사용 불가**로 만드는 스킬이다.

인간도, 몬스터도, 무구나 소비 아이템도 마찬가지.

[호로비마루]에게 닿으면 액티브든 패시브든 전부 사용할 수 없다.

제일 먼저 [호로비마루]가 카루루를 후려쳐 날린 시점에서 [폴라베어]의 스킬 효과는 사라졌다.

그리고 공격에 쓰인 [드래그페인]도……, 접촉이 필요한 시점에서 [호로비마루]에게는 일반적인 단검에 불과했다.

부여된 불괴화조차 사라졌고, 순수한 내구도가 높은 [폴라베어]는 공격을 버텨냈지만 [드래그페인]은 부러져버렸다.

수많은 직업 스킬을 터득하고 특이한 능력이 부여된 명도, 요도를 휘두르는 천지의 무예자.

그런 그들은 [호로비마루]에게 도전한 뒤 자신이 자랑하던 스킬이 봉인되어 참패했다.

직접 닿지 않는 공격 마법이나 주술 같은 것들도 갑옷이 지닌 순수한 내성으로 인해 무효화된 것이나 마찬가지였다.

갑옷과 싸울 때 믿을 수 있는 것은 순수한 스테이터스와 스킬에 의존하지 않는 기량뿐.

수라의 나라의 〈SUBM〉, [오행멸진 호로비마루]의 최종 형태는 그런 존재다.

이 무적의 괴물이 '접촉하지 않고', '버프이기 때문에 내성으로 무효화시킬 수도 없는' 스킬로 완전히 행동 불능에 빠진 것은 상성 차이의 극치다.

[호로비마루]를 만들어낸 존재도 예상하지 못한 함정이었을지도 모른다.

───접촉으로 인한 스킬 사용 불가.

───그렇다면 튼튼한 적에게 효과적인 [드래그페인]은 의미가 없다.

대상에게 접촉할 필요가 있는 스킬은 그 시점에서 전부 무의미했다.

카루루의 비장의 수 중 하나인 [드래그페인]도 예외가 아니었다.

이것 또한 상성 차이다.

『…………』

하지만 카루루가 인형옷을 장비하고 있는 점만 놓고 보면 '상성이 좋다'고 할 수도 있다.

만약 맨몸을 드러내고 있었다면 피부에 닿은 시점에서 네메아 레온 자체의 스킬 효과가 사라져서 모든 장비의 불괴화가 해제되었을 것이다. 온몸을 뒤덮는 인형옷이기 때문에 접촉으로 인해 무효화된 대상이 [폴라베어]에만 그쳤다.

하지만 그것도 큰 도움이 되지는 않는다.

카루루에게 있어서 눈앞에 있는 갑옷 무사는 분명한 패배의 형태였다.

스킬 콤보로 인한 무적인 카루루와는 다르다.

순수한 방어력과 끝없는 내구도를 통해 수많은 공격을 가로막은 무적의 갑옷.

그리고 접촉한 적의 스킬을 일시적으로 무효화시키는 힘.

[호로비마루]……, [시제멸환 성갑주]는 카루루의 천적이다.

───**그게 어쨌다고**.

천적을 앞두고 있는 상황에서도 카루루의 움직임은 둔해지지 않았다.

───**천적**이 어쨌다는 거지? 나는 **무적**이다.

───무적이라 불리고, 무적이려 했던 〈초급〉이다.

───그렇다면 천적 앞에서 물러날 이유는 없다.

감정이 더욱 강하게 넘실대자 카루루가 움직였다.

수많은 사냥감을 해치워온 사냥꾼은 자신의 패 중 어떤 것을 꺼내야 할지 생각했다.

광범위 독, [드래그블러드]는 쓸 수 없다.

생물이 아닌 머리 없는 갑옷에게는 의미가 없고, 레이 스탈링에게 다소의 디버프나 상태이상 같은 건 먹잇감에 불과하다는 사실을 그도 알고 있었다. 나머지 한 사람도 [쾌유 만능 영약(에릭실)] 정도는 가지고 있을 것이다.

그래도 사용할 거라면 〈초급 엠브리오〉나 초급 직업 오의 클래스의 상태이상이 필요하지만, [드래그블러드]의 대가……, 카루루의 대미지는 아직 그 영역까지 축적되지 않았다.

함정도 갑작스럽게 전이되어 이 전장으로 오게 되었기에 준비해둔 게 없다.

그렇기 때문에 그의 전법은 쥬베와 싸웠을 때와는 달랐다.

『………….』

카루루가 단검을 집어넣고 꺼내 든 것은 사냥꾼의 무기 중에서는 가장 대중적인 무기……, 활.

그는 활시위를 당기고는 **하늘을 향해** 쏘았다.

"저건……!"

레이는 그 동작을 알고 있었다.

예전에 레이도 〈K&R〉과 싸우며 겪어봤던 [강궁무사(헤비 보우 사무라이)]의 스킬, 《장맛비 화살》. 하늘에 날린 화살 하나를 100

개의 화살로 바꾸는 스킬.

활에 적성을 지닌 사냥꾼 계통이기에 쓸 수 있긴 하지만, 그것 자체는 상급 직업의 오의에 불과하다.

하지만 사용한 자는 카루루———〈초급〉이다.

〈초급〉이 두 개밖에 없는 상급 직업의 할당량을 소비하여 익혔으니……, 원래 스킬 성능 이상의 **이유**가 있을 것이 분명하다.

그 추측이 맞았다고 알려주듯, 공중에서 분열된 화살이——**유성군**으로 변했다.

비유가 아니다. 하늘에서 떨어지는 화살이 전부 **운석**으로 바뀌어 있었다.

그것이 바로 고대전설급 무구, [천궁소성 미티어로더].

이 활로 일정 이상의 고도로 쏘아 올린 화살은 낙하할 때 경도와 중량, 열량을 모두 갖춘 운석 덩어리로 바뀐다.

그 효과는 《장맛비 화살》로 분열된 모든 화살에 적용되었고……, 100개의 운석이 쏟아져 내렸다.

카루루가 지닌 광역 섬멸 콤보. 발휘된 위력과 낙하 범위가 그 자신도 휘말리게 하지만, 그의 방어력을 따지면 문제없다.

그리고 그 공격으로 카루루가 노린 것은……, 눈앞에서 맞서고 있는 [호로비마루]가 아니었다.

"……흐에?"

그가 노린 것은 쏟아져 내리는 운석을 멍한 표정으로 올려다보는 여자.

[호로비마루]의 **소유자**인 알토다.

아무리 튼튼하다 해도 지금의 [호로비마루]는 알토의 종마다. 그녀가 죽으면 부하인 [호로비마루]도 사라질 운명이다.

그녀에게 대규모 공격으로부터 자기 몸을 지킬 방법은 없었고, 떨어지는 운석에 휘말리려 하다…….

"내버려 둘 순 없지!"

그녀를 지키기 위해 기사가 움직였다.

까만 외투를 두른 기사가 은빛 말을 타고 알토를 끌어안은 채 운석의 틈새를 내달렸다.

운석이 낙하해서 질량 폭격의 충격파를 발생시키기 전에 하늘로 솟구치며, **쏟아져 내리는 운석 사이**를 날아서 통과했다.

"흐에, 흐에에에에에에에엑?!"

『레이!』

"그래. 레이저보다는 느리고, 충격파도 고래와 맞붙었을 때보다는 약해!"

스치듯이 떨어져 가는 운석을 보고 알토가 비명을 지르는 와중에도 지금까지 쌓은 전투 경험을 통해 **익숙해진** 레이는 유성군을 회피했다.

스쳐 지나간 유성군은 땅에 떨어져 여러 겹의 충격파를 일으켰다.

그 한복판에 있던 카루루와 [호로비마루]는 둘 다 멀쩡했다.

──나의 유성군의 유일한 허점을 처음 보고도 간파하다니.

──역시 그 녀석의 동생이라고 해야 하나?

──뭐, 그 녀석은 주먹으로 부쉈지만 말이지.

유성군에 대처한 레이를 보고 카루루는 말없이 인형옷 안에서 입가를 치켜올렸다.

그런 그를 향해 [호로비마루]가 주인의 위기 따위는 아랑곳하지 않고 움직였다.

갑옷 무사의 그 움직임이 카루루 앞에 어떤 답을 제시하고 있었다.

──저 소유자를 보아하니, 자신의 몸을 지키기 위해 [호로비마루]를 써야 했을 텐데.

──다시 말해 그러지 못했다는 거다. 이 녀석은 저 여자에게 컨트롤당하는 게 아니다.

──좀 전에 들었던 이야기로 보아 [호로비마루]는 초급 직업과 싸워서 쓰러뜨리기 **위해서만** 움직인다.

──**써먹히고** 있는 게 어느 쪽인지 모르겠군.

카루루의 추측은 정확했다.

[호로비마루]는 알토가 소유하고 있지만, 그녀는 이 종마에게 전혀 지시를 내릴 수가 없다.

초급 직업이 존재하는 전장에서만 《환기(콜)》가 가능하며, 불

285

러내면 초급 직업을 공격한다. 알토도 모르고 있지만, 만약에 아군 중에 초급 직업이 있다면 그쪽도 공격할 것이다.

초급 직업을 쓰러뜨리는……, 아니, 초급 직업과 **싸우는 것**이야말로 [호로비마루]의 존재 이유.

알토에게 패배했다는 것을 판단한 시점에서 〈SUBM〉으로서의 리소스를 갑옷 밖으로 방출했기에 이미 존재로서는 〈SUBM〉이 아니지만, 그 사실에는 변함이 없다.

왜냐하면 그건 재버워크에게 〈UBM〉으로 인정받기 전부터 변함이 없는 존재 방식이었기 때문이다.

『남은 시간, 98초.』

하지만 〈UBM〉이 아니게 됨으로써 변한 점도 있다.

그것은 [호로비마루]의 **활동 시간**이다.

[호로비마루]의 《오위 살해자》는 항상 막대한 SP를 소비한다.

〈SUBM〉의 리소스가 있었을 때는 쉬지 않고도 전투가 가능했지만, [호로비마루]의 기반이 된 리빙 아머……, [시제멸환 성갑주]로 돌아온 지금은 3분이 지나면 SP가 바닥나게 된다.

그 시점에서 [호로비마루]는 자동적으로 [주얼]로 돌아가는 것이다.

그렇기 때문에 카루루가 이기려면 알토를 격파하거나 회피 및 방어에 전념하며 시간이 지나기를 기다리는 것이 정답이다.

쥬베와 싸웠을 때는 그랬고, 카루루도 이해하고 있었다.

―――마음에 안 드는군.

하지만 개인적인 감정은 최적의 해답보다 우선된다.

자신이 아닌 무적과의 싸움. 〈SUBM〉과의 첫 교전. 그것을 다루는 것이 루키 일행이라는 점.

그러한 요소가 이번에는 카루루에게 소극적인 방법을 쓰게 만들지 않았다.

거만함이나 분함이 아니라——— 긍지라는 이유로.

『초급 직업, 격멸하겠소이다.』

『……………………와라.』

오늘 두 번째로 소리 내어 말한 카루루는 달려든 [호로비마루]와 맞섰다.

지금까지보다 훨씬 강한 속도와 기세로 돌진해오는 대갑주. [폴라베어]의 밀쳐내기 무효화가 없는 지금, 카루루는 일격에 멀리 날아가 버릴 것이다.

게다가 카루루가 서 있는 위치는 이벤트 에리어의 가장자리 끄트머리, 1메텔만 물러나도 장외패다.

얕은 바다에 몸의 절반 이상을 담그고 있던 〈초급〉은 움직이지도 않고 갑옷이 접근하도록 내버려 두었고.

대갑주가 공중에 떠올랐다.

『?!』

어느새 갑옷 무사의 오른쪽 발목에……, 와이어로 만든 고리가 걸려 있었다.

그것은 스네어 트랩. 지극히 원시적인 올가미식 함정이다.

카루루는 이 순간을, 호로비마루가 달려드는 순간을 노리고 있었다.

미리 함정 재료를 바다에 가라앉힌 다음, 호로비마루가 접근한 순간에《퀵 트랩》으로 함정을 형성하여 호로비마루의 다리를 함정에 걸리게 한 것이다.

지금 이 순간, [호로비마루]의 우위성은 없다.

─── **사냥꾼**을 얕보지 마라, ⟨SUBM⟩.

─── 이런 함정이라면 네놈의 힘으로도 무효화할 수 없겠지?

원시적인 함정에 스킬 같은 것은 관여할 여지가 없다.

게다가 카루루의 스네어 트랩은 원래 순룡 클래스 이상의 지룡을 상대할 때 쓰는 물건이다.

알맹이가 없는 갑옷 정도는 허용 중량의 범위를 벗어나지 않는다.

순수한 물리 연산의 결과, 호로비마루는 카루루 뒤쪽으로 매달린 채 날아갔다.

그리고…….

─── **무적의 장외패**는 그쪽도 마찬가지다.

결계에 닿아……, 장외 판정이 되어 소실되었다.

자신을 미끼로 삼아 사냥감을 함정에 빠뜨린다. 그것 또한 사냥꾼의 전법 중 하나.

『………….』

최대의 강적이 사라지는 모습을 만족스럽게 바라본 다음, 카루루가 해안 쪽으로 돌아섰고.

"실버어어어어어어어어어어어!!"

그 여운은 그를 쓰러뜨리려 하는 자들에게 최후의 기회를 선사해주었다.

그것은 카루루를 향해 밀어닥친 **검은 벽**.

그것을 만들어낸 스킬의 이름은 《바람발굽》.

은빛 황옥마가 하늘을 달릴 때 공기를 압축시켜 발판으로 삼는 힘이자, 마력을 쏟아부으면 공기를 장벽으로 만들 수도 있다.

그리고 카루루에게 돌격해오는 기마의 앞쪽에는……, 빛조차 통과하지 못할 정도로 압축된 검은 공기의 벽이 있었다.

지금의 레이와 [자원주갑]에게는 예전에 프랭클린과 싸웠을 때 사용했던 전방위 압축 공기 배리어를 사용할 마력이나 시간은 없었다.

돌격하는 실버의 앞쪽에 약간이나마 형성하는 것이 한계.

하지만 그것으로도 충분했다. 이 검은 벽은 지키기 위한 것이 아니다.

무적을 상대로 방어력을 내세우며 승부를 벌일 생각은 없다.

레이가 노린 것은 처음부터——— 단 하나.

『…………!』

이제부터 무슨 일이 벌어질 것인지, 카루루는 알고 있다. 예전에 그를 쓰러뜨린 슈우가 다른 사람들 앞에서 자신의 힘을 드러낸 프랭클린 사건을 조사했기 때문이다. 슈우가 나타나기 직전의 전투까지 포함해서 말이다.

레이라는 〈마스터〉에게 이 검은 공기의 본질은 방어벽이 아니라…….

"《바람발굽》, 해제!"

압축된 공기를 해방하는 **폭탄**이다.

잠시 뒤에는 공기의 폭발이 카루루를 덮칠 것이고, 그 폭압은 밀쳐내기 무효 능력을 잃은 카루루를 쉽사리 결계 바깥까지 튕겨내겠지.

하지만 그 순간이 다가올 때까지……, 아직 약간의 시간이 남아있다.

———할 수 있다. 할 수 있겠지? 흥미롭군, 슈우의 동생. 이 순간을 노리고 있었나!

———그렇다면 나도 비장의 수를 보여주마.

———전적멸살(킬 뎀 올), 다시 말해 무적.

───내 필살의 특공 형태(버스트 모드)로 폭풍까지 모조리 날려주마!

감정이 들끓는 것을 느끼며, 카루루는 인형옷 안에서 《착의 교환》 스킬을 지닌 액세서리를 기동시켜 [폴라베어]를 공격 특화 장비들로 전환하려다가…….

"《흑사악단 진혼가》!"
오른쪽에서 날아든 마법에 직격당했다.

『!』
카루루가 공격이 날아온 방향을 보자 그곳에는 검은 날개를 퍼덕이는 상처투성이 소녀……, 줄리엣이 있었다.
첼시와 전투를 마친 그녀가 지금 이 순간에 달려온 것이다.
그녀의 승리를 믿고 있던 동료들 곁으로.
『윽────.』
그녀가 만들어낸 잠깐의 시간이, 카루루의 반격을 아주 잠깐 막은 것이……, 승패를 갈랐다.
검은 벽에서 해방된 바람이 카루루를 덮쳤다.
그의 몸은 저항하지 못한 채 결계 밖으로 튕겨 나갔고……, 사라지기 시작했다.
무적의 〈초급〉은 그렇게 퇴장했다.

◇ ◆ ◇

□■알터 왕국 동부 모처

카루루는 자신이 최근에 세이프 포인트로 설정한 도시로 귀환해 있었다.

날아가서 장외패한 자세로 돌아왔기에 하늘을 보며 쓰러져버렸다.

"돌아오셨나요? 왜 그런 자세를 취하고 있는 거죠?"

카루루와 함께 서방 쪽에서 퀘스트에 참가했던 동료가 별로 걱정하지도 않는다는 듯한 말투로 물었다. 보아하니 그가 귀환할 때까지 기다리고 있었던 모양이었다.

『.............』

카루루는 말없이 벌떡 일어났다.

왠지 양손이 부들부들 떨리고 있는 것 같기도 했다.

"이벤트는 벌써 끝난 겁니까? 설마 당신이 졌을 것 같지는 않은데요."

동료……, 〈세피로트〉 멤버 중 한 명인 [신도의(갓 핸드)] 이료 유메지가 안경을 밀어 올리며 말했다.

하지만 그것은 지금의 카루루에게는 따끔한 말이었다.

『…….』

분한 마음과 원통한 마음으로 몸을 떨면서도 카루루는 겨우 목소리를 쥐어 짜냈다.

『졌다. 분하다. 슬프다. 나갈게요. 내일 봐요.』

"어, 네. 내일 뵙죠."

카루루는 멍하게 바라보는 동료를 아랑곳하지도 않고 로그아 웃한 뒤 토라진 채 잠들었다.

[신수렵] 카루루 루루루.

대화가 서투른 데다 말수가 적고, 입 밖으로 나오는 말은 감정 만큼 매끄럽지 않은 〈마스터〉다.

□[성기사] 레이 스탈링

이벤트 에리어를 둘러싼 결계에 닿아 사라진 [신수렵]을 보며 나는 승리를 실감했다.

하지만 승리라고 할 수는 없을지도 모르겠다. 장외패라는 규칙의 도움을 받은 데다, 알토의 [호로비마루]라는 반칙급 도우미까지 있었는데도 아슬아슬하게 이겼기 때문이다.

그리고 마지막에 줄리엣이 제때 와주지 않았다면 위험했을 것이다.

"줄리엣……?"

싸움이 끝난 뒤, 줄리엣은 모래사장에 추락하듯이 내려와 무릎을 꿇었다.

걱정하며 달려가 보니 온몸이 만신창이였고, MP도 남아 있지 않은 모양이었다.

"괜찮아……?"

급하게 회복 마법을 사용했지만……, 상처가 아물 기색이 없었다. 첼시와 치열한 전투를 벌인 건 분명하겠지만, 그것만으로는 이렇게 되지 않을 것이다.

"이건, ……!"

그때 떠올랐다. 첼시와 싸우기 전에 그녀가 상대했던 인물이.

그녀에게 날아들었던 무기 중 하나가.

[쇄사물 쿠비가와라]. 쥬베가 휘두른 무기 중 하나이자 회복을 봉인하는 것.

쥬베와 교전했을 때 줄리엣은 스친 상처만 입었지만, 그중 하나가 [쿠비가와라]에게 입은 상처였던 모양이다.

그리고 첼시와 전투를 벌이며 중상을 입었다.

그렇게 상처가 아물지 않는 상태임에도 불구하고 카루루와 싸우러 달려와 준 것이다.

"[출혈]의 영향으로 의식이 몽롱한 모양이로구나……."

"아, 아마 [쿠비가와라]의 효과는 100분이 지나면 사라질 텐데……, 이 상처로는……."

지속시간은 아직 절반 정도밖에 지나지 않았다.

회복이 가능해지기 전에 상처 계열 상태이상으로 인한 지속 대미지 때문에 죽어버리게 될 것이다.

그녀가 클리어하려면 그렇게 되기 전에 결승점에서 정답을 입력해야만 한다.

"……우선 내가 실버를 타고 잔해에 묻힌 힌트를 파낼게. 네메시스하고 알토는 카루루의 플레이트를 모아줘."

"으음."

"라, 라져!"

우리는 각각 나뉘어 이벤트를 클리어하기 위해 필요한 것들을 모았다.

[신수렵]은 장외패했는데도 일반적으로 패배한 사람들처럼 플

레이트를 남겼다.

두 사람이 모은 플레이트는……, 뭐가 몇 장인지 세어볼 필요가 없을 정도로 많았다. 우리 세 사람이 확실히 어떤 숫자를 입력하더라도 문제가 없을 것이다.

그리고 난파선의 잔해에 묻힌 비석에는…….

───'Day of Anniversary'라고 적혀 있었다.

"…………응?"

"어? 이거 이상하지 않아?"

내가 의문을 품었고, 플레이트를 다 모은 다음 옆에서 들여다본 알토도 나와 비슷한 생각을 말했다.

하지만 네메시스는 우리를 보고 의아하다는 표정을 짓고 있었다.

"뭔가 이상한 게 있는가? 세 번째 힌트는 '기념일'일 터인데. 역시 우리가 이야기했던 대로 게임을 시작한 날이나 〈엠브리오〉가 부화한 날 아닌고?"

〈마스터〉와 〈엠브리오〉의 지식이 무조건 똑같은 건 아니구나…….

"네메시스 쨩. 이건 영어 단어 이야기인데……, Anniversary는 그 단어만으로도 '기념일'이라는 뜻이 있어."

"그러니까 'Day of Anniversary'라고 하면 '기념일 날'이라는 뜻이지. 무의미한 중복이야."

"흐음……."

아니, 이 경우에는 Anniversary가 '기념일'이라는 뜻이 아니라 '애니버서리'라는 고유 명사……, **이번 이벤트의 이름**이라고 생각해야 하나?

다시 말해 '애니버서리 날'이라는 뜻이고, 답은 **오늘 날짜**인 것이다.

하지만 첫 번째 힌트인 'YYYYMMDD(서력 날짜)'는 그렇다 치더라도 두 번째 힌트인 '올바른 답은 사람마다 다르다'와 모순된다.

이벤트 개최일은 모든 참가자에게 동일한 거, 니…… 까………

"……………………………아."

그렇게 생각하다가 이해했다.

두 번째 힌트의 진짜 의미를.

"레이?"

"레이찌?"

두 사람이 의아하다는 듯한 표정으로 나를 보았다.

나는 그런 두 사람에게 말했다.

"답을 알아냈어. 서둘러 결승점으로 가자."

"제일 먼저 말해야 할 건, 보란 듯이 놓여있던 두 번째 힌트가 함정이라는 뜻이야."

"함정?"

나는 결승점으로 가면서 설명했다.

줄리엣은 아직 움직일 수가 없기에 내가 안은 채 실버와 함께 타고 있다.

알토는 걸어가야 하는 상황이지만, 원래 AGI형인 [탈주닌자]이기 때문에 실버가 달리는 속도를 늦추면 문제없이 함께 달려갈 수 있는 것 같다.

"그래. 눈에 잘 띄고, 누구나 손에 넣을 수 있는 힌트이기 때문에……, 속임수도 있었던 거지."

섬 남쪽에서는 어디서나 확인할 수 있을 정도로 거대한 비석.

확인하진 않았지만, 북쪽에도 똑같은 게 있을지도 모르겠다.

하지만 누구나 손에 넣을 수 있는 그 힌트는 오답으로 유도하기 위한 함정인 것이다.

"그런데, 속임수이긴 하지만 거짓말은 아니야."

"무슨 소리야?"

"두 번째 힌트에서 중요한 건, 덴드로가 전 세계에서 단일 서버로 운영되고 있다는 점이지."

현실에서 세계 어떤 곳에 살더라도 로그인하면 같은 세계에서 활동할 수 있다.

우리 클랜의 루크나 피가로 씨도 영국에 살고 있다.

"그런 건 덴드로에서는 당연한 거 아니……, 아."

"그래, 〈Infinite Dendrogram〉에서는 우리가 같은 시간을 보내고 있지만……, 현실에서는 아니지."

지구는 둥글고, 나라들 사이에는 거리가 있고, 결과적으로 어떤 것을 만들게 된다.

"로그인한 나라에 따라 현실에는 **시차**가 있어."

우리는 일본 시간으로 4월 20일 오전 0시에 시작했다.

하지만 만약에 영국이나 미국의 〈마스터〉라면, 예를 들어 첼시라면 개최일이 4월 19일일 것이다. 다시 말해……

"그렇구나. 두 번째 힌트는 **개최일이 다르다**는 뜻이었네."

"그런 거지."

단순한 속임수를 눈치채지 못하고, 그 난파선의 힌트를 발견하지 않았다면 체서가 준 첫 번째 힌트까지 합쳐서 '사람마다 다른 애니버서리(기념일)'를 입력하며 계속 오답만 내놓았을 것이다.

우리가 싸웠던 [신수렵]도 그렇게 전이해 왔을지도 모르겠다.

아무튼 답은 알아냈다.

"우리는 셋 다 '20450420'을 입력하면 클리어할 수 있을 거야."

"뭐라고 해야 하나……, 너무 심술궂은 거 아니야? 삐뚤어진 거 아니야?"

"뭐, 이곳 운영진은 삐뚤어진 이벤트를 진행한다는 이야기를 많이 듣곤 했는데."

피가로 씨와 한냐 씨가 만나게 된 계기인 작년 밸런타인 이벤트.

그 이벤트는 '커플 한정 참가. 적은 초콜릿을 던지며 그것으로 입힌 대미지의 3배를 HP로 흡수하는 여자 악마'라는, 이해가 잘 안 되는 내용이었다.

"…………"

하지만 이번 〈애니버서리〉가 정말로 삐뚤어진 이벤트인 건지는 아직 알 수가 없다.

이 이벤트 이름도 단순한 속임수가 아니라 누군가에게 있어서는……

"그래도 답은 알아냈고, 플레이트도 모았어. 이제 이벤트 클리어가 코앞으로 다가왔네! 뭘 받을 수 있을지 엄청 기대돼! 힘든 이벤트였으니까 호화로운 상품이면 좋겠어!"

다시 활기찬 모습으로 돌아와 기쁜 듯이 말하는 알토의 목소리를 듣자 이야기 쪽으로 의식이 돌아왔다.

"그렇지. 열심히 한 보람이 있는 보수라면 좋겠는데."

줄리엣은 이렇게 만신창이가 될 때까지 열심히 싸웠고, 알토도 숨겨두고 싶었던 [호로비마루]를 팀의 승리를 위해 해금했다.

그런 두 사람의 노력이 보답을 받았으면 좋겠다는 생각이 간절해졌다.

"……알토, 그러고 보니까, [호로비마루(그 녀석)]도 사라졌는데 괜찮은 거야?"

문득 좀 전에 싸우다 중간에 사라진 갑옷 무사가 생각나서 작은 목소리로 알토에게 물었다.

"괜찮지 않을까? 이벤트가 끝나면 돌아오는 거 아니야? …… 돌아오지 않는다면 어쩌……, 아니, 그것도 나름대로 평소 생활이 안전해질 테고…….."

알토는 팔짱을 끼고 고개를 살짝 갸웃거리며 고민하기 시작했다.

"……고생이 많구나."

"······난 말이지, 호로······, 그 애를 겟하고 나서 다른 사람들하고 퀘스트를 할 기회가 없었거든. 천지에서는 어떤 계기로 들킬지 모르고, 그 애를 놓아준다 하더라도 쓰러뜨릴 기회를 뺏겼다고 원망하면서 덤벼드는 사람이 있을지도 모르니까."

그녀는 [호로비마루]가 사라진 결계 쪽을 돌아보며 조용히 말했다.

"그러니까 그런 걸 신경 쓰지 않는 다른 나라의 마스터랑······, 레이찌네랑 같이 놀 수 있어서 기뻤고 즐거웠거든······."

"또 놀 수 있을 거야. 이쪽이든 저쪽이든."

현실에서는 날마다 얼굴을 보고 있고, 이쪽에서도······, 황국과 관련된 여러 가지 문제들이 정리되면 천지로 여행을 떠나는 것도 괜찮을 것 같다.

"······에헤헤. 기쁘네. 앗! 그래! 여름이 되면 동기들끼리 바다에 가자~!"

"그것도 괜찮겠네."

"내 수영복으로 홀딱 반하게 만들어버릴 거야♪"

그렇게 말하며 웃는 알토의 표정은, 불안한 기색이 사라져서 그저 즐거워 보였다.

◇

그 이후로 10분 정도 계속 달려온 우리는 결승점으로 이어지는 등산로를 뛰어 올라가고 있었다.

알토는 약간 숨이 찬 것 같았지만 문제는 없다.

줄리엣은……, HP가 2할 이하로 떨어지긴 했지만, 아직 살아 있다.

이 정도라면 늦지 않게 결승점에 도착할 것이다.

"…………."

하지만 분명히 그곳에는…….

"아! 레이찌! 결승점이 보여!"

알토는 우리가 나아가던 방향으로 손가락을 가리키며 나를 불렀다.

그곳에 있는 것은……, 내게도 보였다.

산 중턱에는 3층 건물만큼 거대한 문이 있었다.

그 문에는 램프 같은 것이 세 개 있고, 하나도 켜지지 않았다.

클리어 인원수를 나타내는 램프라면 아직 한 명도 통과하지 못했다는 뜻이다.

"앗싸아! 이걸로 세 명 모두 클리, 어……."

하지만 알토는 어떤 것을 눈치채고 말문을 잃었다.

"———기다리고 있었습니다."

———문 앞에 있던 한 수라다.

"……쥬베."

우리를 맞이한 것은 의수와 부유 무기를 구사하는 수라……, [아수라왕] 카가 쥬베.

그녀가 그곳에서 기다리고 있던 것을 나는 의아하게 생각하지 않았다.

[신수렵]에게 쓰러진 게 아니라면 분명히 여기에서……, 이벤트 클리어를 목표로 삼은 자가 반드시 도달해야 하는 결승점에서 기다리고 있을 거라 생각했기 때문이다.

그리고 살아있다면, 먼저 클리어할 가능성은 **없다**.

숲속에서 헤어졌을 때, 저 녀석은 다시 한번 나와 맞붙을 생각이었다.

그 말이 진심이었다는 걸 의심할 여지는 없다.

저 녀석에게는 이미 이벤트를 클리어하는 것보다 나와 싸우는 것이 더 중요한 목적인 것이다.

"한 시간만인가? 그쪽도 꽤……, 고생한 것 같은데."

쥬베의 의수 중 하나가 사라졌고, 왼쪽 눈에는 안대를 차고 있었다.

우리가 [신수렵]이나 첼시와 싸운 것처럼 그녀도 사투를 벌인 모양이다.

"그쪽이야말로요. 대단한 수라장을 헤쳐나오신 모양이군요. 하지만 세 분 모두 살아남은 상태로 모두가 입력할 플레이트를 모아오셨네요. 거기 [탈주닌자]분은 별로 강하신 것 같지 않은데……, **재미있는 것**이라도 가지고 계신가요?"

설마 [호로비마루]를 눈치챈 건 아니겠지만, 쥬베가 끈적대는 눈초리로 값을 매기는 듯이 바라보자 알토의 안색이 창백해졌다.

"……윽, 최후의, 심판……."

"줄리엣……!"

줄리엣은 정신을 차렸는지 실버에서 내려 검을 겨누었다.

하지만 그 팔에는 힘이 없었고, 날개도 사라졌고, 몸에서는 피가 흘러내리며 다리도 후들거리고 있다.

아무리 봐도 싸울 수 있는 상태가 아니다.

"사실은 레이 님과 맞대결을 원하지만, 이렇게 된 이상 어쩔 수 없겠네요. 세 분 모두 상대해드리죠."

쥬베는 줄리엣의 몸 상태를 신경 쓰지도 않았다.

천지의 수라에게는 줄리엣이 입은 상처도 일상다반사라는 건가?

"…………."

그런데 그녀의 말을 듣고 문득 떠오른 것이 있었다.

"쥬베는 맞대결을 하고 싶어?"

"네, 그야 물론이죠. 다수와 싸우는 것도 싫진 않지만, 맛볼 때는 일대일이 최고니까요."

"그렇구나……."

나는 그 말을 듣고 고개를 끄덕인 다음, 어떤 제안을 했다.

"그럼 그렇게 해주지. ──나와 1대1로 싸우자."

쥬베가 원하는 것을 들어주겠다는 제안을.

"""어?"""

내 제안에 쥬베뿐만 아니라 다른 두 사람도 깜짝 놀란 목소리를 냈다.

하지만 네메시스만은 이미 알고 있었는지 '이런, 이런' 같은 사념이 느껴졌다.

"단, 싸우기 전에 이 두 사람이 답을 입력하게 해줘."

"'레이(레이찌)?!'"

줄리엣은 이미 싸울 수 있는 상태가 아니다.

알토는 애초에 전투용 빌드가 아니고, [호로비마루]도 사라졌다. 아니, 있었더라도 쥬베 상대로는 쓰지 못할 것이다.

지금 싸울 수 있는 여력이 있는 건 나뿐이다. 나도 [자원주갑]의 원념이 남지 않았고, [흑전투]의 충전도 마치지 못했지만……, 아직 싸울 수는 있다.

그리고……, 이유는 한 가지 더 있다.

"저는 물론 상관없죠. 정말, 정말……, 감사한 제안이에요."

쥬베는 내 제안을 흔쾌히 받아들였다.

내 팬이고 싸움을 즐기는 타입이라면……, 1대1 대결은 오히려 바라던 바일 것이다.

하지만 줄리엣이 거부하려는 듯이 내 앞에 섰다.

"레이……! 나도……! 나도, 아직, 싸울 수 있으니까……!"

그녀는 필사적으로 호소하고 있었다.

"저 녀석이랑, 혼자서 싸우면, 안 돼……! 우리는, 팀이니까……!"

내가 자신을 희생해서 두 사람을 클리어시켜주는 거라고 생각하는 걸까?

줄리엣은 울음을 터뜨릴 듯한 표정을 짓고 있었다.

나는 실버에서 내린 다음 그녀의 어깨에 손을 얹었다.

"줄리엣. 내가 이런 제안을 한 건 셋이서 함께 클리어하고 싶기 때문이야."

여기까지 왔으니 이왕 클리어할 거라면 셋이서 함께 하는 게 낫다.

이대로 싸우면 제일 먼저 줄리엣이 탈락할 것이다. 그러면 뒷맛이 씁쓸해진다.

하지만……, 그 밖에도 중요한 이유가 있다.

"하지만 그것 말고도……, 상대방이 쥬베라는 이유도 있어."

"……어?"

줄리엣이 있는 곳 너머에서 이쪽을 바라보고 있는 쥬베를 보았다.

매우 기쁜 듯이, 애타게 기다리는 듯이, 나를 보고 있다.

"저 녀석은 내 팬이고, 나와 1대1로 싸우고 싶다고 말해줬거든."

살벌한 호의지만, 호의인 건 분명하다.

"그 마음에 답해주지 못하면 뒷맛이 씁쓸해지잖아."

그러니 온 힘을 다해 쓰러뜨리러 간다.

전력 차가 크고, 승리가 소수점 저편에 있다 하더라도.

저 녀석이 원하는 1대1 대결로.

"……알았어."

줄리엣은 납득한 건지 고개를 끄덕이며 그렇게 말했다.

그런 다음, 그녀는 내 눈을 똑바로 바라보면서.

"──나중에, 합류해야 해."

──그때 내가 했던 말과 똑같은 말을 했다.

──당신의 승리를 믿고 있다고.

"그래. 먼저 가서 기다려줘."

고개를 끄덕인 다음 약속했다.

줄리엣은 미소를 지은 뒤에 결승점인 문 앞으로 걸어가, 정답인 숫자……, 이번 이벤트의 개최일을 입력했다.

그러자 문의 램프가 하나 켜졌고, 팡파레와 함께 그녀의 모습이 사라졌다.

보아하니 정답이었던 모양이다.

『만약에 추리가 틀렸다면 창피했겠구나.』

"그러게."

그렇게 되었다면 쓴웃음조차 나오지 않았을 것이다.

줄리엣이 클리어했으니 이제 알토 차례인데……, 문득 생각난 게 있었다.

"쥬베. 1대1이긴 한데, 동료에게 버프를 받아도 되겠어?"

"네, 상관없죠. 저도 요도의 신체 강화 버프를 사용하니까요."

그녀가 쉽사리 받아들였기에 나는 알토 쪽으로 돌아섰다.

"알토.《기프티드 퀴즈》를 써줘."

"어? 그래도……."

"이길 확률을 올리고 싶어. 대답하지 못하는 문제가 나올 리

307

스크보다는 스테이터스가 강화될 확률을 노릴 거야."

"……아."

내 말을 들은 알토가 뭔가 눈치챈 듯한 표정을 지었다.

"포기, 안 했구나?"

"내가 말했잖아. 나는 셋이서 함께 클리어하고 싶다고."

쥬베가 무시무시하게 강하다고 해도 내가 포기하지 않는다면 승산이 전혀 없는 것은 아니다.

무엇보다, 시합을 버릴 생각은 없다.

그러면 두 동료나 내 제안을 받아들여 준 쥬베에게도 면목이 없다.

"그러니까 온 힘을 다해 승리를 거머쥐기 위해 싸울 거야……, 그뿐이지."

"……레이찌는 엄청 긍정적이네. ……부러울 정도로."

알토는 쓴웃음을 짓고는 '기프티드 퀴즈'를 선언했다.

『문제. 원주율을 소수점 이하 열 자리까지 답하라.』

"3.1415926535."

정답을 맞추자 내 스테이터스가 두 배로 늘어났다. 간단한 문제라 다행이다.

"그럼 열심히 해! 잘 풀리면 내일은 학교 식당에서 사치스럽게 점심 먹자!"

"그래."

그렇게 이야기를 나눈 다음, 알토도 마찬가지로 결승점인 문에 정답을 입력한 뒤 사라져갔다.

그렇게 나와 쥬베만이 남겨졌다.

우리들 사이에 흐르는 공기는 매우 조용했다.

이제 우리 말고 다른 참가자는 남지 않은 것 같다는 생각이 들 정도로.

"오래 기다렸지? 쥬베."

"그렇게 시간이 많이 지난 건 아니에요. 그리고……, 애가 탈수록 끓어오르는 것도 있지 않나요?"

"그럴지도 모르겠네."

나는 〈Infinite Dendrogram〉을 애타게 기다리며 수능을 준비했다.

초조하게 기다릴수록 때가 되면 기쁘다.

그런 것은 세상에 얼마든지 있다.

우리에게는 지금 이 순간도 그중 하나다.

"그럼, 시작해볼까."

"네, 즐기도록 해요."

특별 이벤트, 〈애니버서리〉 최종전.

[아수라왕] 카가 쥬베와의 시합이——— 시작된다.

□■이벤트 에리어 중앙부 골 게이트 앞

문 앞에서 두 〈마스터〉가 마주 본 채 움직이지 않았다.

레이는 이길 기회를 노리면서, 쥬베는 이 시간을 즐기면서.

하지만 그 시간은 오래 가지 않을 것이다.

유예기간은 알토가 남겨준 버프가 풀릴 때까지의 10분.

그 이후에는 레이의 승산이 한없이 희미해지게 된다.

카가 쥬베의 전투 스타일은 열 자루가 넘는 무기의 정밀 조작.

단독이자 콤비네이션.

지금 쥬베가 지닌 무기는 부유 무기 여섯 자루, 요도 세 자루,

그리고 그녀가 두 손으로 쥐고 있는 한 자루.

각각 특전 무구나 그것과 동등한 힘을 지닌 물건이고, 그것을

휘두르는 쥬베는 전투에 특화된 초급 직업이다.

즉, 필살검의 10단 태세. 십도류의 [아수라왕].

게다가 그녀의 〈엠브리오〉인 아수라는 필살 스킬을 통해 대

미지를 동반하지 않는 디버프나 상태이상을 무효화한다.

공격과 수비, 양쪽 모두 빈틈없이 순수한 힘으로만 구성된 수

라라는 것이다.

그에 비해 레이 스탈링의 전투 스타일은 변칙적인 카운터.

공격을 맞기 전에 맞추는 카운터 히터가 아니라, 공격의 대미지를 입고 고유 스킬인《복수는 나의 것》으로 적에게 되돌려준다.

자신의 생명(HP)조차 칩으로 삼아 자신보다 강한 상대에게 치명적인 일격을 가하는 순간을 노리는……, 수라 이상으로 광기에 사로잡힌 형태라 할 수 있다.

지금 이 두 사람이 싸운다면……, 승부는 99퍼센트 이상의 확률로 쥬베 쪽으로 기울 것이다.

대미지를 축적시킨다 해도 쥬베의 간격 안으로 파고들지 않는 이상,《복수》는 기능을 발휘하지 못한다.

여섯 종류의 부유 무기를 피하고, 요도 삼도류를 넘어서야만 비로소 쥬베에게 닿을 수 있다.

하지만 그것은 지극히 힘든 일이다.

처음 교전했을 때는 쥬베가 맞는 것에 대한 호기심이 있었지만……, 진검승부가 된 지금은 온 힘을 다해 요격할 것이다.

카운터 공격 중에는 원거리 유도형인《응보(페이백)》도 있지만, 1분이라는 충전 시간은 쥬베를 상대하기에 너무 길다.

그리고 레이가 지닌 전력의 핵심인 특전 무구도 강력하기 짝이 없는 스킬을 발휘할 수 없는 상태.

전력 차이는 지나칠 정도로 명백했다.

일반적인 경우에는 포기하는 것 말고 다른 선택지가 없을 것이다.

───하지만 피아 전력차가 크다는 것 정도로 레이 스탈링이
포기할 리가 없다.

"…………."

그의 두 눈은 쥬베를 바라보며 그녀에게 승리할 가능성을 계
속 찾아내려 하고 있었다.

(브레스 제거, 마법 소거, 방어 무시, 회복 금지, 영체 킬러,
그리고 신속의 반격도.)

시선이 향하는 곳은 지금도 쥬베가 다루고 있는 여섯 종류의
부유 무기.

그 효과는 실제로 확인한 것도 있고, 알토의 설명을 통해 알게
된 것도 있다.

전부 강력한 특전 무구지만……, 레이는 그것들의 공통점을
발견했다.

(전부……, 특정한 상황에 대처하는 장비(메타)네.)

특히 '상대방의 속도와는 상관없이 공격을 명중시키는 칼' 같
은 것은 **어떤 최속**에 대처하기 위한 장비인 건지 레이도 알 수
있었다.

그것들은 매우 유용한 장비……지만.

(특정한 상대에게는 효과적이지만, 그게 아닌 상대에게는 완
전한 효과를 발휘하지 않아. 내게도 말이지.)

단기 결전이기에 회복 금지에는 별다른 의미가 없고, 마법 대

책은 그보다 더 무의미하다.

게다가 저주로 영체를 죽이는 창 같은 건 [자원주갑]의 먹잇감이 되거나 《역전》을 사용할 계기가 될 수도 있다.

(나와 1대1을 하는 상황이 되었는데도 그런 장비를 바꾸지 않는군. 아니…….)

레이가 그렇게 생각했을 때.

"후후……. 뭔가 알아내셨나요?"

생각에 잠긴 레이의 표정을 읽어내면서, 즐기고 있던 쥬베가 그렇게 물었다.

그 질문을 들은 레이는…….

"그래. ──[아수라왕]의 스킬은, 장비한 부유 무기를 간단히 바꿀 수가 없는 거구나."

──상대방의 비밀에 대해 딱 잘라 말하며 대답했다.

"어머…….."

쥬베는 깜짝 놀랐지만, 그런 예리한 지적에 기쁨을 느꼈다.

《수라도 전가》.

[아수라왕]의 직업 스킬이자 염동력으로 최대 여섯 자루의 무기를 조종한다.

단, 하루가 시작될 때 그날 사용할 무기를 설정할 필요가 있고, 한번 설정한 뒤에는 그 무기가 파괴될 때까지 다른 무기를 설정할 수가 없다.

그냥 장비 슬롯만 확장해서 손에 들 필요가 있는 [초투사(오버 글래디에이터)]와는 달리 자신과 같은 스테이터스를 지니고 있으며 눈에 보이지 않는 여섯 개의 팔을 만들어내는 대가가 바로 이 제한이다.

쥬베는 정보를 스스로 밝힘으로써 자신에게 걸린 제한을 숨기고 있었다.

하지만 레이는 그 사실을 간파했다.

(……정답이구나.)

쥬베의 반응을 본 레이는 자신의 추측이 맞았다는 것을 눈치챘다.

부유 무기는 변경할 수 없다. 그리고 오늘 쥬베는 다양한 참가자가 모여든 이번 이벤트에 대처하기 위해 각종 대책 장비를 설정해 두었다.

1대1로 싸워야 할 때는 그런 장비를 완벽하게 살려낼 수 없음에도 불구하고.

결투 사양의 쥬베가 다루는 부유 무기는 더욱 살의가 강한 구성이었을 것이다.

(그렇다면 부유 무기는……, 돌파할 수 있어.)

애초에 내구형에 가까운 구성인 레이의 스테이터스가 두 배로 늘어난 지금, 방어를 무시하는 [호라] 말고 다른 무기는 급소에 맞지만 않으면 치명상을 입진 않을 것이다.

그 시점에서 레이가 본 쥬베는 십도류에서 오도류로 반감되었다.

(치명상이 아니라면 공격을 당하더라도 문제가 없지. 되돌려
줄 대미지가 늘어날 뿐이야.)

그렇게 머리에 나사가 빠진 듯한 사고로 파고든 레이는 기회
를 노렸다.

(역시 레이 님이시네요. 제 제한 사항을 간파하셨어요.)

첫 번째 교전 때는 쥬베의 전투 스타일을 처음 보았기에 놀라
기만 했다.

하지만 한 번 전투를 거친 것만으로도 밝히지 않은 정보까지
알아냈다.

자신보다 강한 상대와 싸울 때 돌파할 허점을 찾아내는 힘이
라고나 할까.

그것을 직접 체감한 쥬베는 기쁨에 몸을 떨었다.

(게다가 기척도 좀 전에 시험했을 때와는 전혀 다르네요.)

쥬베가 몇 번이나 반복해서 본 동영상 속, [대교수(프랭클린)]나
[마장군(로건)], [수왕(베헤모트)]을 상대하던 레이 스탈링. 그것과
비슷한 분위기를 지금의 그는 내뿜고 있었다.

([수왕] 상대로 싸우던 그 사투 속의 레이 님이야말로 진짜배기.)

실력 차이를 뒤엎고, [대교수]의 음모를 박살 내고, [마장군]
을 쓰러뜨리고, [수왕]에게 치명상을 입힌 남자. 그것이 바로 쥬
베가 원하는 레이 스탈링이다.

(하지만, 아직 조금……, 부족해요.)

[수왕]과 싸운 뒤, 그는 조금씩 평소 모습으로 돌아가고 있었다.

물론 쥬베와 벌였던 첫 번째 전투와 카루루와 벌인 전투, 그리고 동료와의 약속을 거쳐 다시 보통 사람에서 벗어난 영역으로 돌입하려 하고는 있다.

그럼에도 불구하고……, 쥬베가 원하는 기대 이상의 역량을 발휘하는 상태까지는 한 발짝이 부족하다.

"…………."

———레이 님. 나중에 또 뵐게요.

———그동안에 제게 무엇이 부족했던 건지 생각해주세요. 저도 생각할 테니까요.

첫 번째 전투 후 헤어질 때 했던 말이다.

그때 했던 말대로 쥬베는 무엇이 부족했던 건지……, 다른 참가자들을 베어 죽이며 계속 생각했다.

그리고 눈에 새겨진 그의 동영상을 떠올리며 어렴풋이 이해했다.

어떠한 사태가 레이라는 〈마스터〉에게 한 발짝을 더 내디디게 만드는지를.

(……미움을 사버릴지도 모르겠네요.)

그를 이해하고 떠올린 방법이기에, 망설이는 마음도 있다.

(하지만…….)

그녀는……, 카가 쥬베.

상대방에게 미움을 사는 것보다 자신의 사랑과 사투를 우선시하는 수라.

"레이 님. 이번 승부에 저도 조건을 하나 걸까 해요."

"조건?"

"네."

그리고 쥬베는 요염하게 웃은 다음, 결정적인 말을 했다.

"레이 님께 이긴다면——— 천지로 돌아가는 대로 그 [탈주닌자]를 PK하(죽이)겠어요."

"———뭐?"

그 목소리를 통해, 그 눈을 통해 쥬베는 역린을 건드렸다(스위치를 켰다)는 것을 자각했다.

『네, 네놈! 무슨 말을 하는 게냐?!』

"레이 님과 즐기지 못한다면 그만큼 다른 곳에서 메꿔야겠지요. 그녀도 이번 이벤트를 클리어한 강자이니, 계속 몰아붙이(죽이)다 보면 재능이 깨어나서 즐길 수 있을지도 모르니까요."

그냥 위협이 아니다. 반쯤 진심이고, 반드시 실행하겠다는 선언이었다.

레이가 자신을 쓰러뜨리지 못한다면 알토의 리스폰 킬도 불사하겠다.

사람들의 평가나 레이, 알토의 감정 같은 것은 상관없다.

그녀는 지금 이곳에서 온 힘을 다하는 레이와 사투를 벌일 수 있는지 여부만이 중요했다.

그리고 그 선언이야말로 레이의 전투를 분석한 쥬베가 눈치챈 절대적인 한 수.

레이라는 마스터는 돌이킬 수 없는 사태(비극) 앞에서만 자신의 스펙을 뛰어넘는다.

"그녀의 능력은 거의 알아내지 못했으니 그것도 나름대로 기대되는 미래겠네요."

그리고 쥬베의 분석과 꿍꿍이는…….

"안심하라고. ──그런 미래는 오지 않을 테니까."

──'언브레이커블'이 마지막 한 발짝을 내디디게 만들기에는 충분했다.

◇ ◆

대화를 계기로, 두 사람이 움직이기 시작했다.

기사는 땅을 박차고 옆에 있던 기마에 올라탔다.

조금이라도 빠르게, 강하게 나아가기 위해 자신의 다리가 아니라 은빛 말을 몰았다.

수라의 검에 애마가 노출된다 해도, 친구의 미래를 지키기 위해.

기마 또한 주인의 뜻에 따라 힘차게 뛰어가기 시작했다.

인마일체의 주종과 맞서는 것은 다섯 자루의 부유 무기.

태도가, 창이, 소도가, 원월륜이, 대형 막칼이, 복잡하고 기괴

한 궤도로 날아들었다.

어디로 뚫고 가야 피해가 적을지는 쥬베 말고 아는 사람이 없었다.

그렇기 때문에 기사는 그저 직진만을 선택했다.

아픔이 덜하게, 상처가 적게. 그런 것이 아니다.

죽지 않고 돌파하기만 하면 된다는 듯이 인마가 나아갔다.

태도만은 피했다.

창이 배를 뚫고, 소도가 가슴을 찌르고, 원월륜이 팔을 찢고, 대형 막칼이 말의 몸통에 파고들었다.

단숨에 반죽음.

그럼에도 불구하고 바람과도 같은 기마의 질주는 멈추지 않았다.

두 배로 늘어난 HP와 END 덕분에 평소였다면 치명적이었을 상처도 아직 치명적이지 못했다.

그 질주를 받아친 것은 신속의 반격도.

예전에 최속의 발도술을 다루는 소년에게 패배한 뒤, 〈UBM〉에게 획득한 신속 킬러.

그것은 주인에게 달려든 인마에게도 효과를 보였고, 회피 불가능, 절대 명중의 발도를 행사했다.

그 칼날은 정확하게 명중했고.

『크윽!』

기사가 들고 있던 무기, 대검이 변형한 검은 원형 방패에 부딪했다.

피할 수 없다면 막으면 된다.

신속의 카운터가 발동한 거리를 첫 번째 전투 때 보았기에 대비하고 있었던 것이다.

부유 무기의 간격을 인마가 뛰어넘었다.

"《지옥독기》, 전력 분사!"

그 순간, 말 위에 있던 기사의 오른손에서 검보라색 연기가 뿜어져 나왔다.

삼중 상태이상을 일으키는 지옥의 독기.

브레스를 가르는 대형 막칼은 기마의 몸통에 박혀 있어 효과를 발휘하지 못했다.

검보라색 연기가 순식간에 공간을 가득 메웠다.

수라에게 독은 통하지 않기에 연막 정도의 의미뿐.

하지만 기사에게는 그것으로도 충분했고, 수라 또한 그 사실을 알고 있었다.

독기를 연막으로 써먹는 전법도 이 기사의 단골 수법이었기 때문이다.

하지만 독기 너머는 그야말로 복마전.

"아하아♪"

요괴 같은 미소를 지은 수라가 일부를 잃은 의수로 요도를 겨누었다.

용의 머리조차 가르는 일섬이 삼중으로 뒤얽히는, 지옥 같은 상황.

오른쪽에 한 자루, 왼쪽에 두 자루. 보이는 오른쪽 눈과 감긴 왼쪽 눈.

지옥의 양자택일 끝에 나아간 인마가 선택한 길은─── 왼쪽.

보이지 않는 눈을 연막으로 더욱 가로막더라도 필살의 칼날이 두 자루 기다리고 있는 지옥.

수라에게는 보이지 않았다. 하지만 들린다.

애초에 그녀는 주위의 기척과 소리로 부유 무기를 이용한 전방위 공방이 가능한 괴물.

그렇기에 기마의 발소리는 그야말로 솔직하게 기사의 위치를 가르쳐주고 있었다.

기척을 통해 말 위에서 뛰어내리지도 않았다는 사실을 눈치채고는, 보이지 않는 상황에서 왼쪽 칼날을 휘둘렀다.

요도 두 자루는 기사에게 날아들었고─── 하지만 살을 찢어 발기는 소리가 아니라 금속음이 울렸다.

"!"

두 자루의 요도, 그것을 휘두른 의수의 손목이 까만 쌍검에게 가로막혔다.

그렇다, 기사가 두 손으로 쥐고 있는 무기는 쌍검.

빛의 벽으로 반격도를 막아낸 직후에 흑대검이 변형된 모습.

그리고 쌍검과 한 쌍인 거울이 수라를 비추고 있다.

지금, 기사의 속도는 수라의 속도.

보이지 않는 왼쪽 눈, 가려진 시야, 그리고 같은 속도가 쌍검을 의수에 닿게 만들었고……

"『《복수는 나의 것》』."

기사와 쌍검이 내뱉은 언령과 함께 의수 두 개가 잘려나갔다.

반죽음당할 정도로 큰 상처를 입은 채 날린, 강도를 무시하는 고정 대미지.

그것은 〈엠브리오〉의 의수를 손목부터 소멸시키기에 충분한 위력이었다.

"아하하하하하!"

수라는 자신의 의수 중 절반이 파괴되었는데도 웃었다.

실력 차를 넘어서서 기대 이상의 움직임을 보여주는 기사야말로 그녀가 원하던 모습.

그런 상대와 사투를 벌이는 즐거움이 그녀의 가슴을 떨리게 했고, 오른쪽 의수를 휘두르게 했다.

쌍검에게는 방패가 없다. 두 사람의 속도는 같지만, 말 위에서는 움직일 수가 없다.

그렇기 때문에 의수가 휘두른 요도는 정말 간단하게……, 기사의 몸통을 위아래로 두 동강 냈다.

치명상. 누가 보더라도 인간에게는 치명상.

———하지만, 기사는 멈추지 않았다.

그 몸에 깃든 [사병]의 힘이 숨진 뒤에도 몸을 움직이게 만들었다.

오히려 요도의 일격은 **일부러 맞았다.**

그 몸에 다시 인과응보의 힘을 깃들게 하기 위해서.

"──《복수는 나의 것》."

왼쪽 검이 마지막 의수를 날려버렸다.

아수라의 형태였던 수라의 팔은 맨몸의 팔을 남기고 전부 사라졌다.

"──────."

이미 수라는 말이 없었다.

환희와 경악, 그리고 투쟁심이 팔뿐만 아니라 그녀의 목소리조차 없애버린 것이다.

그녀도 계속 칼을 휘둘렀다.

그녀가 지닌 비장의 수. 그녀가 계속 새겨온 상처를 힘으로 바꾸는 누상의 필살검, [카사네히메].

『《카운터 앱솝션》!』

기사는 쌍검과 거울을 흑대검으로 바꾸고 빛의 벽을 만들어내 그 공격에 대비했다.

마지막 참격을 막고 그 힘까지 합쳐 두 배로 돌려줌으로써 승리할 생각인 것이다.

하지만 그것은 결코 이루어낼 수 없는 일이다.

사냥꾼과 싸운 뒤 수라가 쌓아둔 대미지는……, 수치로 따지면 100만이 넘는다.

30만까지 위력을 막아낼 수 있는 벽도 쉽사리 가르고, 그 너

머에 있는 기사를 기마와 함께 한 조각 남김없이 소멸시키고도
남을 위력.

그렇기 때문에 기사는 막은 시점에서 악수를 둔 것이고, 그렇
게 승부는 끝나게 된다.

"―――《운참무상》."
―――필살의 참격이 빛의 벽을 아무렇지도 않게 갈랐다.

―――하지만 그 너머에 있던 인마에 닿지는 않았다.

"어?"
마치 안개와도 같이, 인마가 사라졌다.
인마에 파고들었던 무기만 남아, 참격의 여파로 소멸했다.
인마는 없다. 분명히 그곳에 있던 것이 마치 가득 찬 독기의
안개에 녹아내린 것처럼.

―――그 직후, 인마는 수라 뒤쪽에 나타났다.

"――――――――."
무슨 일이 일어난 건지, 수라는 이해할 수 없었다.
기사도, 흑대검도 이해하지 못했을 것이다.
하지만 기사는 이해하지 못하면서도 움직이고 있었다.
사라지기 전에 해야 할 행동을, 그 의지에 따라.

"———《복수는 나의 것》!!"

———기사는 흑대검을 내리쳐 수라를 흔적조차 남김없이 소
멸시켰다.

그것이 결판.

기사와 수라, 이 제전 최후의……, 피로 피를 씻는 사투의 막
이 내린 것이다.

■???

『……우후후.』

온몸이 전부 사라져버린 쥬베의 의식은 어두운 공간……, 첼시 일행이 쓰는 용어로 따지면 '대기 공간'에 있었다.

그녀도 서브 직업으로 [사병]을 가지고 있긴 하지만, 온몸이 소멸해서 움직일 육체가 없는 상황에서는 어떻게 해볼 방법이 없다.

아니, 정확히 말하자면 그녀는 《수라도 전가》로 부유 무기를 움직일 수 있다. ……하지만 정작 중요한 부유 무기가 [카사네히메]의 공격으로 사라져버렸다.

전부 특전 무기이기 때문에 시간이 지나면 수복되긴 하겠지만, 지금은 어떻게 해볼 수가 없다.

그렇기에 시합은 그녀의 패배로 끝났다. 그 사실에 불만은 없다.

오히려 '이것이 바로 레이 스탈링이다'라는 싸움을 충분하고도 남을 정도로 맛보았기에 꿈만 같은 기분이다.

이벤트 같은 건 이미 완전히 아무래도 상관없게 되었다.

애초에 사투를 벌이는 것이 목적이었기에 힌트나 플레이트는 전혀 모으지 않았다.

혼자서만 다른 이벤트를 진행했다고도 할 수 있다.

『레이 님은 제한시간이 끝나기 전에 이벤트를 클리어하셨을까요.』

그렇기에 그녀는, 자신에게 승리한 레이가 클리어했는지 순수하게 걱정하고 있었다.

어찌 됐든 그녀는 이번 이벤트를 만끽했다.

그렇게 [사병]의 지속 시간이 끝난 뒤 사망과 전송 처리를 기다리고 있다가……, 문득 생각난 것이 있었다.

『다른 사람이겠지만, 레이 님은 정말 많이 닮으셨네요.』

그녀와 온 힘을 다해 목숨을 걸고 싸운 사람의 얼굴.

『예전에 저를 구해주셨던 그분들하고.』

그 얼굴이 왠지……, 기억 속에 있는 은인과 닮은 것 같았기 때문이다.

예전에 트럭에 치일 뻔한 그녀를 구해준 형제와.

□[성기사] 레이 스탈링

지금, 우리는 뭔가 반짝이고 위아래의 구분이 없는 아공간에 있다.

"…………죽는 줄 알았네."

"아슬아슬했지……."

우리는 사투를 벌인 끝에 쥬베를 쓰러뜨렸지만, 하마터면 《라스트 커맨드》의 지속시간이 끝나 데스 페널티를 받을 뻔했다.

무기 변형 상태를 해제한 네메시스가 서둘러 결승점에 정답을 입력해준 덕분에 효과가 끝나기 전에 클리어할 수 있었던 것이다.

"……클리어하니 상처 같은 것들도 전부 나은 모양이로구나."

몸에 구멍이 뻥뻥 뚫리고 두 동강 난 상태였지만, 지금은 멀쩡하다.

하지만 실버나 장비의 손상은 남아 있는 것 같았다.

"그래……. 자연적으로 고쳐지지 않는다면 블루스크린 씨에게 부탁해야겠네."

"으음. 왠지 이번에도 이 녀석에게 도움을 받은 것 같다만."

『………….』

나와 네메시스의 말을 듣고도 실버는 울음소리 하나 내지 않고 조용했다.

하지만 분명 마지막 공방에서 이긴 건 실버 덕분일 것이다.

"레이 군~. 고생 많았어~."

실버에 대해 생각하고 있자니 귀에 익은 늘어지는 목소리가 들렸다.

시선을 돌리자 이벤트를 설명해주었을 때와 마찬가지로 턱시도를 입은 체셔가 있었다.

"체셔."

"이벤트 클리어 축하해~. 마지막에 대단하던데~."

"그래, 고마워. 그런데 먼저 클리어한 두 사람은?"

"이미 상품을 주고 돌려보냈어. 남고 싶다고 했는데, 규칙이라서~."

"그렇구나……."

뭐, 애초에 우리처럼 팀을 짜서 그 팀 모두가 클리어하는 경우는 예상하지 못했을지도 모른다. 선착순 세 명이니까.

아마 이번에 가장 클리어할 확률이 높았을 [아수라왕(쥬베)]과 [신수렵(카루루)]이 우리에게 쓰러졌기에 이렇게 된 것이다.

아무튼 두 사람은 먼저 돌아갔구나.

알토는 대학교에서 만난다고 치고, 줄리엣은……, 기데온으로 돌아간 뒤에야 만날 수 있으려나?

"그럼 레이 군에게도 상품을 줄게~."

"그래. 그런데 상품은 뭐야?"

"맛있는 음식 카탈로그 같은 것 아닌가?"

……아무리 그래도 명절 선물 같은 건 아닐 텐데.

"네~. 상품은 이겁니다~. 축하해요~."

체셔가 그렇게 말하며 건넨 것은……, 티켓 한 장이었다.

"티켓? 또 어떤 이벤트 초대권 같은 거야?"

설마 이번 이벤트가 예선이고, 이게 본선 초대권인가?

아무리 그래도 이번보다 치열한 사투를 벌이는 건 너무 힘들 것 같은데.

"아니~. 그거, **뽑기 티켓이야.**"

"…………뭐라고?"

뭔가 엄청 익숙한 단어를 들은 것 같은데…….

"레이 군은 알고 있겠지만, 기데온 같은 곳에서 돈을 넣고 돌리는 뽑기가 있지?"

응, 자주 신세를 지고 있지. 기데온으로 돌아가면 또 뽑을 생각이었고.

"그거랑 마찬가지려나? ———**S랭크 확정**이지만."

호오~, S랭크 확정이라~. ·················뭐라고ㅇㅇㅇㅇㅇㅇㅇ?!

"그거 루크가 특전 무구를 뽑은 랭크 아니야?!"

"아, 하지만 반드시 특전 무구가 나오는 건 아니니까, 그 점은 알아둬~."

루크의 경우에는 당첨 중의 당첨이었다는 뜻인가? 그래도 S랭크 확정은 크다.

"······그대는 지금까지 뽑기를 계속 했는데도 한 번도 나온 적이 없으니 말이다."

"······그렇긴 하지."

그렇게 생각하니 내 힘으로 S랭크를 뽑고 나서 쓰고 싶은 마음도 든다.

"뭐, 쓸 타이밍은 알아서 생각하고~."

"그래. 그렇게 할게."

그래도 확정 뽑기 티켓이라니 게임 내 이벤트의 상품답네.

어이쿠, 그렇지. 이번 이벤트에 대해 물어보고 싶은 게 좀 있었는데.

"이봐, 체셔."

"왜애~?"

"이번 이벤트 제목은 왜 〈애니버서리〉였던 거야? 속임수인가 싶기도 했는데, 그럴 거면 다른 단어를 쓸 수도 있었을 테니까."

"…………저기 말이지."

체셔는 나를 올려다보면서, 약간 쑥스러워하고 있었다.

"오늘은 말이지……, 생일이야~."

"누구 생일?"

"내 생일."

……생일도 있었구나, 관리 AI.

그렇구나. 그래서 기념일(애니버서리)이구나.

직권남용이 심한 이벤트 제목인데.

"뭐, 생일 축하해."

"고마워~. 그럼 왕도로 보내줄게~."

체셔가 그렇게 말하자 발치가 빛나기 시작했다.

"그래. 또 보자, 체셔."

"잘 지내거라."

"또 봐~."

우리는 그렇게 손을 흔들어주는 하얀 고양이의 배웅을 받으며 파란만장했던 이벤트로부터 귀환했다.

◇

전송이 끝난 순간, 우리는 왕도의 세이브 포인트인 분수 앞에 있었다. 이벤트에 참가하기 직전에 있던 곳은 아니지만, 그러고 보니 세이브 포인트로 돌아가게 된다는 이야기를 들었던 것 같다.

"…………."

손안에는 상품으로 받은 확정 티켓이 있다.

"뭐, 일단 아껴둬야지."

나중에 뭔가 기념할 때 써야겠다. 모처럼 S랭크 확정이니까.

"으으음. 날이 밝아오는구나."

"한밤중에 출발했는데, 이벤트에 대한 설명부터 끝나기까지 시간이 꽤 걸렸네."

분수 주변에 인기척이 별로 없다.

하늘을 올려다보니 밤의 구름이 지평선 너머의 햇빛에 비치기 시작하고 있었다.

"……?"

그 구름 사이로 새 같은 그림자가 보였다.

그 그림자는 점점 커졌고.

시간이 지나자……, 내가 잘 알고 있는 모습이 또렷하게 보였다.

"레이!"

그녀는……, 줄리엣은 내 이름을 부르며 이쪽을 향해 일직선으로 날아오고 있었다.

"줄리엣……."

"기데온에서 기다릴 수 없어서 이곳까지 날아온 모양이로구나."

초음속 비행이라고는 해도 너무 무리한다.

하지만 분명 내가 벌인 전투의 결과를 듣고 싶었기 때문일 것이다.

그런 그녀에게……, 내가 전할 말은 한 가지뿐이었다.

"이겼어."

나는 그녀도 가지고 있을 티켓을 보여주며 약속을 지켰다는 말을 건넸다.

"……응!"

그녀는 기뻐하는 표정으로 하늘에서 내려와 나와 손을 마주쳤다.

□■관리 AI 13호 작업 영역

"휴우……."

이벤트라는 대규모 업무를 마친 체셔는 자신의 작업 공간으로 돌아왔다.

이벤트 장소였던 외딴 섬은 언젠가 나중에 다른 이벤트 때 사용할지도 모르기에 환경 담당인 캐터필러에게 보전해달라고 부탁했다.

다른 자잘한 처리도 이미 끝냈다.

이번에도 〈초급 엠브리오〉로 진화가 이루어지지는 않았지만 항상 그랬던 일이다.

그래도 이번 이벤트는 미리 앨리스에게 참가자의 아바타를 추가로 마련해달라고 해서 종료 시에 멀쩡한 아바타로 교체해주는 과정이 있었다.

평소보다 수고가 많이 들었지만, 리스크가 너무 크면 축제로 즐기지 못하는 사람이 늘어날 거라고 생각해서 추가한 과정이었다.

"………."

문득 생각이 나서 데이터베이스 안에 있던 사진 한 장을 띄웠다.

그것은 먼 옛날의……, 2000년 넘게 지난 물건이다.

어린 여자아이와 하얀 새끼 고양이가 찍힌 사진.

하얀 새끼 고양이가 들어가 있는 곳은 자그마한 요람.

태어날 〈엠브리오(친구)〉를 위해 여자아이가 마련해준 것이었다.

하지만 하얀 새끼 고양이는 〈엠브리오〉였기에, 태어났다 하더라도 갓난아기는 아니었다.

그렇기 때문에 사실 요람도 필요가 없었지만……, 여자아이가 기뻐했기에 부화한 뒤에도 한동안은 그곳에서 잠들어 있었다.

눈을 감으니 그 무렵의 기억이 선명하게 되살아났다.

──톰의 생일에는 축제를 열고 싶네~.

──보통, 개인의 생일에 축제를 개최하진 않아. 애초에 나는 〈엠브리오〉고.

──그리고 〈마스터〉의 합동 탄생제가 있잖아.

──어~? 상관없잖아. 우리는 다들 생일이 똑같으니까.

──톰네는 생일에 개성이 있으니 축제를 열기 딱 좋은 날이야.

──그런가아…….

──〈엠브리오〉의 생일마다 축제를 개최하면 거의 매일 축제가 될 텐데…….

──즐거울 것 같네!

──그러니까 언젠가 해보자! 톰!

"해보긴 했는데……, 좀 살벌했던 것 같기도 하네……."

톰은 자신이 주최한 '축제'를 돌아보며 쓴웃음을 지었다.

그래도 즐겨준 참가자가 있었으니 잘된 건가……. 그는 그렇게 생각했다.

◇ ◇ ◇

□현실 · 쿠로사키의 집

4월 20일, 오후 4시가 되기 얼마 전.

줄리엣……, 쿠로사키 쥬리가 친구들과 〈애니버서리〉 이벤트에 참가해 돌아다녔던 시간은 현실 시간으로 밤이었지만, 지금은 학교 수업도 마치고 저녁이다.

그리고 지금, 그녀는 집에서 거실 소파에 앉아 오늘 처음 만나러 올 가정교사를 기다리고 있었다.

어머니의 이야기에 따르면 T대에 한 번에 합격할 정도로 성적이 좋은 대학교 1학년인 모양이다.

쥬리는 분명히 진지하고 공부만 한 사람일 거라 생각했다.

〈Infinite Dendrogram〉을 비롯한 놀거리는 금지할지도 모른다.

(……그래도 레이나 알토도 T대 1학년인 모양이니까, 혹시 둘 중 한 명이 내 가정교사가 된다면…….)

그런 우연이 생긴다면 나도 〈Infinite Dendrogram〉을 그만 두지 않아도 될 테고, 다시 첼시나 다른 사람들과 놀 수도 있을 것이다.

하지만 그렇게 생각한 쥬리는……, 고개를 저었다.

(……아니! 그 둘이 아니라도! 상대가 누구라 해도 내 의견을 전해야지!)

친구와 약속한 미래는 나 자신의 용기로 개척한다.

〈애니버서리〉 때처럼 첼시와 한 약속을 지키기 위해 마음을 굳혔다.

쥬리가 소파에서 각오를 다지고 있자니……, 인터폰이 울렸다.

『실례합니다. 네 시에 뵙기로 약속했던 파인더 가정교사 협회 사람인데요.』

"네에~. 쥬리, 선생님 오셨다."

가정교사 선생님에게 내줄 홍차를 준비하고 있던 어머니의 말을 듣고 함께 현관으로 향했다.

그리고 어머니가 현관문을 연 순간, 쥬리는 살짝 〈Infinite Dendrogram〉에서 팀을 짰던 두 사람을 떠올렸지만…….

"실례합니다."

현관으로 들어온 사람은 안경을 쓰고 정장을 입은 매우 진지해 보이는 여자였다.

여자라서 레이는 아니고, 진지해 보이니 알토도 아니다.

(으……, 아니, 이렇게 될 줄 알았잖아. 괜찮아…….)

쥬리는 처음부터 기세가 꺾였지만 아직 좌절할 수는 없었다.

내 생각을 전하고 〈Infinite Dendrogram〉을 계속할 거야. 그렇게 생각하며 용기를 냈다.

하지만 가정교사와 처음 만난 자리에서 갑자기 '게임을 하고 싶어요'라는 말을 꺼내면 가정교사가 아니라 어머니가 나무라겠지.

쥬리는 기회를 엿보기로 했다.

우선 현관에서 자기소개를 마친 다음, 거실에서 쥬리의 어머니와 가정교사가 수업 시간과 요일을 정하기 시작했다.

어머니는 성적이 점점 떨어지는 것을 신경 쓰고 있었기에 최대한 수업을 많이 받으려 하는 것 같았다.

그 원인 중에는 〈Infinite Dendrogram〉을 하다가 늦게 자는 것까지 포함되어 있었기에, '금지한다'고 해도 반박하기가 힘들어진다.

자기 잘못도 있기에 어떤 식으로 이야기를 꺼낼까 생각하던 쥬리는 가정교사의 얼굴을 보면서 고민에 빠졌고…….

"성적을 고려해서 일주일에 다섯 번 이상 부탁드리는 게 나을까요?"

말도 안 돼. 쥬리의 표정이 굳었다.

하지만 성적이 떨어진 것은 자업자득이었기에 말을 꺼낼 수가 없었다.

그때, 예상치 못한 곳에서 구조선이 다가왔다.

"어머님. 일주일에 한두 번, 한 달에 여섯 시간 정도면 충분할 겁니다."

"하지만 이 아이의 성적이 걱정되어서……."

"수업 시간을 늘린다 해도 따님께서 집중하지 못할 겁니다. 그보다 맨투맨 수업으로 집중력을 떨어뜨리지 않고 공부하는 방법이나 문제를 푸는 요령을 배워나가면서 평소 따님께서 하는 자율학습 자체의 퀄리티를 올리는 걸 추천드립니다. 그리고 수업 시간을 너무 늘리면 '그 시간만 공부하면 된다'는 생각 때문에 오히려 따님의 공부 의욕이 떨어질지도 모르고요."

"어머! 그런가요?"

구조선이 아니었을지도 모르겠다. 쥬리의 어머니를 재주 좋게 설득하고 있긴 하지만, 공부에 대해서는 진지하고, 자율학습을 시킬 생각도 잔뜩 있다.

설득 실력이 뛰어난 걸 보고 이런 상대에게서 어떻게 〈Infinite Dendrogram〉 플레이 시간을 얻어내야 할지 쥬리는 고민했다.

(하, 하루에 한 시간이라도……. 안 돼, 저쪽 시간으로도 세 시간밖에 안 되니까…….)

쥬리가 그렇게 홀로 당황하고 있자니 가정교사가 그런 쥬리의 모습을 눈치챘다.

그녀는 궁지에 몰린 듯한 표정을 짓는 쥬리를 보고 뭔가 생각한 다음 쥬리의 기분을 풀어주려는 의도였는지 손으로 무언가를 움직이다가…….

"———괜찮아? 실뜨기할래?"

들어본 적이 있는 것 같은 말을 하며 실뜨기용 끈을 내밀었다.

"…………어?"

"뭔가 고민이 될 때는 두뇌 운동도 되는 실뜨기가 좋거든요."

그렇게 말하며 웃어주는 표정에서도 마찬가지로 기시감이 들었고…….

"…………알토?"

"흐에?"

가정교사……, 부모님에게 잘 보이기 위해 정장을 입고, 페이스 페인트도 지우고, 안경까지 끼고 온 나츠메 소프라노는 예상하지 못한 이름으로 불리자 그때까지 보여준 진지한 모습과는 전혀 다른 맥빠지는 목소리를 냈다.

여담이지만, 쥬리는 〈Infinite Dendrogram〉이나 다른 놀거리를 금지당하지 않았다.

◇ ◇ ◇

□[성기사] 레이 스탈링

대학교에서 돌아온 나는 곧바로 덴드로에 로그인했다.

341

대학교에서 만난 나츠메의 이야기에 따르면 [호로비마루]는 문제없이 돌아온 모양이었다.

참고로 그 녀석은 곧바로 확정 티켓을 사용했다.

운 좋게 특전 무구를 얻은 모양이었지만, '……이런 걸 가지고 있으면 또 강자라고 착각당해서 습격당하려나……'라며 먼 산을 보고 있었다.

그 녀석이 부정적인 게 아니라 천지라는 나라 자체가 골치 아픈 것 같다.

아니, 그렇게 따지면 이미 세 개나 가지고 있는 나는 시도 때도 없이 습격당할 테고, 일곱 개나 가지고 있는 쥬베는 어떤 생활을 하고 있는 걸까.

"음……."

나는 넓은 공간이 있는 골목에서 실버를 아이템 박스로부터 불러냈다.

쥬베와 싸우며 입은 손상을 살펴보기 위해서였다.

확인해보니 손상된 부분이 눈에 띄게 줄어들었다. 이 정도라면 자연적으로 회복될 것 같았다.

"괜찮은 것 같아 다행이로구나."

"그래."

걱정거리 중 하나가 줄었기에 안심했다.

하지만 실버에 대해 한 가지 더 신경 쓰이는 부분이 있다.

쥬베와 싸웠을 때 실버가 발동시킨 순간이동……, 여전히 내용이 표시되지 않는 제3의 스킬.

카르티에 라탱에서 싸웠을 때에 이어 이번에 두 번째로 사용했는데, 발동 조건이나 효과를 확실하게 알 수가 없다. 실버에게 '그게 어떤 스킬이야?'라고 물어보았지만, 갈드랜더와는 달리 현실이든 꿈에서든 대답해주지 않았다.

"어딘가에 전문가가 있다면 물어볼 수도 있을 텐데⋯⋯."

하지만 실버는 선선대 문명의 병기이기 때문에 전문가가 그리 많지는 않을 것이다.

예전에 실버에 대해 물어보았던 마리오 씨는 황국 사람이기 때문에 지금은 물어볼 수가 없다.

그 사람 말고 잘 알만한 사람은 [골드 썬더(황금지뇌정)]의 수리나 [세컨드 모델]의 양산에 관여한 블루스크린 씨 정도밖에 없는데⋯⋯, 딱히 황옥마에 대한 새로운 정보를 알아냈다는 이야기는 들은 적이 없다.

"실버를 만든 명공 플래그만에게 물어볼 수 있다면 좋겠다만 말이다."

"2000년 전에 살았던 티안이니까. ⋯⋯응?"

⋯⋯그러고 보니 최근에 어디선가 그 이름을 들었던 것 같은데.

그 후, 거리에서 이것저것 볼일을 보고 나서 임시 숙소로 삼고 있는 왕도의 여관으로 돌아왔다.

"아. 스탈링 씨, 편지를 맡아두었습니다."

그때 여관 주인분이 그렇게 말했다.

"편지?"

여관 주인분에게 받은 편지에는 날짜와 시간대가 몇 개 적혀 있었고, '상황이 된다면 이 시간대 중 편할 때 찾아와줬으면 한다'라고 적혀 있었다.

하지만 내게……, 우리에게 중요한 것은 보낸 사람의 이름이었다.

"레이."

"그래. 응. 잘 알 만한 사람이 왕국에도 있었네."

발신인은——— 인테그라 세드나 클라리스 **플래그만**.

제1왕녀(아즈라이트)의 소꿉친구이자 당대의 [대현자(아치 와이즈맨)].

그 명공의 이름을 이어받은 자가, 나를 부른 것이다.

To be continued

고양이 "후기 시간이에요~. 고양이, 체셔입니다~."

곰 『…….』

고양이 "이번 17권은 저도 분량이 있고, 삽화도 있는 풀 출근이었습니다~."

곰 『…….』

고양이 "후후, 생일이라서 멋을 부리고 턱시도까지 입어버렸으니까요!"

곰 『…….』

고양이 "어라? 곰 형님은 이번에 말수가 없……, 헉."

곰 (흰색) 『………….』

고양이 "백곰(카루루)이잖아~?! 아니, 이번 권에서 곰이라고 하면 너긴 하겠지만!"

곰 (흰색) 『…….』

고양이 "어? 혹시 카루루가 말을 안 하니까 그만큼 내가 말하는 흐름이야? 정말로?"

곰 (흰색) 『…….』

고양이 "그래……. 이게 본편에서 직권남용을 한 대가라는 건가……."

　고양이 "이야기를 주고받지 못하면 페이지 숫자가……, 좋아, 이렇게 된 이상 여담을 늘어놓으면서 위기를 넘겨야지!"

　고양이 "그 내용은 이번 이벤트의 배경과 카루루의 참전 이유에 대하여!"

　고양이 "가끔 작중에서 서술되곤 했지만, 저희의 목적은 제7형태를 늘리는 것입니다."

　고양이 "그렇기 때문에 그 직전인 제6형태에게 성장을 촉진시키는 행동을 자주 하곤 하죠."

　고양이 "〈SUBM〉의 습격이나 제 결투, 크로노의 PK, 그리고 이번 같은 이벤트 등이 그런 행동입니다."

　고양이 "단, 아직 전부 합친 숫자가 100도 안 된다는 사실로 봐도 성공할 확률은 낮습니다."

　고양이 "그래서 이번 이벤트 때는 참가 대상의 폭을 넓혀 보았습니다."

　고양이 "아직 제6형태에 도달하지 못했지만 특이한 활약을 펼친 레이 군과 알토 쨩."

　고양이 "그리고 이미 제7형태에 도달한 카루루 같은 경우입니다."

　고양이 "평소와는 다른 기준으로 참가자를 넣어서 활력소가 되기를 기대한 겁니다."

　곰 (흰색) 『…….』

　고양이 "카루루의 역할은 간단히 말하자면 '호러 게임에 등장하는 괴물'입니다."

고양이 "외딴 섬이라는 폐쇄된 환경에서 쫓아오는데도 쓰러뜨릴 수 없는 '무적'의 존재."

고양이 "그 위협이야말로 진화의 계기가 되지 않을까, 쌍둥이가 그렇게 기대했습니다."

고양이 "실제로 평소에는 〈초급〉과 맞부딪힐 기회가 없는 사람들에게는 좋은 자극이 되었을 것 같습니다."

고양이 "작품 외적으로도 초기부터 이름이 나왔던 그가 드디어 등장했고요."

고양이 "WEB 버전에서는 묘사되지 않았던 레이 군과 〈초급〉의 전투이기도 했습니다."

고양이 "'등장한 순간에 깜짝 놀랐으면 했다'는 것이 작가의 발언입니다."

고양이 "그런 카루루도 이번 권에서는 중간 보스로 패배하게 되었습니다."

고양이 "장외패의 유무. 장비 스킬을 없애는 호로비마루. 레이 군의 폭발력(물리)."

고양이 "'무적'이던 그가 패배한 원인은 여러 가지지만, 굳이 말하자면……."

고양이 "'무적'이란 어떤 경우라도 깨지는 것이 전제인 단어라는 점일까요?"

곰 (흰색) 『…….』

고양이 "어찌 됐든, 카루루는 아직 보여주지 않은 능력이 많은

〈초급〉이기 때문에."

고양이 "다음 등장과 활약을 기대해주시기 바랍니다."

고양이 "그럼 작가의 코멘트 타임입니다."

17권을 읽어주셔서 감사합니다. 작가인 카이도 사콘입니다.

서적으로는 처음으로 전편을 신규 집필하게 되었는데, 만족하셨는지요.

지금까지 가필 에피소드나 전자책 한정으로 낸 동화 분대, 애니메이션 1권 특전 소설로 신규 집필을 진행해왔습니다만, 드디어 서적으로는 처음으로 전편을 신규 집필하게 되었습니다.

꽤 힘들었고 오탈자를 수정하는 데도 고생했습니다만, 작가로서 한 단계 성장할 수 있었던 것 같습니다.

또한, 이번 권의 내용은 이 작품치고는 드물게 가볍고 게임틱한 이벤트였습니다.

타이키 씨께서 그려주신 표지도 밝고 시원스럽고 활기차 보이죠. 지금까지는 별로 보지 못한 분위기라 좋았던 것 같습니다. 노란 알토도 괜찮은 느낌입니다.

이번 17권에서는 크로우 레코드의 네 명도 활약했습니다.

애초에 이 에피소드 자체가 크로우 레코드의 플롯을 기초로 삼고 있기 때문이기도 합니다만, 네 명 모두 활약할 기회를 만들어줄 수 있었습니다.

그 네 명 중에서는 특히 시온이 쓰기 편했습니다. 바보는 정의죠.

하지만 시온이 추리를 전혀 하지 않았기 때문에 그녀와 싸웠던 쥬바의 기믹은 밝혀지지 않았습니다. 그녀의 비밀에 대해서는 언젠가 다시 등장할 때까지 기다려주셨으면 합니다.

자, 15권, 16권은 시점이 레이에게서 떠났었고, 이번 권에서도 평소와는 다른 멤버로 이벤트를 진행했습니다만, 다음 18권에서는 〈데스 피리어드〉 멤버들과 다시 만나게 됩니다.

기데온으로 돌아온 레이를 기다리고 있는 새로운 전개, 18권을 기대해주시길 바랍니다.

그리고 이마이 카미 선생님께서 마리 VS 벨도르벨을 멋진 퀄리티로 그려주신 만화판 9권도 발매 중이니 그쪽도 봐 주셨으면 합니다.

앞으로도 인피니트 덴드로그램을 잘 부탁드립니다.

카이도 사콘

고양이 "네. 작가의 코멘트도 끝났으니 다음 권 발매 공지를……."

곰 (흰색)『18권은, 2022년, 3월 발매 예정.(일본 현지)』

고양이 "어?!"

곰 (흰색)『…….』

고양이 (……계속 말을 안 했던 건 공지를 위해서 말할 기력을 모아두기 위해서였나?)

고양이 "뭐, 그렇게 되었네요. 다음 권도 잘 부탁해요~. 또 만나요~!"

곰 (흰색)『……고생하셨습니다.』

역자 후기

안녕하세요, 천선필입니다.

이번 『인피니트 덴드로그램』 17권, 재미있게 읽으셨는지 모르겠습니다.

이번 17권은 작가분의 말씀처럼 처음부터 끝까지 덴드로스럽지 않게 게임 같은 내용이었던 것 같습니다. 우선 플레이어들인 마스터와는 달리 죽음을 되돌릴 수 없기에 무겁게 다가올 수밖에 없는 티안의 존재가 없었고, 그렇기 때문에 지금까지 벌어졌던 전투들과는 달리 싸움 자체가 비교적 가벼웠던 느낌입니다. 그야말로 우리가 별다른 생각 없이 플레이하곤 하는 게임처럼 말이죠. 물론 대전격투 장르라든지 AOS 장르, FPS 장르처럼 다른 사람들과 승부를 내는 게임에서 패배하면 화가 날 때도 있긴 하지만, 이 작품의 주인공이나 저번 16권의 주요 등장인물이었던 베네트나쉬처럼 결과를 매우 무겁게 받아들이진 않으니까요.

그리고 이야기의 결말 부분에서는 이번 이벤트가 체셔의 직권남용이었다는 사실이 밝혀지기도 했죠. 이벤트의 제목부터 개최하게 된 시기, 목적까지도 그랬고요. 하지만 가장 큰 직권남용은 이번 17권의 부제인 '하얀 고양이 크레이들'이 아닐까 합니다. 번역에 들어가기 전에 읽어보면서 '왜 하얀 고양이 크레이

들이지?'라는 생각이 계속 들었는데, 마지막 부분에서야 그 이유를 알게 되었습니다. 짤막하나마 정말 애절한 느낌이 드는 걸 보면 13권에 등장했던 크로노도 그렇고 관리 AI들은 말만 AI지 감정이 매우 풍부한 것 같습니다.

그리고 이번 17권에 본격적으로 등장한 크로우 레코드의 등장인물 네 명 중에서도 저는 시온이 가장 마음에 들었습니다. 개인적으로 바보 캐릭터를 좋아하는 편인데, 바보 같은 아가씨 캐릭터는 더 좋아합니다. 보통 바보 캐릭터는 악의가 없고 우스꽝스러운 행동으로 즐거운 분위기를 연출하기 때문에 반감을 사기 힘들죠. 그런 면에서 시온은 정말 자신이 맡은 역할(?)을 충분하고도 남을 정도로 제대로 수행했다는 생각도 듭니다. 등장했을 때부터 전투를 벌일 때, 그리고 퇴장할 때까지 매우 완벽했던 느낌입니다. 앞으로도 본편에 자주 등장했으면 하네요.

모처럼 레이가 클랜을 결성했는데도 작가분의 말씀처럼 15, 16, 17권까지 제대로 다뤄지지 않은 느낌도 드는 것 같습니다. 그동안은 짤막한 이야기나 다른 캐릭터의 시점에서 쉬어가는 느낌이었다면 다음 권부터는 본격적인 사건이 다시 벌어질 것 같거든요. 곰 형님과 나쁜 슬라임의 과거도 등장한다고 하니 18권 King Of Crime, 기대하셔도 좋을 것 같습니다.

이런 생각을 하면서 이번 『인피니트 덴드로그램』 17권을 번역

하였습니다. 매번 그랬듯이 감사의 말씀 드리고 후기를 마치려 합니다.

항상 신경을 많이 써주시는 담당 편집자분, 그리고 책을 내는 데 도움을 많이 주신 소미미디어 관계자 여러분, 그리고 가족 여러분. 감사합니다.

그 누구보다 감사드리고 싶은 분은 독자 여러분입니다. 제가 이렇게 무사히 번역을 마치고 후기를 쓸 수 있는 것도 독자 여러분 덕분이라 생각합니다. 진심으로 감사드립니다.

다시 찾아뵙게 될 때까지 행복한 하루 보내시길 바랍니다.
감사합니다.

천선필

Infinite Dendrogram 17
© Sakon Kaidou
Originally published in Japan in 2021 by HOBBY JAPAN Co., Ltd.

인피니트 덴드로그램 17 하얀 고양이 크레이들

2023년 11월 15일 1판 1쇄 발행

저　　　자 카이도 사콘
일 러 스 트 타이키
옮 긴 이 천선필
발　행　인 유재옥
총 괄 이 사 조병권
출판본부장 박광운
담 당 편 집 박치우
편 집　1 팀 박광운
편 집　2 팀 정영길 조찬희 박치우 정지원
편 집　3 팀 오준영 이해빈 이소의
디자인랩팀 김보라 박민솔
디지털사업팀 박상섭 김지연 윤희진
라이츠사업팀 김정미 맹미영 이윤서
영업마케팅팀 최원석 박수진 박소연
물　류　팀 허석용 백철기
경영지원팀 최정연
인쇄제작처 ㈜코리아피엔피
발　행　처 ㈜소미미디어
등　　　록 제2015-000008호
주　　　소 서울시 마포구 토정로222, 403호 (신수동, 한국출판콘텐츠센터)
판매 및 마케팅 (070) 8822-2301

ISBN 979-11-384-8081-9 04830
ISBN 979-11-5710-725-4 (세트)

Infinite Dendrogram

인피니트 덴드로그램

17. 하얀 고양이 크레이들

카이도 사콘 지음

타이키 일러스트

천선필 옮김

"마음껏, 사랑을 사투를 벌이고 나누고
싶어어어어어어어어어!"
쥬베……, 천지 결투 4위 [아수라왕]이
살의와 호의의 이빨을 드러냈다.

"최애와, 베고 베이고,
죽이고 죽고, 사랑하고 사랑받고······."
이미 그녀는 수라. 천지에 자리 잡은 수라 중 한 마리.

Character

레이

레이 스탈링 / 무쿠도리 레이지

〈Infinite Dendrogram〉안에서 여러 사건과 마주친 청년.
대학교 1학년. 기본적으로는 순하지만 양보할 수 없는 것을 위해서는
몇 번이든 맞서는 강한 의지를 지니고 있다.

네메시스

네메시스

레이의 엠브리오로 나타난 소녀.
무기 형태로 변할 수 있고, 대검, 도끼창, 방패, 풍차, 거울, 쌍검으로 변화한다.
약간 식탐이 있다.

줄리엣

줄리엣 / 쿠로사키 쥬리

왕국의 결투 랭킹 4위.
[타천기사]라는 직업을 지니고 있으며 각종 저주를 구사하며 싸운다.
말투가 난해하지만, 왠지 레이에게는 잘 통하는 모양이다.

첼시 **첼시**

왕국의 결투 랭킹 8위. 줄리엣의 친한 친구. 남자 운이 치명적으로 없다.
그란바로아 출신의 [대해적].

맥스 **그레이트 제노사이드 맥스**

왕국의 결투 랭커. 줄리엣에게 도전했다가 패배해서 귀여운 옷을 억지로 입게 되었다.
왕국에 오기 전에는 천지 소속이었던 〈마스터〉.

만쥬샤게 시온 **만쥬샤게 시온**

왕국의 결투, 토벌, 클랜 랭킹에서 전부 13위. 불길한 것을 좋아하며, 별명은 '불행 수집자'.
자칭 줄리엣의 라이벌.

인피니트 덴드로그램

17.하얀 고양이 크레이들

카이도 사콘 지음 타이키 일러스트

천선필 옮김

커버 그림, 본문 일러스트 | **타이키**